復貴盈門 5

雲霓 著

風 文創 058

風
文創
058

目錄

第一百八十四章

琳怡起身穿好衣衫，讓白芍將窗子打開透透氣。

白芍遲疑地請來鞏嬤嬤。

鞏嬤嬤不禁勸說：「您就是躺幾日也不會有人說什麼的。」

琳怡微微一笑。「我沒事，身上已經大好了。」睡一覺起來，身上輕了許多。

梳洗好了，琳怡用了些胭脂，讓臉色看起來紅潤些，又讓橘紅拿了燒藍的掐絲簪子將鴉青的長髮固定住。

琳怡從鏡子裡看向身後的白芍。「廚房裡做好蘇葉餑餑沒有？」

白芍道：「奴婢剛去看了，已經準備出來了，就等著蒸好給老夫人送去。」

京裡伏天，長輩愛吃蘇葉餑餑，既然周老太爺和周老夫人在郡王府裡，她就要當作長輩敬奉。

要想別人挑不出差錯，首先要自己將本分事做好。

琳怡吩咐好，白芍找來申嬤嬤。

琳怡笑著道：「我病著，恐傳上老太爺、老夫人病氣，院子裡已經開了小廚房，我的飯食就在小廚房做，大廚房那邊就請鞏嬤嬤和申嬤嬤兩個人先照應著。」

申嬤嬤有些驚訝，沒想到郡王妃會將這件事交給她。

既然都是一家人，她病了卻仍舊將廚房牢牢地把住不放，萬一哪件事做得不妥當，豈不是讓周老夫人受了委屈？

琳怡接著道：「一來是要到中元節耽誤不得，二來還要準備給族裡長輩的供奉，就算我沒有生病也要去老夫人屋裡商量。」說著轉頭看向申嬤嬤。「嬤嬤現在過來幫忙，正少了我跑這一趟。」

中元節的事也要交給她幫忙？

申嬤嬤更是吃驚。

原只是過來打聽消息，現如今真的幫起忙來。來這裡之前，她已經準備好了要受冷遇，卻沒想到郡王妃沒有半點這個意思。自從郡王妃嫁過來，府裡發生的事，她在老夫人身邊可是看得清清楚楚。

這個郡王妃太聰明，眼睛揉不得半粒砂子。

今日她看郡王妃，心裡卻又有了別的想法。

郡王妃不但聰明，性子還異常堅韌，昨晚還發著高燒，今天已經穿戴整齊正襟危坐在羅漢床上，安排府裡的中饋。

照理說，這個年紀的小姑娘都嬌氣得很，這樣的身分病成這樣，在屋裡躲幾日不出來也是尋常。

申嬤嬤心裡這樣想著，看到郡王妃拿起茶的手微顫，知曉她是病中強打精神，不禁心生幾分佩服。

「您放心吧，」鞏嬤嬤笑道。「有申嬤嬤幫忙，中元節定能安排妥當。」

琳怡道：「這可是我進門之後第一個『孝親節』，若是想不周到會被人笑話，兩位嬤嬤幫襯我也少了操心。」

雖不知道郡王妃是什麼意思，可眼下再推託也是不知好歹，說出去就是她的錯處。申嬤嬤道：「郡王妃信得過奴婢，奴婢自然盡心盡力。」

琳怡微微一笑。「我寫了張荊防清毒的方子，拿下去熬了讓大家都喝些，免得這病傳開來。老夫人那邊就請嬤嬤來安排，但凡有病了的下人移去側院的後罩房好好將養。」琳怡說著嗓子一癢，伸手拿起帕子遮住口鼻咳嗽。

鞏嬤嬤忙上前伺候。

琳怡沒有了旁的吩咐，申嬤嬤向琳怡福了個禮，先下去安排諸事。

鞏嬤嬤低聲道：「讓申嬤嬤來幫忙能不能行？」

琳怡喝了口茶。「馬上就是中元節，大家都要聚在一起，難不成要讓族裡看到，我們這邊和叔叔嬸嬸分得清清楚楚？旁人看來還當是我不真心奉養叔叔嬸嬸。」再說，不讓周老夫人身邊的人幫忙，這府裡的事是好是壞，周老夫人都能摘得清。

她嫁到了周家來，就要向周家長輩奉孝。康郡王府和周老夫人一家和睦與否是一回事，她能不能奉養好長輩又是另一回事。她首先要明白自己已經站在了周家，是周家的一分子，當自己是外人，也永遠都會被人排斥在外，就算再占理，宗室中人也會站在周老夫人那邊。

在內宅要軟硬兼施，硬氣起來是要握住府裡的管家權柄，軟下來也是為了能被人接受。現在第一步她已經做到，第二步要慢慢來。

才說完話，周大太太甄氏和周二太太郭氏就進了院子。

琳怡讓白芍擺了錦杌，請甄氏和郭氏坐下。

琳怡病著，三個人只是說了幾句家常話，甄氏提起琳婉。「模樣不如從前俊俏了，臉色也黑起來，不過看著是好事，我懷全哥時連聲音都變了呢，話也都不敢說的。」

郭氏還記得那時的情形，也低頭笑起來。「可不是。」

「妳呀，」甄氏道。「要好好養著，妳沒瞧見有些人不聲不響又有了喜事。」

琳怡順著甄氏的目光看向郭氏。

郭氏臉上一紅。「大嫂又打趣我。」

琳怡笑著道：「二嫂懷了身孕？」

郭氏頷首。「本應該早些說的，只是從前……怕娘空歡喜一場。」

琳怡聽說過，郭氏從前滑過胎。

「所以等到穩當了才敢說。」

甄氏目光閃爍。「二弟妹要送小娃娃給元廣媳婦才是。」

這個和琳婉有什麼關係？

郭氏看向琳怡。「我肚子一直沒動靜，聽人說找個年初有孕的婦人，去求買個娃娃回來藏在枕頭底下，就能有好事。我請元廣媳婦幫忙，也是沾了福氣，真的就有了喜事。」

這麼說是琳婉給郭氏帶了喜氣，郭氏當然要好好謝琳婉。一件小事就能讓兩家關係走動密切，可以預見從此之後和鎮國公夫人會常來常往，琳婉在宗室營裡又多了功勞。

中元節上，琳婉會大放光芒。

可是誰又知道，是郭氏先懷了身孕，琳婉送了娃娃，還是琳婉送了娃娃恰好助郭氏有了身孕？

既然有了重生，琳怡也不能完全排斥鬼神之論。不過靠個娃娃就能懷孕……還不如田氏這個假菩薩來得真。

甄氏笑咪咪地看琳怡。「家家有沖喜之說，說不得這次二弟妹懷了身孕，也能給郡王妃帶來好事。」

琳怡看向郭氏和大家一起笑起來。「但願如此，我也沾沾二嫂的福氣。」

甄氏和郭氏說過話要離開，郭氏想起一樁事又折返回來。「七叔父家的小十五要帶正妻過來看爹和娘。」

宗室的關係向來讓人頭疼。

郭氏似是知曉琳怡心中所想，微笑道：「七叔父家和我們家一直走動頻繁，是這些年七叔父被十五氣得身體不好，這才少了往來。」說著郭氏頓了頓。「十五是休妻再娶，娶來的媳婦還是曾被退過婚的。」

那就怪不得家中長輩被氣病了。

郭氏道：「妳心裡知道就好。」

提前告訴她好讓她心裡有個思量，宗室娶妻規矩大，這樣的媳婦能進門卻不一定能被族裡長輩接受，她也是新婦，自然對這樣的人敬而遠之。郭氏懷著身孕還來看生病的她，最後不忘了和她講這些話。

琳怡點點頭。

郭氏這才笑著道：「妳早些歇著，我先走了。中元節有什麼要幫忙的，我便早些來。」

送走了甄氏和郭氏，琳怡才回去歇著。

睡了半個時辰，就起來喝喝茶看看書，鞏嬤嬤這時候打聽出些消息。「大太太帶來的下人，在宗室營那邊聽人議論朝廷可能要讓人核算宗室、勛貴占的土地。」

是宗室核算土地，怎麼會提到陳家？

琳怡道：「嬤嬤再讓人留意些，宗室營那邊消息傳得快。」從那邊打聽總是沒錯的。

鞏嬤嬤應了。「郡王妃好好歇著，這些就交給奴婢來辦。」

琳怡看了會兒書就覺得眼睛酸疼，只好放下手裡的書，讓橘紅將周十九送給她的那只匣子拿來，自己從盒子裡取了支圓頭簪來用。

第二進院子裡一片安靜，周大太太甄氏讓人準備好了馬車，又有些不放心去周老夫人身邊道：「看郡王妃那個樣子，該不是懷孕了吧？」她懷孕的時候又是寒顫又是頭疼。

周老夫人搖頭。「她自己通些醫理，比誰都清楚，懷孕了哪裡還能吃那些藥。」

甄氏鬆口氣。中元節又叫孝親節，是紀念祖先、傳揚孝道的日子，就算宮裡也是要讓唱那些〈三娘教子〉、〈雙吊孝〉、〈狀元報母〉的報恩戲，看到時候郡王妃要怎麼面對宗室的長輩。只要不是身上有喜，那就逃不過去。

琳怡吃了藥躺在軟榻上歇著，睡得朦朧中，夢到了在福寧和鄰居的雲姊兒玩踢毽子，目光隨著踢起的毽子慢慢數數，兩個人玩得滿身是汗。

小蕭氏讓人來喊兩個人回去喝酸梅湯，兩個人一溜煙地跑去花廳裡。丫鬟送來酸梅湯，琳怡還沒喝到嘴裡忽然就醒了過來。

琳怡睜開眼睛，立即感覺到身邊有人，抬起頭正好迎上周十九的視線。

琳怡一怔，忙用帕子遮掩了口鼻。「什麼時辰了？郡王爺下衙了？」說著要起身。

周十九伸手將她重新扶回到軟榻上。「不是妳睡遲了，我回來早些。」

琳怡道：「廚房已經準備好了飯食——」

話還沒有說完，他笑著打斷琳怡的話。「夢見什麼了？滿頭大汗。」

琳怡抿抿嘴唇，想到剛才一幕，笑道：「剛要喝桂花酸梅湯就醒了。」

周十九叫橘紅。「讓廚房煮碗桂花酸梅湯。」

橘紅聽了話，一溜煙地出了門。

不知是不是因開了隔扇，琳怡就覺得冷起來，不由得裹緊了身上的被子。剛剛怎麼會想起冰鎮的桂花酸梅湯……雲姊兒現在大約也嫁人了，小時候無憂無慮的日子一去不復返，再要那樣痛快淋漓地玩耍也只能在夢裡。

周十九靠在琳怡身邊。

她將粉紅的鮫紗帕蓋在臉上，周十九伸手拿了下去。

琳怡伸手去拿帕子。「府裡好多人都病了，郡王爺每日要去宮中，怎麼好染上病氣。再說馬上就要過節了……」

婉轉地表達了自己的想法。

「放心，」周十九笑著道。「每年身邊得病的人都不少，我也沒染上。」

已經不一起吃飯，不在一處歇著，還要怎麼在意。

第一百八十五章

既然周十九有時間，琳怡正好有事想要問。「郡王爺送給我的那只盒子是從哪裡來的？」

就知道她會打開孔明鎖。

「偷偷出海的商船從倭國帶回來的。」

前朝以前，海上貿易十分繁榮，有些家族就是靠海上貿易起家，泉州等地曾經是各國商賈雲集之地，到了前朝開始海禁，那些曾依靠海上貿易的家族冒著危險偷偷摸摸地出海，私底下慢慢地壯大了規模，開始被官府抓捕，後來就乾脆扎根在海上小島，明著與官府對抗。前朝覆滅之後，海盜曾一度猖狂，而今又和倭寇勾結……周十九說的偷偷出海的商船，該不會指這些人吧！

「自然不是海盜，」周十九道。「是小規模的商船。」這幾年朝廷對海上管束不是很嚴，民間也就開始有人試探著出海行商。

這次朝廷派船出使周邊各國，明著是受了周邊各國邀請，交換各國盛產，實則朝廷商船上要帶些私商，皇上真正要開商貿先例，慢慢打開海禁。

琳怡微微低頭。「郡王爺是看到盒子裡的東西，才支持開海禁？」

周十九目光一遠。「也是，也不是。財物雖然能動人心，真正讓人好奇的是那些物件的來源。我們大周朝這麼廣闊的土地，竟然不如一個內戰連連的倭國。大周朝人的見識不如偷偷行商的商賈，雖然海禁，海盜可將大周朝的物件掠去海外販賣，外面的物件只要出現在大周朝就會引來殺身之禍，外面的好壞我們閉眼不看充耳不聞，日後誰知又會如何。」

兵法上有云，知己知彼、百戰不殆。海禁禁了與海外國家往來，也等於自動閉上雙眼不肯去看旁人，也同樣不會審視自己。

周十九道：「不知彼，不知己，每戰必殆。現在水師不如旁人尚能海禁防禦，將來只怕連選擇的機會都沒有。國弱便沒有選擇的權力。」

琳怡轉頭去看矮桌上的匣子。從前她從未聽說這些，也就是這兩日才開始看相關的書籍，若這就是朝臣們爭論不休的政事，至少在這一點上，她覺得周十九是對的。

「郡王爺一定在那些人嘴裡聽到過不少外面的事。」琳怡道。「除了這些精巧的東西，外面還有什麼別的？」

「海那邊很遠很遠的國家的人，行船好久發現了我們大周朝。」

琳怡想到在福寧聽過關於那些人的傳聞。「聽說長得怪模怪樣，大約他們看我們也覺得奇怪吧！」

周十九伸手將琳怡身上的被子蓋得更緊些。「就算常出海的那些人見了也會嚇一跳。」

那些走私商的人和周十九一定說了不少。

「藍色的眼睛，黃色的頭髮，臉上都是茸毛。」

讓周十九一說，怎麼倒像是妖魔鬼怪？

苦苦的藥汁喝下去，琳怡才又躺在床上，看著她睡著了，周十九才去了書房裡。大約一個時辰後，有客來訪。

橘紅照琳怡之前吩咐的將熱茶送去書房，然後輕手輕腳地關上門出去。

鞏嬤嬤將所有事安排好，也進屋侍候琳怡。琳怡睡一會兒就睜開眼睛，仍覺得胸口悶鬱，頭上如同墜了沙袋，怎麼也抬不起頭來。

鞏嬤嬤將熱茶遞給琳怡喝。

「郡王爺那邊怎麼樣？」琳怡開口，嗓子沙啞。

「正在說話呢。」鞏嬤嬤說著，微微一頓。「這可是郡王爺第一次請人進府商談政事。」

這是兩個人談話後的一個轉變。

之前她連周十九的幕僚也沒見到，那些人都被安排在京郊的莊子上。莊子雖然也由琳怡打理，但是周十九從不提到莊子上的事。

琳怡將茶還給鞏嬤嬤。「嬤嬤好幾日沒有出府了，回去歇著吧，讓橘紅、玲瓏睡在外面。」

鞏嬤嬤一家住在大榕樹胡同裡面，家裡有兒女、小孫子，每個月總要回家幾次。

「也不拘這一、兩日，郡王妃病著，我怎麼能放心出府去。」

琳怡頷首躺下，鞏嬤嬤這才端著燈出了屋子。

主屋安靜下來，書房裡卻聽得馮子英激昂的聲音。「只要商船一發，就是名副其實，看那些食古不化的老傢伙還有什麼話說？這些年海外變化大，拉回來的東西夠讓這些人大開眼界，我就不明白海禁有什麼好處，這些人是沒見過港口的繁華。」

周十九放下手裡的筆。「說得像你見過似的。」

「我沒見過，不過商船帶回來的東西確實是好。」馮子英坐下來喝茶。「我家老太爺氣得吹鬍子瞪眼，非讓我將摺子撤下來，我偏不肯。老太爺說了，讓我這個逆子去船頭吃吃大炮免得驕狂。若是朝廷真的組建水師，我自然要請命去的，只怕到時候他倒不捨得。」

馮家武將出身，馮子英的父親也曾統領過水師。

馮家對大周朝的水師沒有半點信心。

周十九不說話，馮子英試探著道：「郡王爺有心事？」他認識康郡王的時候，康郡王尚未恢復宗室爵，他只和康郡王交談過一次，心中就深深折服，只要有事就找康郡王商量，現在更視康郡王馬首是瞻。

周十九站起身和馮子英擺棋。「日後若是我在宮中不方便，就將消息傳進府裡讓郡王妃知曉。」

馮子英一怔。「這……郡王妃……」畢竟是女人，政事怎麼能讓內宅清楚？

周十九看了一眼馮子英錯愕的表情。任誰聽了這種話都會是這樣，他從前也沒想過將這些話告訴琳怡，只是經過了這次……何妨試一試。

誰能有那般縝密、精巧的心思，在人前禮數周到，事事周全他，在得知姻家真相後，沒有在陳家人面前提起，卻在他面前直言不諱，將心裡想的全都開口說出來，沒有扭捏、做作、遮掩兩個人之間的問題，是真的要將這個家放在心上，否則如何能在他面前表露喜怒哀樂？

小小女子能走出這一步，他又怎麼能沒有半點改變？

琳怡的意思已經再明白不過，若是真的要尋個能管好內宅的婦人，他何必花費心思求娶她，他能利用的又不止陳家一個。

若是不能交心，夫妻之情自然只能停留在字面上。從來都是他算計頭尾，不如就交給她一次。

琳怡早早就起來親手給周十九換好衣衫，夫妻兩個一起吃了飯，周十九這才出了門。睡了兩天，琳怡精神格外地好，拿起周十九的腰帶來繡。不到一個時辰，天微亮了，鞏嬤嬤帶著媳婦過來伺候。

鞏二媳婦準備給琳怡梳個偏月髻，鴉青的長髮散開，鞏二媳婦用梳子沾了泡好的桂花水，慢慢濕潤著梳通長髮。「奴婢出去打聽了，還是從宗室手裡買來的那幾個莊子。」就是周永昌千方百計要要回去的那些莊子。

「宗室營那邊又有想要收回莊田的宗親，聽說是敬郡王哥哥家的田地，就在山東肥城縣裡，十多年前連著三年蝗災、旱災，宗室乘機將手裡的田地強賣給當地的何家，現在何家種起了果樹。」

這兩年，肥城縣的水蜜桃很有名。

「敬郡王的哥哥就想要將土地買回來。聽說山東那邊已經尋了人說通了，可是不知怎麼地，突然間如何也不肯賣了，說是逼急了還要進京告狀。敬郡王讓人去打聽才知道，那邊聽說了葛家和周永昌的那段公案。」

宗室強買強賣土地已經是常有的事，周永昌的事一出，竟然一下子傳到山東那麼遠的地方去，這裡面若是沒有人安排，那就真是太巧合了。

接下來，琳怡猜也能猜個七、八成，因甄氏的族姊是周永昌的母親，周永昌一家是怎麼發配去奉天的，甄氏自然清楚得很，敬郡王妃出面問甄氏整件事到底如何，結果甄氏在宗室長輩面前幫她說了話，宗室長輩自然就會覺得她將叔叔嬸嬸一家握得死死的，誰都不敢說她和陳家的壞話。

她娘家不過是勛貴，就將甄氏嚇成這樣，宗室人稍稍一想就憤憤不平起來，她是新進門的媳婦，一沒有在嬸娘那裡博得孝賢的好名聲，二沒能像琳婉一樣懷上子嗣，小小年紀管著康郡王府，何德何能。

鞏嬤嬤聽了皺起眉頭。「這不是睜著眼睛說胡話，那件事出的時候，我們郡王妃還沒有嫁過來啊，一個未出閣的小姐跟這個能有什麼關係？」

現在她嫁過來了，當時的事也有周十九一份功勞，看起來就像是陳家借著周十九幫了葛家。

話說到這裡，琳怡也就不往深敘，只是吩咐鞏嬤嬤一家多將消息帶回來些。

鞏二媳婦梳好了頭髮退下去，白芍進來道：「姻語秋先生來看郡王妃了。」

姻先生怎麼知曉她病了？

琳怡忙讓橘紅拿來件褙子穿了，出門去迎姻語秋。

姻語秋見到琳怡，立即伸手將她身上的披風又裹了裹。「病了怎麼還出來？」

琳怡道：「已經好多了，還說明日要去看先生。」

「怎麼會好多了，嗓子啞得這樣厲害。」姻語秋說著和琳怡進了屋子，讓丫鬟送上小圓枕來給琳怡診脈。

姻家已經是這樣的情形，姻先生不但沒有怪她，還這樣關切她，只要這樣想想就難免黯然。

姻語秋開了方子吩咐丫鬟去抓。「妳身子虛，不宜用太急的藥，趁著這次病好好調理調理。」

「先生，」琳怡拉起姻語秋。「我給先生看一樣東西。」

琳怡拿出刻花鑲貝的匣子，遞給姻語秋來看，上面精細的孔明鎖已經打開，掀開盒蓋，裡面露出一面琺瑯鑲寶石的小手鏡。

比她們從前見過的鏡子都要光亮。

「這是私商從倭國帶來的，」琳怡頓了頓。「先生，從前都是番邦覬覦我們，現在轉眼之間，番邦又有多少東西是我們不曾見過的。」

姻語秋微皺起眉頭。

「先生不是一直想要治好天花，聽說番邦對類似的病症有別的法子。」

姻語秋凝視著琳怡。

琳怡迎上姻語秋的目光。「先生說過，無從改變的事，也只能去適應。前朝就已經海禁，說不得現在已經是改變的時候。」

姻語秋神色冷峻，半晌才道：「我哥哥是不是已經沒有了退路？」

這件事早晚要讓姻語秋先生知曉。

現在不只是姻奉竹沒有了退路，整個姻家都在刀尖上。

姻語秋看向琳怡。「現在唯有妳肯和我說實話。世事不停地變化，誰也不可能永遠停留在過去。」

琳怡頷首，姻家真的想要避世，首先要放下從前，若是不然，就是要將整個姻氏一族推向災禍。

姻語秋道：「皇后娘娘的病有了起色，我已經將方子留給太醫院，明日我就收拾行裝回去福寧。」

能不能有轉機，已經不能看皇上，要看姻家肯不肯低頭。這也是琳怡唯一能幫姻家做的事。

第一百八十六章

送走了姻先生，翟嬤嬤和申嬤嬤將中元節的諸事單子拿給琳怡看。

琳怡看了，一邊笑著看向申嬤嬤。「還好前些日子選了人進府，否則人手還真的不夠用。」

申嬤嬤笑著道：「是郡王妃事先想了周全。」

琳怡抿嘴笑，不光是她想著，周老夫人那邊也盯著進府的人手，這次的下人有不少是宗室裡常用的家僕，不是這個引薦就是那個拿帖來拜，這些人在宗室營裡通著氣，她也不能一個也不選用。

琳怡將單子放在矮桌上。「我今天精神好些，就跟著嬤嬤去抱廈裡點卯。」

申嬤嬤的嘴角微深。還是不放心這些新進府的下人，所以才迫不及待地想要出面立威。

翟嬤嬤應下來。「奴婢這就去安排。」

琳怡在抱廈裡坐下，下人陸續地走進來，很快抱廈裡就擠滿了人。

翟嬤嬤親自拿著名冊點人，琳怡端坐著一個個瞧過去。

凡是能在宗室家當差的，都學過規矩，表面上個個恭謹有禮，不像那些從牙婆手裡買來的小丫鬟，進屋就悄悄地東張西望。

這些人和琳怡心裡記的差不多，三個管事都是帶著舉薦信來的，四個婆子也是通過府裡的管事進府的。

琳怡在旁邊喝茶，鞏嬤嬤將中元節的事說了。

到了琳怡這裡，就留下新進府的下人。

鞏嬤嬤將琳怡的意思說了一遍。「不管從前是在哪裡當差，既然進了康郡王府，就要一心一意為府裡辦事。」

言下之意要聽從郡王妃的話。

申嬤嬤老神在在地聽著，眼皮不多抬一下。

等到琳怡放下手裡的茶碗開口，申嬤嬤才又打起十二分精神來。

「大家都是拿了帖子進門的，懂得規矩，到府裡也是有定規，大家照著規矩來自不用說，若是哪一個亂了行，不論是誰都一律按定律處置。」

眾人忙呼不敢。

琳怡道：「家宅安寧與妳們離不開干係，從前妳們在外如何，我不追問到底，只要從今往後守我的規矩，我自然不會虧待，否則，我定要查到底，別怪我不顧情分。」

淡淡的聲音沒有半點波瀾，卻讓人生出敬畏來。

眾人又表了心意，琳怡這才讓大家散了。

申嬤嬤從抱廈裡出來，到周老夫人面前將琳怡的話說了。

周老夫人正和小丫鬟玩葉子牌，聽到這裡緩緩道：「那就提點她們辦好差事，誰也別馬虎了。」這話不是說給下人聽的，而是要讓下人將話遞給身後的主子。

陳氏辦事還真是不加遮掩。

第二天，周大太太甄氏早早就來看周老太爺和周老夫人，並將老宅子中元節準備的花燈樣子提給周老夫人看。

甄氏笑著道：「今年的花燈比往年都漂亮，我也是才選出幾個模樣特別的，就拿來給娘看看，一會兒也讓郡王妃選選，郡王府用得上，我就讓人多做些。」

周老夫人頷首，讓人將樣子拿給琳怡看。「瞧瞧能不能用得上。」

屋子裡沒有了旁人，周老夫人喝口茶看向甄氏。「元景最近如何？怎麼都不見他過來。」

提起周元景，甄氏滿臉笑意，老爺要入仕的消息早在宗室營傳開了，不少人上門宴請老爺吃酒，正好她想要開個綢緞鋪子，就讓老爺藉著宴席打聽消息，看看鋪子開了有多少人會捧場光顧。

周老夫人道：「讓元景收斂些。」

甄氏立即收起臉上的笑意。「您放心，宗室入仕也不稀奇，我們哪裡敢張狂了，事事都會聽娘的。」之前因老爺入仕和周老夫人起了爭執，甄氏這些日子一直小心翼翼地侍奉，生怕周老夫人就此不肯再管他們，哪裡敢再有半點忤逆周老夫人的話。「老爺這些日子酒喝得也少了，是聽了娘的話，做事穩當多了。」

周老夫人不作聲。在她面前說得好聽，她自己的兒子自己會不知曉？多少年養成的性子不可能立即就變。

甄氏陪著周老夫人說了會兒話，就去廚房裡張羅飯菜。

走到廊上，早就等在那裡的成婆子向甄氏行了禮。

甄氏道：「起來吧！」

成婆子忙將今日的事向甄氏說了。「您沒瞧見，郡王妃那架勢著實嚇人，我們可不敢怠慢。」

那又如何？甄氏冷笑。「不過是唬人的罷了。」十幾歲的小姑娘學著旁人立威，說出來的話讓人聽了可笑。

什麼不顧情分，她和新進府的下人有什麼情分？

成婆子道：「姻家先生今日來府裡，郡王妃說起姻家的事，奴婢正好在穿堂裡等聾嬤嬤吩咐，就聽了一耳朵。郡王妃的意思是姻家公子沒有救了，姻家先生因此還哭了一陣，郡王妃好不容易才勸好。」

姻家公子不過是跟商船出海，怎麼會沒救了？定是郡王爺知曉其中內情，陳氏這才提點姻家。

康郡王從前在家裡可是什麼話都不說的，卻全盤托給了陳氏。

要知道女人是最會壞事的，要不然怎麼內宅不聽政事呢？特別是陳氏這種不知天高地厚的小丫頭，表面上看著聰明，其實擔不得大事。

皇上還沒有懲辦姻家，這樣的消息就傳出來，可想而知外面是什麼動靜，皇家顏面何存……

甄氏想到這裡立即來了精神。陳氏想要救姻家，就該想到一不小心就會被姻家拖下水。

甄氏讓人拿出十兩銀子賞給成婆子，成婆子笑咪咪地退下去。

甄氏甩甩帕子走出穿堂，心裡舒暢，走路也輕便起來。

怪不得姻家人急著離京，原來是因為這個。

琳怡忙著操持中元節，陳家長房老太太的身子也好了些。

小蕭氏這才敢告訴長房老太太，琳怡這幾日沒過來也是因病了。

長房老太太聽了直心疼，讓人捎了不少補身的藥給琳怡。

周琅嬛和齊三小姐來作客正好見到，齊三小姐笑著道：「祖孫兩個互相惦念著還真是讓人眼紅。」

齊三小姐的婆婆也是疼媳婦，將家裡的中饋早就交到齊三小姐手裡，平日在外面對齊三小姐也是交口稱讚。

齊三小姐笑著看琳怡。「還不是妳勸的我。」開始婆婆端著架子，齊三小姐是每日去跟前伺候，耐著性子慢慢地磨，婆婆病的時候又搬去婆婆屋子裡住下，這樣一來二去就打動了婆婆。

齊三小姐在琳怡面前抱怨婆婆總冷著臉，琳怡卻覺得外表冷的人倒不一定難相處，就勸齊三小姐別著急慢慢來。

那些日子，齊三小姐不知道背地裡難過多少回，現在總算是峰迴路轉。想到這裡，齊三小姐和琳怡相視一笑。

周琅嬛想起姻家的事。「姻先生回去福寧了？」

琳怡頷首。姻奉竹暫時留在京裡，姻先生找了鏢局護衛回去了福寧。

屋子裡沒有旁人，周琅嬛低聲道：「外面傳言不大好，妳可知道？」

琳怡也聽說一些。

周琅嬛道：「小心著些，別連帶上了妳。」本來已經風平浪靜了，誰知道又會起波瀾。

琳怡微微一笑。「周姊姊放心吧。」有些事她現在還不方便和周琅嬛說，等過幾日，大家也就清楚了。

周琅嬛鬆口氣。「倒是我多惦念了妳，生怕妳吃了虧。」

琳怡看著周琅嬛抿嘴。「姊姊不念著我，外面人說我，我哪裡知曉？」

齊三小姐笑道：「這般肉麻，我也替妳們兩個臉紅。」

琳怡這幾日咳嗽，正好吩咐小廚房熬藥膏子，齊重軒每逢天氣變化也常犯咳疾，也離不開膏子吃，周琅嬛要跟著去瞧瞧。「妳這正經師傅出來的東西說不得和我們做的不同，我也仔細看看。」

琳怡笑著讓橘紅引路。

橘紅帶著周琅嬛出門，齊三小姐正好得了空，將琳怡拉去一旁。「妳到底清不清楚整件事？要我看，妳可惹了大禍，我聽哥哥說……」

周琅嬛去而復返，正好看到齊三小姐拉著琳怡在旁邊說話，不知怎麼地心裡覺得有些異樣。

桂兒看向周琅嬛，欲言又止。

周琅嬛沒多加理會，撩開簾子進了門，見到琳怡就道：「將熬膏子的方子給我一份，這次我定要好好學學。」

琳怡乾脆放下手邊的事陪著周琅嬛去小廚房。

三個人說說笑笑，到了下午才散了。

琳怡將周琅嬛和齊三小姐送上馬車，眼見這馬車出了胡同才回去。

周琅嬛坐在車裡若有所思，旁邊的桂兒道：「奶奶沒瞧見郡王妃身上的香囊嗎？那金桂的繡法怎麼和二爺一件青色袍子的爛邊一個模樣？」

這也不稀奇，定是三小姐或是五小姐從琳怡那裡學來的，琳怡的針線是出名地好……

桂兒道：「奶奶別嫌奴婢多嘴，三小姐有什麼話不好當著奶奶的面說，非要等奶奶出門了才……」

周琅嬛聽得這話，皺起眉頭，冷冷地看向桂兒。

桂兒忙低下頭。「都是奴婢多嘴多舌，以後再也不敢說了。」

第一百八十七章

馬車路過街口，車輪下有些顛簸，桂兒忙扶住周琅嬛。「奶奶小心些。」

周琅嬛看著車廂裡刺繡的簾子，眼睛一花。

桂兒還是將憋在心裡的話說出來。「奴婢是覺得奶奶對郡王妃太好了些，將心比心，郡王妃可及不上奶奶。」

周琅嬛道：「郡王妃那裡但凡有新奇的東西都送我一份，親姊妹也無非如此。」

桂兒仍舊不服氣。「那還不都是表面文章……郡王妃有些話也不和奶奶說，三小姐也藏著掖著，枉了奶奶對她們的一份心。」

姻家的事，琳怡的確遮遮掩掩。「郡王妃有她的理由，她也知道我不計較這些。」本來是她關切琳怡，只要琳怡沒事她也就安心了，扯出許多來又有什麼意思？

桂兒低著頭。「奶奶就是好性子，換了旁人定不能這樣。」

周琅嬛打開手裡的盒子，看到裡面精緻的紐絆。康郡王的袍子才穿了幾次，京裡就興起這樣的紐絆來，她在外面看到的雖然漂亮，終究不如琳怡編的精緻，琳怡將編紐絆用的絲線裡捏了一根孔雀羽的線，在光線下隨著活動色彩斑斕。不過是一根線，區別竟然這樣大。

現在才要入秋，琳怡已經讓人去選紫貂和青狐來做端罩，齊重軒的秋褂她還沒做好。周琅嬛想著，將盒子蓋上。

好。

最近，她也不知怎麼了，下意識地將自己和琳怡來比，這樣計較下來，她事事不如琳怡做得好。

齊三小姐還是爽朗的性子，周琅嬛就算眉開眼笑時也遮不住心事。

應該是為了齊重軒。

琳怡讓橘紅將熬好的梨膏送去廣平侯府給長房老太太。

橘紅道：「還餘出一罐呢。」多出一罐，齊三小姐向郡王妃要，郡王妃只說不夠沒有給，當時她就覺得奇怪，以為郡王妃另有用處。

琳怡端起茶來喝，頭也沒抬。「就放在一邊備著，誰有個不舒服正好用。」齊三小姐是為了齊重軒要的，周琅嬛有心親手為齊重軒熬梨膏，她何必做這個擋路人，於是順水推舟就將梨膏留下。再者，這次她和齊三小姐說話的時候，周琅嬛看她的目光怪怪的。如果是因她和齊家走得太近，她也願意儘量劃開距離。

琳怡微微出神。

橘紅撩開簾子，見到周十九進了院子，忙站在一旁恭謹地行禮。

琳怡放下手裡的東西，起身去迎周十九。

周十九笑著問：「院子裡在做什麼？」

琳怡抬起頭來道：「我讓人燒幾個小泥爐，秋獵的時候郡王爺拿回來野味也可以烤著吃些。」

剛才齊三小姐和周琅嬛也覺得好奇，她答應了齊三小姐到時候將她們一起叫過來烤著玩。上次燒小泥爐還是在福寧的時候，她和哥哥讓府裡的管事做的，這次又看著熟悉的東西做出來，讓她覺得十分親切。

琳怡去套間裡幫周十九換衣袍，他笑著彎腰去碰琳怡的額頭，四目相接，周十九長長的睫毛輕掃，微熱的氣息吹在她臉上，癢癢的。

真把她當小孩子了，每次回來都這樣試她的溫度。

「已經不燒了。」琳怡垂頭道：「早晨起來就好多了。」

每天周十九上朝之前都會來屋裡看她。

周十九微微一笑，似是在等她說話。

琳怡道：「我已經吩咐將郡王爺的床鋪在屋裡。」既然她病好了就不能讓他這樣書房、主屋跑來跑去。

周十九看著她，一成不變的笑容斂起，十分驚訝。「原來，元元急著要說這個。」眼睛裡飽含深意，讓琳怡臉上發燒。他故意挖了陷阱，只等她跳下去。琳怡抬起頭，揚起眉宇。「郡王爺覺得書房睡得舒服，還讓丫鬟將床鋪過去。」

「也好。」周十九清澈的眼睛一晃，沒有遲疑，伸手攬住琳怡。「書房的床小，擠著舒服，免得我時常要將元元從床邊拉回來。」

主屋床大，有時候等周十九睡著了，她就從周十九懷裡起身，翻個身到床邊去睡。

晚上吃過飯，周十九早早就靠在床邊看書，琳怡安排好中饋，也盥洗完躺下來歇著。周十九放下手裡的書，笑著看她。「元元是不是在衣襟裡縫了金桂？」

前幾日她病得鼻子痠疼，揀了金桂放進袖子裡也不大能聞到多少香氣，病好之後，金桂香漸漸濃起來，她忽然就喜歡上了，今天才讓丫頭揀了些晾乾準備縫香包。

這屋子裡金桂的香氣已經不是一日、兩日了，周十九等她病好了才問……讓她不自覺想起這幾日周十九的遷就，一直聽她的安排，到了晚上就去書房裡睡下。

鞏嬤嬤說，周十九是怕早早起來上朝讓她不得休息。

他早出晚歸，雖然不多與她說話，卻每天都要來她屋裡瞧她兩次。琳怡抬眼看著周十九，周十九的笑容裡，目光依舊深沈，可是只要直看過去，彷彿也能觸摸到他的心思。

可是也會懷疑就算觸碰到也是假的。

周十九輕柔地喚著。「元元，讓我看看縫在了哪裡。」目光深處是一抹豔麗的妖嬈。

修長的手伸過來，琳怡心跳如鼓，最終手指停在她的腰間，只是將她抱在懷裡。「岳父有些急了，明日妳回去看看，也好讓他安心。」

這幾日都是姻家和她的傳言，父親定是擔憂。

「眼見就是中元節了，家裡也是忙著，郡王爺每日都和父親見面，郡王爺就和父親說一聲，讓家裡不要擔心，等過了中元節我就回去。」

這是琳怡第一次託他傳遞消息。周十九覺得很意外，低下頭來看琳怡靜謐的眉眼。

她是真的努力在適應做好康郡王妃。

是因嫁了他再也沒有了轉圜的餘地，她性子裡堅韌、倔強的情緒才被激出來，雖然現在的生活和她想要的相去甚遠，可是不想就此沈悶下去，只好做出改變。

周十九偏頭看著琳怡，展顏一笑。「好。」

轉眼就到了中元節。家家戶戶掛起了彩燈，周二太太郭氏早早就來到康郡王府幫琳怡選河燈。「今年很是熱鬧，大家都在商量是去北海看河燈，還是去城隍廟看祭祀送法船。」去北海看河燈也要等到太后、皇后眾位娘娘們離開漪瀾堂之後過去。很多宗室、勛貴就去城隍廟送法船，求個全家平安。

「還是去北海吧。」甄氏笑著走進屋。「年年送法船，今年北海的燈會可是皇后娘娘主持的，比往年都要好看，不去瞧瞧就真的可惜了。」甄氏說完看向羅漢床上的周老夫人。「娘您說說是不是？」

周老夫人低聲慈愛地笑著。「妳們年輕人出去玩，可不要來問我。」

甄氏就像突然想到了什麼。「我不出去了，我就在家裡陪著娘看煙花，免得娘寂寞。」

周老夫人笑著擺手。「妳看不得熱鬧，在家裡七上八下地折騰倒讓我這心裡驚跳得緊，還是出去吧，出去我也好安靜。」

「娘。」甄氏不知道說什麼才好。

周老夫人笑道：「雖然是孝親節，妳們也不必拘在家裡，京裡素來有看花燈、花會慣例，就是我年輕的時候也跑出去看呢。」

「我就不去了。」琳怡道。「我在家裡安排放煙火。」

「那怎麼行。」甄氏壓低聲音，彷彿十分神秘。「郡王妃都不去，我們怎麼好意思出門。」

大家聽得這話都又笑出聲。

鞏嬤嬤這時候進了門，向周老夫人、琳怡、甄氏、郭氏行了禮。「宮裡的內侍來遞了牌子和文書。」

琳怡將文書拿過來瞧，然後看向周老夫人。「太后、皇后娘娘在漪瀾堂設宴。」

周老夫人頷首。「這下好了，妳們不用再想著是去看花燈還是送法船。」

皇后娘娘這些年不大管事，中元節太液池放河燈也不是多熱鬧，今年皇后娘娘精神好起來，中元節也辦得有了生氣。

大約是要過節了，甄氏異常高興。「今年賽船也不知誰能拿了頭籌，聽說皇上準備了亭子大的金蓮蓬賞人，還是藩國供奉上來的。」

亭子大的金蓮蓬？那也太大了。

周老夫人笑著看甄氏。

甄氏臉不紅心不跳。「是真的，我可不會說謊。」景仁宮開始熱鬧起來，皇上的心情比往年也好許多，還吩咐內務府一定要辦好中元節……甄氏想著，看了琳怡一眼。若是誰壞了中元節的氣氛，誰的好日子也就到頭了。

大家準備過節，周十九著實忙碌了好幾日，一直到中元節當日天濛濛亮了，他才回到家裡睡覺。

琳怡剛好要起床，就被周十九一把撈過去，耳邊傳來他放鬆的聲音。「再陪我躺躺，一個時辰之後我還要走。」

第一百八十八章

中元節一直都是皇家重視的節日，屆時太液池上玻璃河燈幾千盞，隨波漂蕩，奏梵樂，做禪誦，團城上觀河燈，漪瀾堂設宴請文武百官及命婦。

琳怡給周十九換好衣服，扣上蛟首黃玉蓮紋腰帶，眼看著周十九神清氣爽地出了門。她吩咐橘紅安排車馬去宗室營。

中元節要叩見長輩送花燈準備賀彩。宗室營裡以信親王輩分最高，到了重要節日，宗室總要過去聚一聚。

馬車到信親王府停下，琳怡讓橘紅攙扶著下了車，碰巧在垂花門遇見剛到的獻郡王妃。獻郡王妃見到琳怡，笑著走上前道：「剛還想著一會兒能見到妳，下了馬車就看到妳家下人，早知道妳這樣不經念叨，我就多說妳幾句。」

琳怡抿嘴笑。「若不是我這幾日病了，早就請郡王妃來作客。」

獻郡王妃嗔怪地看了琳怡一眼。「身子不舒服怎麼不說，妳也知道我素來少出門，這些事也知道得少。」

獻郡王夫妻算得上是深居簡出，少有在宴席上露面。獻郡王招了一院子賢士編書，獻郡王妃喜歡養些花草，平日裡就做做香露、香料，在京裡開了家香露鋪子，生意還算興旺。

琳怡笑道：「不是什麼大病，就沒有驚動郡王妃。」

獻郡王妃笑咪咪地挽著琳怡的手，目光閃爍。「我知道妳忙得緊。」關於姻家的傳言已經鬧得滿城皆知，多少人都等著看笑話。

這次中元節，不知道多少人正等著康郡王妃拜見宗室族裡長輩，看著獻郡王妃閃爍的目光，琳怡微微頷首，笑著和獻郡王妃進了信親王府。早就知曉中元節會面臨什麼，這時候害怕也來不及了，倒不如施施然地迎頭直上。

信親王府裡掛滿了各式各樣的花燈，宗室婦聚在一起說笑，氣氛不同尋常。

「康郡王妃來了。」

大家上前相互打招呼。

琳怡慢慢向前走著，能感覺到所有人的目光除了落在自己身上之外，還在向花廳裡望著。

「聽說是元祈媳婦來了。」獻郡王妃低聲道。「妳大約不知曉，元祈媳婦是被退過婚的。」

周元祈就是周二太太郭氏說過的七叔父家的小十五。

所以今年的中元節，不光她讓人注目，還有周元祈的媳婦蔣氏。

在宗族裡，周元祈的名聲不錯，是個仁孝、善良的好孩子，父母作主娶了同知穆家的女兒。

誰知道成親之後，周元祈的性情大變，先是忤逆父母，後是打罵正妻，更結交不少紈袴子弟，吃喝嫖賭無一不做。穆家是武將出身，穆氏長就了一副烈性子，兩口子不見面則好，見了面必要鬧個你死我活，家裡的長輩沒辦法，才商量要給兩個人和離。

獻郡王妃低聲道：「穆氏也是品行賢良，否則也不會嫁來宗室，大約真是外面傳言的兩個人性情不和才會如此。」

到底是什麼原因，只有周元祈和穆氏知曉。

宗室要和離沒有平民百姓那麼簡單，七叔父不願失了臉面，穆家也不願意將女兒接回去，這件事拖了一年多，最後兩家還是達成共識，穆家接回了女兒取走了陪嫁，周元祈也給穆家保留了臉面，不算是休妻。

後來穆氏嫁給了家境不太好的表兄，成親之後不到一年就懷了身孕，第二年生了個大胖小子，穆氏的表兄也考上了舉人。穆家本來決定鐵石心腸不再管穆氏，可是見了小外孫，穆大人還是心軟下來，上下打點給女婿爭了縣令之職。

比起穆氏，周元祈和離之後就坎坷了些。不知道什麼時候，周元祈認識了蔣氏，蔣氏已許配了人家，婚事卻擱置下來。蔣家和周家的氣氛緊張又尷尬，蔣氏生了一場大病，幾乎死在閨閣裡，周元祈也被父親教訓打了一頓板子，養了小半年才能下床行走，不過也沒有擋住這門親事，周元祈還是將蔣氏娶進了門。

要不是蔣氏有個慈心的父親，周家又一時心軟，這門親事怎麼也做不成。

這些雖然都是道聽塗說來的，而今看來也是八九不離十。

蔣氏進門之後，周元祈那些不良嗜好全都不見了，這些年還勤學武功，看來是要在朝廷謀職。

都是婚事，換了不同的人卻得來不同的結果。

琳怡沒有像別人一樣好奇地打量蔣氏，而是很尋常地和蔣氏打了個招呼，然後各自坐在椅子上。

信親王妃保養有道，雖然頭髮已經花白卻神采奕奕，舉手投足透著一股的貴氣，慈祥地看了看琳怡。「康郡王妃清減了。」

「可憐她年紀輕輕要管整個郡王府，自然是操心的。」敬郡王妃笑容背後帶了一層深意。

在場眾人再明白不過，這話意有所指。

要不是管不好內宅，如何讓姻家的消息傳得遍地都是？

琳怡微微一笑去拿矮桌上的茶來喝，在敬郡王妃的期待下半個字也沒說。

琳怡對面的蔣氏臉上忽然掛上了一抹笑容。

琳怡不說話，敬郡王妃就不能接口說下去，等了一會兒也只好訕訕地取了茶喝。

敬郡王哥哥要買回土地的事也是大家都知曉的，要是沒有葛家和周永昌的案子在前，這土地收回當是非常順利。

敬郡王的怒火肯定會燒到陳家身上，首當其衝的就是康郡王妃陳氏。

陳氏卻從容地應對，比旁邊看笑話的夫人們都要輕鬆似的。這樣的姿態很容易就惹怒敬郡王妃。

這樣的場合，最怕的就是人前失儀。

說著話，下人來道：「鎮國公夫人來了。」

鎮國公是沒有封號的，琳怡需要轉過頭才知道是周元廣、琳婉一家人。

琳婉被人護著去給花廳裡的長輩行禮。

信親王妃忙道：「妳是雙身子的人快起來，肚子裡的孩子才是大事。」

敬郡王妃道：「人說新媳婦三年喜，元廣媳婦才進門多久就給我們周氏添丁進口，如今元貴媳婦也有了，真是雙喜臨門。怪不得人說媳婦娶好了，家宅安寧。」說著看向鎮國公夫人。「夫人是有福氣。」

眾人看看琳婉的肚子，難免將目光又落在花廳裡別的新媳婦身上。

琳婉和琳怡同是陳家女，差別卻是很大。

琳婉隨和，連郭氏的肚子都管起來，琳怡卻管不好自己的肚子。不知道怎麼，琳怡覺得這很好笑，於是低著頭裝作害羞、靦覥。

敬郡王妃提著帕子笑道：「康郡王妃也不要太著急，好好調理調理身子，很快也會有好消息。」將管政事的精力用在自個兒的肚子上，比什麼都強。

屋子裡一下子靜下來，只聽到敬郡王妃的笑聲。

周家長輩都在喝茶，誰也沒接話過去。

琳怡知曉，這不過是在等她的錯處罷了，只要到了合適時機，就會說她插手政事又管不好中饋，不但和嬸娘一家相處不好，和自家的姊妹琳婉也不睦。

琳怡才想到這裡，沒想到對面的蔣氏開口。「康郡王妃是我們當中年紀最小的，這才成親不到半年，好時候還在後面。」

敬郡王妃只有一個身體羸弱的兒子，現在還在吃胡僧的藥丸想要老蚌生珠，這話正好戳在敬郡王妃胸口上。

花廳裡，氣氛更冷下來。

琳怡笑道：「時辰差不多了，大家都去瞧花燈吧，晚上還要去漪瀾堂。」

大家這才張羅著鬥燈。

眾人簇擁著長輩去院子裡，獻郡王妃、琳怡和蔣氏走在後面。

蔣氏略微豐腴，穿著淡青色的衣裙十分漂亮，手臂上戴著鏤空雕花金釧，襯著雪白的皮膚，也頗有幾分情態。

琳怡和蔣氏目光相接，似是從彼此眼睛裡看到些熟悉的神情。

蔣氏從身邊丫鬟手裡接過一只荷包遞給琳怡。「我早就想去看康郡王妃，聽說康郡王妃病了才沒去。」

琳怡接過荷包，上面繡紋十分漂亮。

蔣氏道：「聽說郡王妃擅女紅，我的手拙，郡王妃不要嫌棄才好。」

琳怡笑道：「哪裡呢，我不過就是學了雙面繡，這樣的繡工我可比不上妳。」

看著琳怡和蔣氏一起說說笑笑，遲來的周大太太甄氏冷冷一笑。好戲還在後面。

第一百八十九章

時間到了，大家陸續上了馬車趕去漪瀾堂。

琳怡看著蔣氏送她的荷包。可以看出蔣氏是個知書達禮的大家閨秀，怪不得周元祈一心要娶她。

蔣氏和周元祈能走到今天也是不易。

馬車很快行到北海，大家換了軟轎，到了團城下又步行去漪瀾堂。內侍引著命婦落坐，大家正在竊竊私語，只聽內侍道：「太后娘娘、皇后娘娘駕到。」

眾人忙站起身恭謹地行禮。

太后笑著讓眾人起身。

琳怡抬起頭看皇后娘娘，皇后娘娘氣色果然好了許多，舉手投足都透著雍容華貴。

班首的宗室婦稱賀，繁複禮制過後，內侍開始擺宴，漪瀾堂外也燃起了煙花爆竹。

宮人捧燈獻舞，更有穿著藩國服制的舞娘在荷花燈裡隨樂翩翩。

大家交頭接耳低聲交談。

獻郡王妃道：「皇后娘娘病了之後，宮裡一直少歌舞，就是在宮宴上也見不到這麼多舞娘。」

琳怡看著笑道：「皇后娘娘身體好起來，皇上也跟著高興。」

「那是自然。」獻郡王妃壓低聲音。「皇后娘娘是唯一經正門抬進宮的，娘娘病得最重時皇上說過，只立皇后娘娘一人為后。」

不管是愧疚還是真情，總之是給了皇后一個承諾。

皇后娘娘鬢間雙鳳低垂，眉眼間光彩閃爍，旁邊的惠妃娘娘穿著杏紅色衣裙，臉色紅潤如剛綻放的薔薇。

皇后娘娘端莊，惠妃娘娘嬌豔。從前的少年夫妻畢竟隔心多年，不知能不能及得上年輕貌美的溫柔鄉。

琳怡和獻郡王妃正說著話，小宮人捧來了一碟點心。「五王妃讓奴婢給康郡王妃送來。」

琳怡抬起頭看對面的寧平侯五小姐，寧平侯五小姐向琳怡微微一笑，滿臉善意。這樣親切的五王妃，琳怡也恭順地頷首謝過。

五王爺這些日子在皇上面前可是炙手可熱，連續幾日召見五王爺在南書房，五王妃這般對琳怡，立即引來旁邊人的豔羨。

一陣煙火過後，皇上駕到，眾人起身相迎，皇上笑著吩咐身邊人。「將花燈寫好放出去，請祖先庇佑我大周。」

皇上格外高興，特意讓翰林院官員執筆寫祭詞，然後將蓮花燈放進太液池。

太液池澄平的水面登時亮起數不清的燈光，皇上扶著太后娘娘帶眾人去觀看，天上的星斗似是落在湖裡，整座太液池比夜空還要璀璨。

看過花燈，皇上親手放了孔明燈，祝太后娘娘壽比南山，願大周朝萬年昌盛。太后娘娘、皇后和眾位娘娘都寫了燈謎來與命婦們同樂。

宮人們將賞賜之物搬上來，只等著有人猜中了謎底拿出來賞賜。

五王妃興致極高，先旁人猜中兩條，立即得了一柄玉如意和一只精巧的麒麟金鎖。

太后娘娘看著笑容滿面。「麒麟送子，這是極好的兆頭。」

五王妃羞怯地笑謝太后娘娘吉言。

寧平侯五小姐嫁人之後和從前大不一樣了，脾性收斂了不少，人前處事更加圓滑，卻改不了爭強好勝的心性，這樣一來，將其他幾位王妃都丟在了後面。

內命婦們也得了紙筆，獻郡王妃已猜中好幾條卻束手不寫，琳怡也是笑著觀看熱鬧，時間過了大半，她才動筆寫了一條，獻郡王妃猜了極難的兩條讓內侍送上去。

內侍慢慢報謎底，眾人在下面說笑。

皇上那邊拿了文武百官的敬賀詞來評鑑，太后娘娘看中了幾人的文辭，皇上笑道：「還是母后會選，那可是咱們鄭閣老、吏部尚書、狀元郎和探花郎的紙筆。」

女眷猜燈謎，文官樓下鬥筆，今年的中元節格外熱鬧。

皇上幾次爽朗地笑，賞賜更是源源不斷地送出去，當真是普天同慶。

整個北海守衛森嚴，官員騎在馬上四處巡邏。獻郡王妃拉著琳怡道：「康郡王爺可真是辛苦。」

在京的武官就是這樣，越是喜慶節日越忙得腳不沾地。

皇上正和太后娘娘說話，內侍匆匆忙忙進屋稟告，皇上的笑容一下子僵在臉上，漪瀾堂頓時安靜下來。

太后和皇后關切地看著皇上。

皇上起身吩咐宴席照常，自己則帶著內侍快步走了出去。

女眷們面面相覷，皇后打發人去打聽消息，蔣氏趁著大家不注意低頭往漪瀾堂外看，然後回來低聲道：「外面的守衛走了許多，大約是出事了。」

大家眼睛裡都流露出緊張。

皇后低聲和太后說了些話，太后皺起眉頭來，旁邊的惠妃目光閃爍不經意地看向自己的妹妹五王妃。

太后道：「怎麼偏在今天？」

皇后微微思量。「大約是孝親節的緣故，讀書人祭祖時不忘了拜孔聖人。」

太后長長的指甲輕觸手裡的茶碗，斂目道：「這些年皇上重科舉，重新修葺了孔廟，皇子們從來都是尊師重道，孔聖人的地位比前朝有高了許多，那些儒生又在鬧什麼？」

定是有原因的，儒生不會無緣無故地鬧事。

太后遣人去打聽，低聲吩咐皇后。「皇帝有事，時間也差不多了，宴席就散了吧。」

皇后應下來。「我就讓人去準備。」

太后頷首。

這邊，琳怡也聽說了些隻言片語。

姻家祖上就是有名的儒士，在江南一帶弟子有上百人。前朝亡國之君逃去江南建立南陳，姻家是少有仍舊侍奉君主的忠臣，南陳滅亡之後，姻家祖上也殉主，大周太祖皇帝敬重忠貞之士，沒有再追究姻家罪責，可是姻家卻不肯入朝為官。

江南儒生眾多，能在儒學上做一番道理的大多受過姻家祖上點撥，弟子傳弟子，這樣一來，姻家雖然避世卻聲名不滅。

不知是誰將皇上要賜姻家死忠的消息傳了出去，在京裡的儒士才在中元節鬧了起來。從姻家聯繫到大周朝幾樁文字獄，在大街上捧著孔聖人的尊像，直逼來北海要為天下儒士討個公道。

獻郡王妃拉著琳怡。「妳該知曉吧，都說消息是妳那裡傳出來的，皇上賜姻家忠勇侯，就算姻奉竹現在不受，出海之事姻奉竹定是有去無回，皇上到時候再追贈，姻家就沒有理由拒絕。只要忠勇侯的帽子扣上，姻家想要不為朝廷出力都沒了藉口，除非姻氏被滅族……」

這樣的消息……琳怡目光一緊。「這種消息我哪裡敢傳？」就因姻語秋是她的先生，她躲避都來不及，哪裡還會落人把柄？

獻郡王妃點頭。「我如何不知道，只是妳和姻家走動得近，姻語秋先生也是妳送出京的……」說著看向太后、皇后。「怕是有人會相信。」

獻郡王妃還少說了一點。

她和姻家走動得近固然是個讓人相信的理由，最重要的是，外面傳出去皇上要讓姻家盡忠的消息也確然是真的。

這兩件事加在一起，由不得人不相信。

有人早已經知曉儒生會在中元節鬧事，所以剛才在宗室營裡，許多人才會隱晦地笑。琳怡知曉中元節必然不太平……她看向獻郡王妃。「沒想到儒生會鬧起來。」

獻郡王妃臉上一緊。「我們家郡王爺也沒提起過姻家事，所以我也不知曉。」

獻郡王妃知曉的話，早就提醒她。

「還愣著做什麼？」蔣氏藉著敬酒走過來。「該想想法子脫身才是。」眾目睽睽之下，被太后、皇后叫過去問總會失了臉面，怎麼也要避開今天。

琳怡轉頭看蔣氏。

蔣氏道：「康郡王妃的病還沒好，現在吹了風身上不舒坦，我代康郡王妃去和皇后娘娘稟告。」說著微頓。「時辰不早了，先走一步也不算失儀，妳生病又是人人都知曉的，就算皇后娘娘不准，讓身邊的御醫幫忙診治，也可以避開這麼多人。」

第一百九十章

雖然琳怡和蔣氏是第一次見面，但是蔣氏的神情真切，一心是為她思量。

獻郡王妃也贊同，皇后娘娘的病有了起色，全賴姻語秋先生，這時候自然會維護康郡王妃一些。

琳怡搖頭。「我這時候走了倒落人口實，現在叫我過去問，我還能申辯。」

蔣氏和獻郡王妃對望了一眼。也是這個理。

「恐怕妳是有口難辯。」蔣氏提醒琳怡。「現在快想好了，一會兒一股腦兒地說出來，太后那裡不會給妳留太多時間。」蔣氏說著又將整個漪瀾堂看了遍。「眼下也沒有旁人能替妳說話了。」

蔣氏指的是周老夫人沒來，不過蔣氏的目光轉眼就變了些。

這也不是壞事，周老夫人既然有意躲避，就算來了也不會說什麼好話。

皇后扶著太后娘娘去內室先休息。

琳怡深深吸了口氣。

蔣氏和獻郡王妃也像沒事人似地在旁邊坐下說話。

片刻工夫，惠妃娘娘就宣佈宴席散了，宮人去準備車馬，大家等著太后娘娘的暖轎到門口。

眾人表面上裝作一無所知，目光閃爍時都在看琳怡這邊。

暖轎沒能準時到漪瀾堂，儒生擠在北海門口，皇上的意思是安全起見，等一會兒才能送太后娘娘回慈寧宮。

這樣耽擱下來，太后娘娘不問話是不可能了。

命婦有意地聚在一旁，琳怡這邊要不是有蔣氏和獻郡王妃在，就要落單。

大約過了一盞茶工夫。

女官走到琳怡跟前向琳怡行禮。「康郡王妃，太后、皇后娘娘傳您過去。」

等待了好久的石頭終於落了下來。

琳怡跟著女官步步前行，身後是一片靜謐。大幕已經拉開，惠和郡主、獻郡王妃等人滿心焦急，那些在整件事後推波助瀾的人如今就等著看結果。

琳怡走進內室，太后娘娘端坐在軟榻上，正在捻手裡的佛珠，皇后娘娘在一旁坐著說話。

琳怡上前行禮，太后娘娘不動聲色地讓琳怡起身，女官忙端了錦杌過來，琳怡欠身坐下，只等著太后娘娘說話。

女官將內室的隔扇關上，太后娘娘這才道：「皇后的病還是康郡王妃進的藥才能好。」臉上平和，沒有特別的神情。

皇后這才笑道：「聽說康郡王妃藥膳做得也好，哪日說幾樣給女官，讓御廚房也做做看。」

琳怡忙恭謹地道：「都是妾身在家裡亂做的，不敢拿到娘娘面前。」

皇后就笑了，又問了琳怡周嬸娘和廣平侯家老太太的情形。

琳怡一一作答。

皇后喝了口茶，臉上表情微緊。「這幾日，有些話傳到本宮耳朵裡，和姻家有關，正巧今天妳在這裡，就將妳叫來問問。」

琳怡的臉色一下子變了，人一急，眼睛也紅起來。「皇后娘娘，剛剛妾身也聽到有人說，是妾身亂傳姻家之事才、才有了今日之亂……妾身不過女流之輩，哪裡有這個本事？那些話，妾身更是聞所未聞……妾身師從姻語秋先生，自從姻家進京，妾身與先生見面甚少，就是為了避嫌，可畢竟妾身和姻語秋先生有師徒之宜，總不好就斷絕往來。」

皇后娘娘遲疑了片刻。「姻語秋先生怎麼會急著回福寧？」

琳怡這才低聲道：「也不知妾身該不該說，妾身也是不經意才知曉的。」

太后娘娘抬起眼睛慈祥地道：「妳但說無妨。」

琳怡緊張地用帕子擦擦鼻尖，這才道：「姻語秋先生收到家裡的信，姻老太爺要進京裡來，姻老太爺身體不好，先生擔心路上有什麼閃失，再者姻家進京只帶了幾個下人，姻語秋先生這才從京裡找了個鏢局去接姻老太爺。」

太后娘娘有些意外，皇后娘娘也驚訝地道：「原來是這樣，姻老太爺怎麼會突然進京來？」

琳怡搖頭。「妾身也不知曉。姻老太爺從福寧早就啟程了，只是路上病得重了，也就耽擱下來。」

太后娘娘仔細地聽著。

琳怡接著道：「聽姻語秋先生說，姻奉竹公子這些年在家中寫了本《律疏》，姻老太爺進京，大約是跟這本書有關。」

皇后娘娘看向太后娘娘。「《律疏》？」

律疏一般是對當朝律法的詳解，也就是說，姻家還是有報國之心。

琳怡道：「妾身這些可從來沒敢說給旁人聽，那些關於姻家的流言更不知是從何而起。」

康郡王妃剛才說的這些，太后娘娘和皇后娘娘沒聽到過隻言片語，若是康郡王妃四處亂說，這些話卻藏得這樣嚴實。

皇后娘娘道：「傳言本來就不可信。」

有心人什麼話不能利用？陳家和姻家的關係本就容易生閒話……

琳怡用絹子抹眼角。「前些日子，妾身給皇后娘娘做藥，外面還傳妾身和郡王爺不和，妾身的娘家也十分擔憂，妾身的祖母還因此焦慮病了，妾身是有口難言……有些話深了不是，淺了也不是，不知道怎麼解釋才好。」

深了不是，淺了不是，這話像是說內宅。

雖然說內宅不能摻和政事，但是有多少官員是因後院起火毀了前程。前任翰林院掌院學士就因提前將朝廷欲任命的總兵官人選洩漏給了夫人，夫人又在內宅宴席上傳開，皇上得知龍顏大怒，才會將掌院學士免職。

這件事曾鬧得沸沸揚揚。

康郡王妃生在勛貴之家，應該知曉這裡面的厲害。

在朝為官嘴要嚴，當家主母也不能含糊。

話說到這裡，女官進來稟告。「太后娘娘的軟轎到了。」

外面的儒生已經被清開。

伺候太后娘娘的內侍忙去安排暖轎。

太后娘娘臨起身之前看向琳怡。「妳小小年紀也是不容易……不過妳也不要因此心生怨懟，哪家的主母都是這樣過來的，有些事還要好生向長輩學著。」

琳怡忙行禮應承。

太后娘娘起駕回慈寧宮，琳怡也就從內室裡退出來。

「怎麼樣？」獻郡王妃為琳怡捏了一把汗。

琳怡頷首。「沒有責罵。」

獻郡王妃這才鬆了口氣。「真是嚇死人了，我的腿現在還軟著，虧妳還能安安穩穩地走出來。」

就算再鎮定也免不了要心跳加速、手腳冰涼。

蔣氏捧了一杯熱茶過來，琳怡接到手中道謝，喝口茶，覺得心緒平穩了許多，再抬起頭看蔣氏。不知道怎麼的，又一次對蔣氏有一種似曾相識的感覺，可是仔細思量，她不可能和蔣氏見過面，算上大大小小的宴席，也沒有和蔣氏有過接觸。

這是為什麼？

北海的主政殿裡，內侍向皇上稟告。「太后娘娘已經啟程回慈寧宮，御輦也準備好了，皇上是否擺駕回宮？」

皇帝從奏摺中抬起頭，吩咐內侍。「先將皇后娘娘送回去，朕一會兒再走。」
內侍低頭喝應，慢慢地退下去，關好殿側的小門。
大殿裡剩下了鄭閣老、翰林院掌院學士和姻奉竹。
「外面儒生的話可講給姻奉竹聽了？」皇帝淡淡地問鄭閣老。
鄭閣老道：「微臣已經原原本本說給了姻奉竹。」
大殿裡一陣靜謐，皇帝放下手裡的筆，活動活動僵硬的手腕，這才抬眼看姻奉竹。「你說說，對今天之事有什麼想法？」
皇帝的聲音似是平和，又似是含著雷霆萬鈞之勢。
「是臣庶之錯。」
皇帝彷彿此時並不想說出個誰對誰錯，而是站起身撩開身後的青布帳幔，露出裡面的書籍，隨手拿出一本。「朕小時候就已經在宮中藏書閣裡來往，聽說如今的藏書閣是前朝皇帝的私庫，裡面曾藏滿了金銀珠寶，我大周軍隊入宮打開私庫時，裡面銀子已經變黑，就是如此，前朝皇帝也不肯將銀子拿出來做軍資。」皇帝將手裡的書放回原處。「朕聽到的事許多都帶了個人評斷，也許不實，你姻家曾是前朝重臣，今兒就說句公道話，此事是不是真的？」

第一百九十一章

皇帝靜立著，姻奉竹低聲道：「臣庶也聽長輩說過，實有私庫到了滅國的時候也曾拿出一些做軍餉，宮裡內侍偷出去的更多——」

皇帝沒有將話聽完。「朕在西華門內武英殿設欽定殿本刻印，凡出刻之書都交由朕御覽之後方可刻印或精抄。這幾日，你所看到的書朕皆看過。」

姻奉竹聽得這話更加恭謹。「聖上之勤政，自古少有。」

皇帝笑一聲。「你倒會說話。」說著轉過身來，威嚴的目光如深潭，忽然之間聲音挑起來。「朕恨不得殺了整個姻家。」

姻奉竹聽得腿一軟，立即跪下來。「臣庶有罪。」

「你是有罪，」皇帝揮揮手讓內侍將厚厚的一摞文書拿上來。「自從大周朝建立之後，從太祖皇帝開始，我成祖、高宗皇帝在位皆有奏摺報你姻家念念不忘前朝，不肯真心歸順我大周，你姻家人雖然避世，卻心懷忤逆，江南儒士均效仿你姻家，前朝科舉時江南考生占大半，到了本朝，江南考生可忽略不計，你姻家在其中厥功甚偉。」

皇帝拿起一本奏摺擲在姻奉竹腳下。「太祖有訓言，我大周朝皇帝不能撕毀奏摺，這本奏摺就是高宗皇帝撕毀之後，由內侍重新黏好入檔。我高宗皇帝寬大，尚看了此摺動怒，若是換了前朝那亡國的皇帝，你姻氏早已經滅族。」說著頓了頓。「我可以殺你，並不似外面那些儒生說的，要找一個冠冕堂皇的理由，我只是現在不屑殺你，我要讓你們瞧瞧，你們的目光到底有多短淺，打著儒士的名號，似是有忠君報國之心，實則是愚不可及——」說著吩咐內侍。「帶烟奉竹和朕上團城。」

皇帝走上團城，烟奉竹低著頭小心翼翼地跟，臺階走到半路卻不小心一個踉蹌，旁邊的內侍忙伸手來扶，皇帝低頭撇過去，臉上劃過一抹冷笑。

高高的團城，站在上面能觀整個北海，還可眺望京城。

「烟奉竹，這個江山可曾變過？這土地、百姓是不是也因大周朝更變了？或許這些都沒變，只是大家沒看清你們烟家逐名之心。」

烟奉竹聽得這話忙跪下來。「臣庶是愚不可及。」

「朕賜你忠勇侯，你可知為何？」

烟奉竹叩首道：「皇上是讓臣庶知恥。」

皇帝冷笑一聲。「你倒還知曉，才子的名聲還不算白得來。」

烟奉竹這些日子跟在皇帝身邊，知曉皇帝每日天不亮就起來去南書房，晚上，宮中眾人都歇下了，皇帝還在批閱奏摺，光是這樣親政就不知強於前朝皇帝百倍，心中已經徹底折服，只是忠孝難以兩全，昨日聽康郡王一席話，而今就聽得皇上這般說法，再看京畿儒生因烟家高抬孔先生鬧事，心中一時羞愧。

「你們江南的才子，不願意為我大周朝效命，整日聚在一起妄談政事。」皇帝走到烟奉竹身邊，低頭看烟奉竹。「這就是你們的憂國憂民？沒真正為百姓做事，沒資格談國談民。」皇帝頭也不回地下了團城。

姻奉竹低下頭。這番話和幾年前康郡王說的何其相像。

「皇上，臣庶願意鞠躬盡瘁，死而後已。」

皇帝沒有止步，越走越遠。

琳怡回到康郡王府，鞏嬤嬤迎上來道：「郡王妃總算回來，可擔心死奴婢了。」廣平侯府已經遣人來問了幾次，她又聽說外面什麼儒生鬧起來，心裡更加害怕。

琳怡換好衣服，梳洗好卸下釵釧，這次終於可以鬆口氣。

鞏嬤嬤還在等著琳怡說話。

琳怡微微一笑。「我沒事，讓人去廣平侯府那邊說一聲。」

鞏嬤嬤這才安心道：「奴婢這就讓人過去。」

經過今晚，從前的局面該有所改變，多虧周十九想起來姻奉竹一直在寫《律疏》，藉此想要保姻奉竹一命，雖然不容易，所幸皇上對這個始終不能臣服的姻家起了征服之心，一心想要折服姻奉竹，於是這些日子一直將姻奉竹帶在身邊。

用權力讓一個人死，不如讓這個人完全匍匐在腳下，皇上乃明主就因他有這般野心，所以姻奉竹才能活命，姻氏一族才能得以保全。

至於這些日子關於姻家的傳言……琳怡早就在點卯的時候讓新進府的下人給嬸娘和甄氏捎了口訊，若是就此相安無事則罷，否則……她這個小女子，別的本事沒有，為保住這個家安寧，必定睚皆必報。

桐寧這時候來道：「郡王爺今晚當值就不回府了。」

琳怡吩咐橘紅將周十九那件石青素錦的披風給桐寧。

桐寧歡歡喜喜地走了，鞏嬤嬤也去吩咐門房落閂。

步兵統領衙門毫不手軟地鎮壓了儒生，將為首的幾個關進了大牢。

皇帝處理好政務準備離開南書房，身邊的內侍低聲道：「已經將姻奉竹送回房裡，不過今晚姻奉竹恐是徹夜難眠。」

皇帝將手裡的玉龍丟給內侍，俐落地整理袖子。「也該讓他好好想想，若是再想不通，姻家也就沒救了。」

內侍忙低頭陪著皇帝前行。

等到皇上坐上步輦，內侍才問：「皇上是去養心殿還是……」

皇帝微閉上眼睛養神，半晌才道：「景仁宮那邊燈可還亮著？」

「亮著呢！」內侍立即道。「要不然奴才去通稟一聲。」

皇帝頷首，內侍忙遣人去景仁宮通傳。

皇后娘娘穿戴整齊在門口接駕，皇上的神色看起來比這幾日都好許多，顯然胸口的怒氣已經發放出去一些。姻奉竹的人頭還在頸上，真是不易。

皇后讓人擺了小宴端上臨窗大炕。

皇帝依靠在引枕上，半晌才抬起頭看皇后。「漪瀾堂可還熱鬧？」

「熱鬧。」皇后娘娘親手沏茶，嘴邊掛著一抹閒適的笑容。「太后娘娘說煙火極好看的，今年的燈謎很有趣，太后娘娘、惠妃、德妃、淑妃妹妹準備的賞賜一件都沒剩。」

皇帝聽得這話，臉上有了些笑意。「妳的呢？」

皇后微低下頭，臉頰上飛起一絲紅暈。「那就看能不能被猜中。」

皇后娘娘身邊的女官聽得這話，忙輕手輕腳地走下來，眨眼工夫就捧來了一只花燈。

皇帝看了會兒精巧的花燈，這才起身。「好，那朕就來猜猜看。」

皇后娘娘嘴邊的笑容更深，走到燈影處，笑容收斂了些。從前少年夫妻是滿懷真心，現在過了這麼多年，世事變化，此情終究不過是為了自保罷了，如今她和姻家也沒有什麼區別。

「拿紙筆來。」皇帝忽然興致勃勃。

景仁宮的燭火一跳，彷彿整個宮殿也跟著亮起來。

鵝梨香，軟金帳。

整個內殿彷彿比平日多燥熱，帳子裡人影纏綿，持續了好久才安靜。

宮人換好乾淨的被褥，帝后躺下靜等著安眠。

不知是不是觸到了年少時的情懷，皇帝少有地提起政事。「外面鬧得那麼歡，漪瀾堂裡就沒有動靜？」

「怎麼沒有？」皇后將聽到的都說出來。「現在燒在康郡王妃頭上，若是不伸手攔住，恐怕很快就要殃及臣妾，畢竟臣妾也召見過姻語秋。」

皇帝閉上眼睛。「這已經是朕第二次聽到關於康郡王妃的傳言。」

皇后道：「傳言向來真真假假，難以分辨。」

那也不一定，若是都擺在眼前，是非對錯一眼即分明，康郡王如今已經在他身邊，不如調用周元景……他也仔細看看這對堂兄弟。皇帝淡淡地道：「妳可知曉幫著姻家說話的都有誰？」

並不是在問她，而是想要她靜靜聽著罷了。

「除了鄭閣老就是才取的探花郎。當初被攬進科場舞弊案裡，在大獄中不肯屈從，複考之後又中探花，沒想到經了這麼大的磨難依舊性子秉直，在南書房當值時，朕偶然問起他，他竟然敢替姻家人說話，就算是為了大周朝社稷，膽子也委實不小。」

皇后半晌才道：「臣妾恭喜皇上又得一直臣。」

直臣難得，就算有憤殺之心也要忍住。這是高宗皇帝在世時說過的一句話。能不殺直臣的皇帝實在是少之又少。

皇帝伸手拍拍皇后。「勞累了一天，早些歇著吧！」

皇后順從地閉上了眼睛。

琳怡這晚睡得很沈，睜開眼睛的時候，有人在擺弄她的手指。

碧綠的玉扳指輕觸在她手背上，彷彿正靜等她醒來。周十九當值了一整晚，竟也不覺得疲累。

琳怡想要收回手。

「噓，元元不要動，馬上就要抓住了。」

琳怡這才停下動作。

外面漸漸亮起來，不知是誰在窗子上放了一面小鏡子，直接將陽光送進屋子。

周十九拉著琳怡的手向前伸，手指潤在陽光下，溫暖而柔軟，一隻雀鳥落在窗口，圓溜溜的眼睛好奇地張望，手接著向前伸，圓圓的光團落在手心，似是握住了整束晨光。

第一百九十二章

從海外流傳過來的鏡子照出的光格外透亮。

照得琳怡從袖子中露出的半截手臂都格外瑩白。

周十九將手指反扣，頭沈下來在琳怡脖頸上。「我連太陽也放在妳手心了，怎麼辦呢？我是不是太厲害了，沒有人能及得上。」

這男人在外面衣冠楚楚，在家中就賣弄厚臉皮。

琳怡要起身，耳邊就傳來他均勻的呼吸聲。睡著了。

她換了件藍色折枝花褙子從內室裡出來，白芍道：「桐寧正在外面候著。」

琳怡覺得意外。會有什麼事？

她坐在椅子上，白芍將桐寧領進門。

「怎麼了？」琳怡喝口淡茶。

桐寧進來行禮道：「郡王爺匆匆忙忙回府，小的沒有跟上，不知是不是有什麼急事，小的就等在一旁。」

琳怡下意識地瞭了一眼掛著鵝黃色蘇繡簾子的內室。現在看來周十九不像是有別的事，難不成急匆匆地回來只是為了放面小鏡子？

她道：「郡王爺歇下了。」她對周十九不是完全瞭解，但是至少她知曉周十九在有事的時候不可能睡著。

桐寧放心地下去歇著。

琳怡將府裡的事整理了一遍，這才去周老夫人房裡請安。

昨晚中元節，周二太太郭氏主動留下來在郡王府幫襯。

「皇后娘娘怎麼會問妳這些？」周老夫人裝作一無所知。

琳怡乾脆直言不諱。「因為都說消息是從咱們府裡傳出去的。」

周老夫人驚訝，郭氏目光閃爍欲言又止，不小心將茶水倒在了桌子上，旁邊的丫鬟忙過來伺候。

周老夫人道：「多虧太后娘娘、皇后娘娘將妳叫過去問，否則我們真是洗不清冤屈了。」

琳怡皺起眉頭。「經過這件事，我也想知道到底是誰總要害我們家。」

臉上是一副沒有主意只有委屈的表情，其實心裡早就有了算計。周老夫人彷彿在思量。「不是說有很多人和郡王爺政見不一？朝堂上的火燒到內宅也是常見的，只要太后娘娘、皇后娘娘能明察秋毫，我們也少了冤屈。」

話說得輕鬆，是早就想好了退路，不論是什麼結果都能將自己擇清。

「嬸娘，」琳怡軟聲道：「有時間您帶我去多拜見宗室營的長輩，這次見面才知道還有許多親戚不認識，將來到了外面見到卻說不出話來，那有多尷尬。」

這是間接地在說她沒有做好長輩的本分，藉著這件事提出這樣的要求，也讓她沒有法子拒絕。「好。」周老夫人親切地道：「等過些日子我常帶妳去宗室營串串門。」

琳怡這才笑著端起茶來喝。

「郡王爺身子怎麼樣？」周夫人平常地問起來。

正好戳中琳怡最大的問題。她和周十九要慢慢地、小心翼翼地建立起信任，互相瞭解對方，走進彼此的生活。

「郡王爺這段日子辛苦，昨天一晚在宮外當值，今天早晨才回來。」琳怡說著頓了頓。「我已經讓廚房燉些補品，現下入秋，正是最好的時候。」

郭氏聽得這話笑著插嘴。「關切郡王爺誰也及不上郡王妃。」

周老夫人也笑起來，滿懷深意地看了琳怡一眼。

從周老夫人屋裡出來，郭氏和琳怡邊走邊說話。「總算告一段落，妳也該歇歇了。」

琳怡道：「二嫂身子怎麼樣？昨晚府裡都靠二嫂。」

郭氏笑道：「妳都安頓好了，我不過就是做個擺設，倒是聽說今年北海很熱鬧，要不是有儒生鬧事也就圓滿了。」

郭氏這個人總是讓人覺得很實在，沒有特別熱絡，說話也不大遮掩，讓人不大能挑錯處出來，甚至於之前當著她的面還提醒她有些傳言不好。

郭氏是聰明，卻彷彿並不刻意去害人。

郭氏從袖子裡拿出一只小瓷娃娃送到琳怡手裡。「也不知道有沒有用，妳且試試，要擺在頭頂的小櫃上。」說著臉頰微紅。「只要有了子嗣，情形就會好起來，新媳婦總是難的，一言一行都有長輩瞧著。」說到最後頗有些鬆口氣的感覺。

這樣一想郭氏也頗不容易，明面上嫁給了宗室，周元貴卻是個無所事事的浪蕩公子，雖然每月領著朝廷的供奉，卻因沒有分家，事事都要聽從周大太太甄氏的。甄氏有個怪脾氣，從來不用旁人用過的傢伙，自然就用家裡最好的，周元貴夫妻分在房中的則是甄氏看不上眼，要不是周元貴懼怕周元景，郭氏又是沒脾性的，家裡恐怕早就鬧個不安寧。

郭氏這份忍性就不能讓人小瞧。

郭氏想到一件事，小聲和琳怡道：「上次因老爺玩蟲傷了郡王爺和郡王妃，老爺收斂了不少，如今家裡只剩下幾只蟲罐。」郭氏說著向琳怡笑起來。「我也不知道怎麼謝郡王妃才好。」那件事著實成全了郭氏，不但除了童嬤嬤這個心腹大患，還讓約束了周元貴。

琳怡笑著道：「二嫂再這樣客氣，一家人要怎麼相處。」從郭氏手裡接過小瓷娃娃，別的話也不多說。

郭氏跟著琳怡去廚房裡看她做藥膳，又跟著琳怡學做了小糕點，妯娌兩個這才說說笑笑地分開。

回到房裡，鞏嬤嬤也打聽到了消息。「二太太和大太太在宗室營那邊鬧了不痛快，二太太懷著身孕想要多加菜，大太太生怕大廚房做出的飯菜不合二太太口味，讓二太太那邊開了小廚房。」

小廚房開銷自然要用郭氏自己的，甄氏將這個都算得清清楚楚，可想而知郭氏平日裡在宗室營那邊能不能拿到好處。

翚嬤嬤接著道：「大太太還說，從前有老太爺和老夫人那份家裡還算寬裕，現在老太爺和老夫人去了康郡王府，家裡下人卻沒有減多少，公中的銀子每月都捉襟見肘，她也是巧婦難為無米之炊。」

當家的人怎麼說怎麼有理，妳若和她強辯她就會說，不當家不知柴米貴。周元貴在外也是浪蕩公子的名聲，光靠郭氏也挺不起脊背來。

不過甄氏也著實沒有高明的手段，什麼時候折騰不好，偏在郭氏懷孕的時候發威，恐怕最終落不得好處，反而要碰一鼻子灰。

翚嬤嬤道：「看樣子，二太太想要靠向郡王妃這邊。」說著一頓。「奴婢覺得也不一定是壞事，說不得將來做了郡王妃的助力。」

琳怡倒不在乎誰幫誰，只是希望要嘛井水不犯河水，要嘛真的一團和睦不要互相算計。再說郭氏那麼聰明，無論什麼時候都不會吃虧，哪裡用得著她伸手幫忙？

到了晚上，周元景和甄氏一家果然也坐車過來。

中元節過後，大多數人家還要聚在一起吃飯。

周元景正襟危坐、滿面喜氣，甄氏也是笑逐顏開，不停地說話哄著周老夫人高興；周元貴落在椅子上自得其樂，郭氏雖懷了身孕，還張羅著給琳怡幫忙。

琳怡將郭氏安頓在椅子上，讓翚嬤嬤去擺席，然後大家坐在一起吃了頓團圓宴。

吃過飯，周老夫人拿起茶碗細細品著茶。

周元景這時候說起好消息。「今天遇見領侍衛內大臣，說是看到了郡王爺往上送的摺子。」

周老夫人意外地抬起眼睛。

領侍衛內大臣。

屋子裡一陣子落針可聞。

周元貴先看看這個又看看那個，這才後知後覺。「大哥要有差事了？」

領侍衛內大臣都開了口，可見差事是真的有眉目了。

宗室做侍衛不新鮮，卻從那麼多人當中能取上去也是不易。

周元景笑著看向周十九。「這多虧了郡王爺。」

周十九臉上一如既往地掛著笑容。

甄氏是人逢喜事精神爽，平日裡扎人的視線都柔和了，也親切地道：「日後還要郡王爺幫襯著。」

周元貴也不再揉手裡的鬼臉核桃。「是什麼時候的事？」

甄氏笑道：「也是才有的。」

周元貴很是高興。「怪不得我遇見元城說改日要請我們兄弟喝酒，我還納悶這一毛不拔的鐵公雞什麼時候竟這樣大方。」說著自個兒笑起來。

周元貴大約是滿屋子裡最沒有心眼的一個。

甄氏望著紅燈高照，心裡一陣敞亮。之前老夫人百般阻攔，她還以為自己爭取真的錯了，萬一老爺被分去康郡王的護軍營，那豈不是將自己送到別人手心？這段日子，她是恨不得康郡王被姻家牽連。

沒想到結果出乎她意料，老夫人也會算漏。

這下子該有多風光，在宗室營總算能抬起頭來。

周元貴呵呵笑一陣。「別的我不知曉，前任領侍衛內大臣還不是皇上在潛邸時的王府護衛。」

甄氏乜了周元景一眼。若是這樣那可真是……就算有爵位也及不上了。

周十九和琳怡從周老夫人房裡出來回到第二進院子，白芍正遣丫鬟去打水來，正好看到臉色蒼白的鞏二媳婦。

第一百九十三章

「怎麼了？」白芍和鞏二媳婦到一旁說話。

鞏二媳婦看看主屋有些擔憂又有些害怕。「白芍姑娘這幾日能不能幫我打聽一下，郡王爺是不是賞了鞏二銀子？」

白芍還沒釐清鞏二媳婦整句話的意思。

鞏二媳婦低聲道：「先不要和我婆婆說起……」臉頰微紅。「我婆婆……」鞏二媳婦聲音越來越低。

橘紅正好撩簾子出來，鞏二媳婦立即閉上嘴向白芍點點頭，然後退了下去。

橘紅看著鞏二媳婦的背影。「來尋鞏嬤嬤？鞏嬤嬤今天走得早些。」

白芍道：「我與她說了。」說著吩咐小丫鬟去取溫水來。

琳怡在梳洗的時候聽白芍說起這個。

白芍道：「鞏二媳婦是心細的，說不得發現了什麼。」

既然提到了賞銀，那就是跟銀錢有關。下人的月銀都是固定的，定是有多出來的銀子，鞏二媳婦才會這樣擔憂。

白芍有些奇怪。「其實這件事問鞏嬤嬤更方便些。」

家醜不可外揚，若是有問題，這樣不是更好遮掩。

「那不一樣。」白芍還沒嫁人，不知道這裡面的厲害關係。犟嬤嬤喜歡長子比二子多些，犟二媳婦是怕被犟嬤嬤苛責。「妳不是和犟二媳婦平日裡相處得很好嗎？」比起婆媳之間，有時候頭腦一熱，情願相信朋友。

白芍目光閃爍。「我是一定會跟郡王妃說的。」

這就對了。琳怡微微一笑。「若是犟二有什麼問題，犟二媳婦情願我給犟二一些教訓，而不讓犟嬤嬤知曉。」

白芍梳理好琳怡的長髮。「那怎麼辦？」

琳怡道：「讓人去查查犟二最近如何，一會兒我會問郡王爺有沒有打賞犟二。」

白芍應一聲，剛出門看到等在院子裡的陳漢。

陳漢遞了消息進來。

琳怡轉身進了內室，周十九靠在軟榻上，看完手裡的信函，抬起頭來看琳怡，似笑非笑十分溫柔。「姻老太爺將《律疏》送進京了。」

經過了這麼多年，姻家終於低頭，不是向權力低頭而是正好在恰當的時機，從前跟著舊主的那些姻家人都已經入土，幾代傳下來再怎麼言傳身教，從前那些情緒也自然會淡一些。

周十九笑著看琳怡。「妳怎麼勸動了姻語秋？」

她也沒怎麼勸，不過是讓人打聽到姻氏族中有人願意與官宦之家結親，姻家本是大族，不可能所有族人同仇敵愾，面臨隨時都可能到來的危險，其中會有人想方設法自保，真正執著的不過是和宗長相近的幾家罷了。

姻語秋先生的父親姻老太爺如今是子孫繞膝，若是此時此刻他還不肯退一步，就真的是將子孫送上斷頭臺。

琳怡道：「我還說，李公一時激憤辱罵高宗，不但殃及全家，還牽連朋友、學生加起來三萬多條性命，高宗命李公眼看著血流成河之後才殺他，李公臨死之前是否後悔因自己害死這麼多性命？」人人不敢提李公案，是因知曉高宗之過，這其中，李公就無罪？「前朝名臣陳公，是姻家先祖親自請去朝廷為官，陳公一生鞠躬盡瘁，死後立廟供奉。前朝皇帝建國之時也曾屠殺陳公全族，當年姻家又是怎麼勸得陳公入仕？陳公的弟子就是名相童古，童古任宰相其間，前朝皇帝二十餘年不上朝，若不是有童古這樣的宰相，前朝早已經敗落，童古死後被前朝皇帝賜謚號『文忠』。」

當今皇上賜姻家忠勇侯，姻家是文官，哪來的「勇」字，不過是譏笑姻家有勇無謀，實在無法堪比前朝的童古。

姻家就算死，換不來當年李公的名聲，倒是能堪比李公案的淒慘。

雖然皇上開始起了殺姻奉竹的心思，可是要改變想法也並非不可能，看似一瞬間的轉圜，實則不少人為之努力。

周十九定定地看了琳怡片刻，霍然笑道：「元元從心裡也是不贊成姻家的，之前因姻家之事生氣，是覺得我說的話有道理？」

之前生氣是不是因周十九說出的話讓她無法反駁？

不全是，她和周十九的想法不同。不管能不能幫上忙，她想的不是從中獲利，所以她的抱負並不遠大。

周十九笑容如流水般。「這次幫姻家，是皇上果然有此意。」

琳怡頷首。「是姻氏一族的福氣。」

他起身和琳怡一起躺在床上，伸手將她抱在懷裡。「不光是姻氏一族的福氣。」笑容清朗。「若是妳我沒有成親，姻家也不會有這個結果。」周十九說到這裡，語調極緩。「元元，妳說是不是？」

若是平日，她不過是聽著一笑。

周十九卻意外聽到輕輕的聲音道：「不知道，沒發生的事誰能說得準。」

不知怎麼，一下子讓人覺得床頭的花格外香。

琳怡向薄被裡縮了縮，周十九伸手過去放在她纖細的腰身上。

懷裡本來放鬆的人，好像立即緊張起來。

他低下頭靠近琳怡。

「郡王爺明天還要早些走吧？」好幾日沒有好好歇著，不會覺得累？

周十九不著痕跡地搖了搖頭又輕嘆口氣。「元元怎麼能用過就丟下不管。」

琳怡沒有像往日一樣就順從他。「用過了……自然就……要放下……」

周十九彷彿沒有預料到她會如此，微撐起身子看琳怡。

燈光下，琳怡臉上帶著一抹笑意，好久才抬起頭，茫然地看周十九，好像不明白周十九剛才的隱喻。「郡王爺，妾身說得不對？」

周十九優美的唇微微上翹，烏黑如緞的黑髮落在琳怡耳邊，眼睛猶如珍珠般光亮，目光脈脈，一瞬間彷彿有些疲累。「元元說得對，我還真覺得有些累了，太醫說秋日宜進補就是要藏納元氣。」說著手指輕挪，和琳怡交錯握起來。

明知他不是這個意思，可不知他下一句如何轉圜，她眼眸微橫，只等著周十九下句。

「漢世只所謂名士者，其風流可知矣……瑤琴易趣，可養風流，更能修補元氣……」周十九靜默片刻，微笑不變。「天地之道，陰陽相融，元元人生苦短，妳和我也該順乎自然，值此天人之際，合而為一。」

琳怡臉上一紅，又羞又氣。《春秋繁露》〈深察名號〉裡卻是說，天人之際，合而為一，卻被周十九斷章取義，用作這個意思，她嗔極了反生笑意，一雙泛著水光的眼眸閃閃發亮。

無論他說什麼她都能知曉，就算害羞，眼睛裡的神采也不肯服輸。柔弱女子卻動得四兩撥千斤，無論面對何人都能不慌不亂。

他的眼睛如同黑夜中的繁星，無論何時都有一絲微笑。他從小身邊沒有父母，這笑容來之不易，換作旁人定是沒有今日的地位。在這一點上就可讓人傾服。

依周十九的意思，她怎麼敢收得起這樣的利器在身邊……只要想到這個，琳怡目光爍爍，笑意難消。

周十九微微彎唇，軟軟地壓在琳怡的紅唇上，舌尖輕挑，緩緩與她的糾纏。

氣息熱起來，帶著青澀和磨人的酥軟。

他伸手解開琳怡的小衣，昏昏暗暗的燈光下映著他健碩的身體，小麥色的皮膚飽滿光滑，琳怡一隻手輕抱上周十九的肩膀。

這樣自然地回抱讓兩個人更加肌膚相貼。

皮膚比平日裡灼熱，這樣和她貼在一起，讓她一陣心悸。

身體有規律地觸碰，讓她忍不住想要縮起來。

周十九卻拉著她的手放在自己的褲子上。

隔著薄薄的布料，卻能觸到灼熱的堅挺。

琳怡要縮回手。

周十九低聲笑。「元元，我們生同衾，死同穴，生就為彼此，不必害羞。」

這些帶著笑意的話，聽到耳朵裡，她的手也忘了往回撤。他是從不害羞……

周十九脫下身上僅剩的衣衫，笑著再次吻上琳怡的唇，手從她胸前滑下來握住她的腰身，微頂開她的腿覆在上面。

緩慢的觸碰讓他英俊的臉頰微紅。

琳怡恰好抬起頭來看，四目相接，他偏偏選在這一刻緩緩地進入，讓她將他眼眸中漸漸擴大的愉悅看了清楚。

就像有一把尖銳的刀子慢慢向前，要刺破她的心臟，一直刺進裡面最深處，讓她只要心跳就會覺得疼。

「元元，天不亮了。」

周十九的目光清朗而溫軟。「元元，天就不亮了多好。」

苦。

天越來越冷，早朝的時辰不變，感覺剛剛躺下就要起身似的，護衛皇宮的武官做得實在辛苦。

坐在軟轎裡瞌睡的文官被武官恥笑，武官也是強打精神充顏面罷了。

這麼早起來也沒事做，琳怡起身送走周十九，喝了杯橘紅遞來的熱茶，又躺回去歇著。很快就睡著了。

第一百九十四章

琳怡好久沒有這樣放鬆地睡一覺，放下所有的心事和負擔。

不一會兒工夫，她聽到耳邊有人說話，想要睜開眼睛卻眼皮發沈。

「新奶奶睡了一晚了怎麼還不醒過來？」

「聽說新奶奶身體一直不好，該不會真的就……」

「別亂說，也沒真的燒傷哪裡，郎中不是也說無大礙，且歇兩日就能好了。」

「請的郎中也不是我們家常用的，外面滿是叛軍，誰也不敢輕易出門，聽說京裡已經死了不少人。這清君側到底是要清誰呀？」

「這些我們哪裡知曉，還是好好看護奶奶才是。」

不知是誰的腳步聲響，琳怡聽到橘紅的聲音。「窗子怎麼開這麼大，風吹到奶奶怎麼得了？」

「是郎中這樣吩咐的，說是見見風對奶奶有好處。」

橘紅的聲音沙啞。「妳們下去吧，這裡有我在。」

一陣走路聲響，門也被關上。

似是橘紅走到她身邊，琳怡想要用力捏下手指讓自己醒來，小拇指卻只是微微一動，眼睛上如墜千金。「奶奶，您快醒過來吧……」橘紅哭哭啼啼。「怎麼就著起火來？早知道奴婢就不該離開，就守在奶奶身邊，也不會出這樣的差池……現如今京裡亂了，不知什麼時候才能安定下來，陳家傳回消息說太太聽說婚房失火，當即就病緊了，二爺又出京避禍……您要是真有個……奴婢都不知要去尋誰啊——」

橘紅話音剛落，門口傳來玲瓏的聲音。「大爺來了。」

「奶奶還沒醒過來？」

這聲音熟悉。

琳怡仔細思量，心中霍然一亮。是林正青的聲音。

林正青怎麼會在這裡？

橘紅又怎麼會喊她「奶奶」？

這明明是康郡王府，她前世嫁給林正青，今生已經嫁給了周十九。

琳怡霍然醒過來，下意識地去碰床邊的線繩，外面聽到鈴鐺聲響的橘紅開門進來，身後跟著三、四個小丫鬟，捧著沐盆、巾帕和靶鏡、脂粉。

「廚房裡熬好了粥，做了幾樣點心，」橘紅笑著道。「奴婢還以為郡王妃要多睡一會兒。」

看一眼架子上的沙漏剛好卯時，就算是睡回籠覺，她也習慣這時候醒過來。

怎麼會作這樣一個夢？

不管是和前世還是和現在都沒有半點的關聯。

她已經是第二次被這樣的夢困惑。

每次彷彿是在半夢半醒之間徘徊。

換好衣服，翚嬤嬤將府裡的管事婆子叫來回話，琳怡接過橘紅手裡的銀薰球。府裡出了那麼多傳言，雖然並不屬實，可是也算提醒了她要防患於未然。

等到管事婆子都退下去，很快橘紅就從一個媳婦子嘴裡得知新進府的成婆子經常鬼鬼祟祟地獨來獨往。

特別是在周大太太甄氏進康郡王府的時候，成婆子就像打了雞血一樣四處活動。

「說得可清楚了。」橘紅道。「不用我怎麼問，就都說了出來。」趁著這個機會表忠心的確是個好主意。

白芍不苟言笑，不論是小丫鬟還是媳婦子都怕她；橘紅親和擅長說笑，特別是愛吃甜食，走到哪裡吃些別人送上來的小點心就能讓人放鬆警惕，最適合打聽消息。

玲瓏本來哀怨地想要和橘紅換換活兒做，聽到琳怡這番理論，立即高高興興指揮小丫鬟曬被子去了。

「要不要我現在就請翚嬤嬤過來？」橘紅頓了頓。「還有申嬤嬤。申嬤嬤前陣子也是幫忙佈置中元節。」說不得郡王妃要「問問」申嬤嬤的意思。

琳怡笑著搖搖頭。「不能因一件事就捕風捉影，再說外面的傳言也不實。」就算拿到人也沒有著實的證據，傳出去還當是她利用下人去陷害誰，說不得又會有幾個無辜的人到處哭訴。「府裡總要有人做事，別弄得人心惶惶……」

難不成就這樣算了？

琳怡笑看橘紅，周大太太甄氏不會只用這婆子一次。

她早就說過，到時候大家臉面不好看，甄氏和成婆子都該知曉。

將近巳時末，康郡王府的門房才瞧到鄭家的馬車。琳怡將鄭七小姐迎進屋，她在信裡才和鄭七小姐說，康郡王府池塘裡的魚被她養得肥肥大大，下一次鄭七小姐可以直接過來釣魚了。

鄭七小姐接到信就趕了過來。

前些時日，鄭七小姐回去鄭氏族裡觀看一位堂姊出閣，鄭老夫人這樣安排也有要避免鄭七小姐和琳怡、姻語秋先生來往過於密切。上次成國公案，鄭七小姐委實在鄭老夫人眼皮底下給琳怡寫了好幾封信，鄭老夫人怕自家的孫女在關鍵時刻惹出禍事來。

再說鄭家這門親事辦得十分風光，鄭七小姐這位堂姊嫁給翰林院掌院學士的二子，那位公子也是才思橫溢，兩個人稱得上是郎才女貌。

惠和郡主覬覦這門親事已久，最終讓旁人先登堂入室。

鄭七小姐癟著嘴道：「不知道母親怎麼想的，翰林院掌院學士也不見得就有多好，原來袁家老爺就做過掌院學士，後來那個科場舞弊被處決的不也是掌院學士……要說一定要嫁人，我才不願意嫁去書香門第。」

琳嬌也是翰林院掌院學士的兒媳婦。

鄭七小姐說得輕鬆，難過的是惠和郡主，琳怡能想像到自己看中的親事被同族人搶走之後惠和郡主的心情。

在鄭家有鄭老夫人和惠和郡主寵著，鄭七小姐還覺得規矩太多，若是嫁去書香門第，以後的日子可想而知。不過總是要出閣的，尤其是在京畿，只要晚嫁幾年就會被人說閒話，鄭七小姐的脾氣直率已經是京畿有名的了。

鄭七小姐道：「大不了就不嫁。」

琳怡聽著這話啼笑皆非。

不能不嫁，可是惠和郡主又不能將女兒送去婆家受罪，最好的法子就是尋一個能包容鄭七小姐的婆婆和夫君。

琳怡在繡周十九的斗篷，鄭七小姐湊過來瞧。「我母親說，若是能找門親事像妳和十九叔一樣，她也就放心了。」

她和周十九？其實並不算脾性相投，不過這已經算是好的了，起碼能試著互相適應，相敬如賓。

琳怡微笑半晌才道：「依我看，妳的女紅要學一些，別整日就玩那些鞭子。要等到將來嫁人之後真正管家了，才能隨興些。」

提起管家，鄭七小姐眼睛一亮。「祖母這段日子一直跟我講這些。」

鄭七小姐性子雖然直率，不一定就排斥中饋上的事，特別鄭老夫人和惠和郡主都善用人，鄭七小姐從小耳濡目染也學會了。

琳怡和鄭七小姐說了會兒話，這才讓人備馬車將鄭七小姐送回鄭家。

臨走之前，鄭七小姐還道：「改日我去陳家看老太太。」

琳怡笑著應下來，又讓丫鬟將給鄭老夫人和惠和郡主的回禮拿上馬車，親眼看著馬車出了康郡王府。

琳怡回到房裡，打開鄭七小姐帶來的禮物，是一支赤金累絲寶石鳳凰步搖。鄭七小姐送給她的都是些小巧的玩物，這一次怎麼送得這樣貴重，倒像是惠和郡主送給田氏那些……

雖說不論是和鄭家還是惠和郡主走動得都很近，卻也沒有在平常日子裡送這樣的東西。

琳怡微微遲疑，將步搖放回盒子裡。鄭七小姐在她面前無話不談。

惠和郡主這時候讓鄭七小姐來和她說翰林院掌院學士家公子的親事……

難不成惠和郡主想要她幫忙做保山？

可是這樣遮遮掩掩，也不知道鄭家到底看上了誰。

到了晚上，琳怡和周十九吃過飯去屋裡說話。

「我想在京裡開個鋪子。」琳怡一邊和周十九下棋一邊說起。這段日子她正琢磨著要做些什麼，正好周十九手裡有間在京裡的鋪子最近租期到了，他的俸祿不少，可是郡王府太大，支出也要不少，現在就要想著開源節流才能將日子過起來。

「準備做些什麼？」周十九笑著問。

琳怡落子在棋盤上。「還沒定下來，只是有這個想法，所以先問郡王爺有沒有好主意。」

周十九看著眉宇飛揚的琳怡。「妳心裡怎麼想的，說出來我幫妳想想能不能行得通。」

琳怡抿嘴一笑。「我是覺得等商船出去一趟回來，只怕京裡的鋪面會緊張，租給旁人一簽就是十年的紙約，到時候想要後悔加價也來不及。」就算海禁一時不開，三年、五年內必定見成效，可是誰也不肯短租商鋪，這樣兩面為難，她就想自己留下做。「我看京裡的繡樣沒有福寧見到的好，倒是想請個成衣匠，做間成衣鋪。」

周十九微微笑著。「有沒有想過要賣書畫？」

這個她想過，比起成衣鋪，她自然更喜歡書畫，只是書畫萬一賣不好，容易出差錯。「成衣鋪只要找一、兩個好的成衣匠，賣書畫就不一樣了，裡面講究太多，我做不來。」

周十九也不想勉強她，聽到她的說法笑了笑，好半天，沈下頭瞇起眼睛。「我的不能拿去賣。」

「什麼？」琳怡收回棋籠裡的手。

周十九懶懶散散地半靠在圓圓的軟枕上，眼睛如濛一層迷霧。「元元給我做的樣式，不能讓成衣匠仿製。」

周十九這人看似瀟灑，其實小氣得緊。

第一百九十五章

第二天，周十九早早去上朝，琳怡讓人將床頭的輕煙羅換成了蘇繡，杏黃色的錦緞被子，整個屋子看起來暖和一些，床邊的櫃子上也鋪了雙面繡的流蘇，又將給周十九新做的白綾褻衣放進去十幾套，褻衣的衣襟上都繡了小塊的暗繡紋。

收拾完了，琳怡開始張羅鋪子上的事。鞏嬤嬤物色好了一個繡娘，將繡品拿給琳怡瞧了，繡娘做活很細緻。

鞏嬤嬤說起繡娘。「原是一家的小姐，父母早亡，才開始賣自己繡的繡品。」怪不得和普通繡娘不一樣，繡的東西有些靈氣。

琳怡頷首。「馬上就要量做冬衣了，家裡有做不完的活兒，請她幫忙做些。」

鞏嬤嬤笑著道：「奴婢明白了。」只有在接觸中才能看出一個人可靠不可靠。

屋子裡沒有旁人，鞏嬤嬤乘機道：「鄭老夫人和陳家老太太走動頻繁，您說鄭家會不會想要和陳家結親？」

這……琳怡一怔，她還沒有想過。按理說她和周十九成親，鄭家又有惠和郡主這一層關係，雖說在宗室上，周十九和惠和郡主雖然同宗，卻經過太祖、成祖、高宗和本朝皇帝，實則已經隔了五代，所以和鄭家交往，並沒有按照輩分行禮，否則惠和郡主見到她還要叫聲：「嬸嬸。」那就太奇怪了。

可是她一直沒有想過陳家和鄭家這一層關係。

若是鄭家有這樣的想法也無可厚非，畢竟鄭老夫人和祖母是從小的手帕交，鄭家小姐還曾想嫁給周十九……只是父親一直說要等到哥哥年長些、定了性才談親事，鄭七小姐比哥哥才小了兩歲，以她和鄭七小姐的關係，親事議成了固然是好，可是談婚論嫁並不是由一人願意就能促成的，這不是她的親事，不知鄭七小姐怎麼想，祖母和父親又怎麼考慮？

這事不像是出自鄭老夫人之手，彷彿是惠和郡主突然對陳家有了好感。是不是有人當中說了什麼話撮合？

她只以為哥哥到了二十歲才會張羅親事，所以也一直沒有在意。

鞏嬤嬤笑立在旁邊。郡王妃畢竟年紀小，沒有她這個過來人敏感，惠和郡主這樣示好，不是和親事有關又是為了什麼？找人試探陳家的意思又不必經過鄭老夫人，郡王妃是最好的人選。

談親的厲害琳怡倒是知曉，要不然很多家族只要帶親就不會再談親，只怕有時不能親上加親反而壞事。就像陳家和齊家的關係，如今反而不如從前密切了。

琳怡吩咐鞏嬤嬤，準備一下明日回廣平侯府。不管惠和郡主是什麼意思，她總要先稟過長輩。

陳家二房裡，田氏剛在佛龕面前唸完經文。

元香忙拿了一杯熱茶給田氏。

沈嬤嬤笑著來回話。「郡王妃讓人帶消息，明日就要回去廣平侯府呢。」

也就是說，惠和郡主的意思琳怡已經明白了。

接下來就等著看陳家和鄭家的好事。

田氏慢慢抿著茶。這不是很好嗎？反正兩家已經在同一條船上，何必再遮遮掩掩……

琳怡坐在屋裡看帳本，橘紅指點胡桃做針線。胡桃的手巧，白芍覺得讓胡桃學學，將來或許能幫她一起做活。

「是跟我家鄰居的嬸子學的，我娘手笨，和她學不到東西，我就將娘帶回來的茯苓餅給鄰居嬸子的妮妮吃。」

橘紅聽著挺有意思。

琳怡也笑著看了胡桃一眼，知道自己想要什麼並付諸行動，就是最聰明的。「那嬸子定是手藝很好。」

胡桃嘆口氣。「是挺好，只是我跟她學得太少了，沒等我學會她就搬走了。」

大家才說完話，玲瓏從外面進來道：「桐寧說郡王爺帶回來不少東西，讓郡王妃將內室的案子空出來。」

琳怡合上帳本。什麼東西？還要放去內室。「郡王爺進府了？」

玲瓏頷首。「剛下了馬。」

琳怡讓人將內室靠案子的花瓶搬開，剛迎出門就看到周十九進了院子，後面跟著小廝抬著兩只箱子。

兩只大箱子抬進內室，周十九吩咐人退下，然後跟著琳怡去套間裡換衣服。

琳怡踮著腳尖解開周十九的領扣。「是什麼？」

他隨著官服脫下，整個人也被解放出來，立時舒展了眉眼，再也不像威風凜凜的參將，身姿筆挺，笑容含而不露，帶著柔潤的光澤。「一會兒就給妳瞧。」

什麼東西這樣神秘？

琳怡從套間裡出來吩咐鞏嬤嬤去擺飯，周十九先去給周老太爺、周老夫人請安，才回來吃飯。

吃過飯，兩個人到內室裡，周十九看了看房間裡的帳幔。「蘇繡好看是好看，時間長了感覺有些普通。」

蘇繡顏色絢麗又有著江南的婉約，看的時間再長也不覺得膩煩。

琳怡微微一笑。「大約郡王爺是男子才看不慣這些。」

周十九看著她笑一會兒，目光一盛。「我有喜歡的，元元要不要看看？」

該不會指的是那兩口大箱子？

白芍和橘紅將箱子打開，琳怡低下頭，在一層錦緞底下看到了滿滿的一箱子書畫，另一只箱子打開，裡面也是相同的東西。

怪不得要將案子整理出來，原來是要看這些書畫。

白芍帶著下人出去，琳怡將箱子裡的畫展開來看。

各種工筆和寫意，水墨山水和寫意花鳥。

現下文人最喜歡的正是山水和花鳥。

琳怡只顧得看畫，洋溢的情緒也不加遮掩地表露出來。「都是郡王爺買來的？」

周十九笑了笑，修長的手指從箱子裡拿出一幅圖。「有銀子的時候買，沒銀子的時候就換來。」

琳怡想到周十九用狐裘換酒的事來，怪不得做得這樣順風順水。

周十九拿朝廷俸祿才沒幾年，能湊出這麼多名家書畫已經是不容易。

周十九道：「莊子上還有幾箱，如果妳賣書畫也有得撐門面。」

這樣的書畫要賣？她哪裡捨得。「郡王爺蒐羅這麼多書畫，就讓人花銀子買去不覺得可惜？」

他笑道：「出自同一人手中，我們只要留最好的，元元喜歡哪一幅儘可留下，剩下的拿去鋪子裡，就算擺著也能引人去瞧。」

這裡面每一幅都是極好的，有很多筆法都是她沒見過的，有聲勢烜赫的名家，有前朝名派，還有她沒聽過的作者。姻語秋先生的藏畫已經有不少，從祖母那裡她也看到很多，周十九這裡竟然還有她從來沒見過的工筆。

「郡王爺喜歡潑墨畫？」有許多是潑墨山水，極難得的。

周十九讓橘紅在案上鋪好筆墨，抬起頭來看琳怡一眼，然後合攏嘴角微笑著提筆。

琳怡也放下手裡的畫去瞧。

「元元手裡拿的是手指畫。」

怪不得她看著奇怪，可是手指畫早已經失傳了，他這又是從哪裡得來的？

「是本朝禮部的一位主簿畫的，不知道和傳說中的手指畫是不是一樣。」

本朝禮部主簿？琳怡覺得好奇。「是自創的手指畫？家中沒有從前傳下來的畫作？郡王爺又是怎麼認識他的？」

周十九攬袖。「這位主簿叫崔廣臣，是京畿人士，閒來總愛去京裡一個不知名的畫社轉悠，因長得胖，平日裡大家給他起了別號『德圓』。我是先認識德圓，後來才在衙門裡遇見，方知他是禮部主簿。」

周十九從前也不在朝廷供職當然不認識，再說崔廣臣多寄情於書畫，大約也沒將朝廷仕途掛在嘴邊。

「一來二去我們熟悉了，崔廣臣就送了我不少書畫，還將手指畫講給我聽。」周十九拿著筆，抬起頭來。

琳怡聽著目光閃動。

第一百九十六章

周十九故意不往下說。

「元元幫我調墨好不好？」

琳怡臉微揚，這才想起來屋子裡沒有了下人伺候，放下手裡的畫卷去幫周十九。

周十九笑看著她先剪了燈花又去調墨。

「崔廣臣是偶然才發現手指比筆好用，漸漸就喜好上了用手作畫。崔廣臣現在留了一手的好指甲，平日藏在袖子裡不敢拿出來。」周十九說著頓了頓。

琳怡就笑出聲。「這個哪裡能瞞得住，早晚大家都會瞧見。」

「所以說，」周十九目光輕拂過琳怡的臉頰。「現在開始多要幾幅他的畫，將來大家都去求，哪裡還有這樣容易。」

他倒留著這個心眼。

周十九彷彿知曉琳怡在想什麼，笑著道：「若是沒有這點算計，我哪來的銀子置辦那麼多書畫？」

說得也是，好的書畫就算一擲千金也是買不到的。

周十九的潑墨荷花圖畫完，放下筆，在箱子裡找出崔廣臣的得意之作，展開擺在書案的另一邊，將畫好的潑墨荷花放在矮桌上，重新鋪好紙張，笑著看琳怡。「元元要不要試試手指畫？」

說著眼睛微眨笑著。「我可比崔廣臣更擅指畫。」

琳怡笑著道：「我不信。」周十九是聰明，可是他更多的時間都用在政事上，這些陶冶情操的琴棋書畫不會專精。

手指畫可比用筆更難。

周十九神情閒逸。「我的手指畫好學，元元要不要寫寫看？」

提筆她還會畫寫，用手，她是半點沒有道理。

「我哪裡會。」

周十九煞有介事地在她身上瞧了瞧。「元元穿成這樣子自然不會，真名士自狷狂，不作天仙作地仙。」

要說狷狂，周十九已經做到了一半，至於地仙的瘋癲，他是及不上半點。

琳怡笑著道：「我自然是學不會，就在這裡看著郡王爺畫。」

「不試試怎麼知道。」周十九一把拉過琳怡在懷裡。「身邊又沒有旁人，元元怕什麼，就算畫得不好我也不會笑的。」

他看似認真，那清澈的眼睛又有別的情緒在流轉。

「要怎麼畫？」琳怡話音剛落，周十九已經解開身上的腰帶。腰帶落下來，只著一襲無拘無束的長袍，他伸出手來拉起琳怡的手。

他的掌心乾燥溫暖，眼睛裡滿是笑意，將琳怡結結實實抱在懷裡。「元元不捨得將崔廣臣的畫賣了，不如就賣我寫的。」說著鬆開琳怡的手去沾墨。

手落在紙上，周十九的笑容漸漸收斂不見了，琳怡背對著案子靠在他懷裡，看不到他都在畫什麼，只能瞧見他認真的神情。

周十九不笑的時候很少見，要說之前她不相信周十九能畫手指畫，現在她是真的信了。

琳怡轉身，低頭露出白皙的脖頸來。

看到身後書案上周十九的「畫」，不知怎麼地她就笑起來。

平日裡覺得他的笑容是遮掩，剛剛才是認真，卻沒想被他算計個正著。

「郡王爺這可真是實實在在的指畫。」

如何不是呢，只是沾著墨在紙上寫字。

周十九髮髻高束，有王侯氣魄，神情高雅如天淵的雲朵，卻只是在紙上寫了兩個字，「情趣」，這如何是指畫，是「指字」。

原來周十九的真名士自狷狂說的是情趣。

總是被他捉弄，這一次可沒那麼容易。琳怡抿起笑容，也壓住袖口，伸手去沾墨，在周十九寫的字旁添了兩個字「墨韻」。

「郡王爺要學前朝的曹子川嗎？」

前朝曹子川從小就有書畫的天分，只是從小被嚴父教養，為人謹守規矩，書畫雖好卻一直被束縛，後來有一日曹子川忽然想開了，棄掉鞋襪從家中走到大街上，足足走得腳底流血方才歸家。從此之後，曹子川的書畫造詣突飛猛進，留下曹狂的名聲。

他比不上曹狂，因他還穿著鞋襪。

兩個人的字推上去，展開下面的紙張，周十九一隻手環住琳怡的腰身，另一隻手拉著她去沾墨汁，不是手指一點點，而是整隻手都落在墨中。

這樣用墨，讓人覺得新奇又好笑。

琳怡只覺得周十九暖暖的氣息落在耳邊，手指在墨裡糾纏，落在紙張上是清晰的手指印記，他的手指修長，她的手指秀氣。

「怎麼辦呢？元元的手小，只能畫半片荷花。」

這樣滿紙沒有章法的狼藉，如何還能作畫？

周十九又撫上琳怡染著蔻丹的指甲。「用元元的指甲畫荷花。」

他拉著琳怡的手，兩個人小心翼翼地用指甲畫上去。

「元元畫得方圓豐潤，疏密有致，瓣口歸芯。」

從來都是規矩地坐在椅子上提筆，這樣還是第一次……畫出來的東西恐是連七、八歲的孩童也不如。

明知不如，兩個人還貌似認真地在畫。

一朵含苞芙蕖畫成。

「元元將這幅畫掛在內室裡，是不是比流蘇繡好看？」

這樣的畫掛在內室，只怕要貽笑大方。

指甲描的荷花，下面是手掌印記。

周十九臉上浮起莫測的笑容。「元元別急，我還沒畫好呢。」

她怎麼就忘了，周十九的潑墨畫畫得極好，指印上用重墨一染，果然就畫出荷葉來，中間的荷花雙勾畫成，清蓮而不嬌，說不出地瀟灑。

「能不能掛上？」周十九低聲問。

琳怡頷首。「郡王爺的潑墨畫得好，明日我就讓人裱起來。」

周十九將畫拿去矮桌上晾，琳怡站在書案旁看滿桌的狼藉，他去而復返，拉起琳怡的手。

兩個人手上都滿是墨汁。

「我去叫橘紅端水進來。」

周十九漫然道：「不著急。」淺色的嘴唇上如罩了層光澤。「元元說說，好不好看？」

他笑容溫潤，目光清澈，琳怡從中看到自己的影子。她此刻也這般望著周十九，心中無雜念。眼前的人姿態俊逸，無人能及。

周十九臉上蹭了一抹墨汁，琳怡下意識伸手去擦，卻忘了自己手上也都是墨，不擦還好，一擦連成一片。

她臉頰微紅，低頭笑起來。

周十九垂首抵住琳怡的額頭，兩個人呼吸之間唇口相貼，柔軟的舌尖帶著一絲清甜，胸口緊靠著，彷彿因貼近而慌張。指尖是重重的墨香，讓她想起剛剛在墨汁中糾纏的手指。呼吸慢慢加重，琳怡覺得身上一輕，已被抱上書案，她手指微張，不小心推翻了旁邊的筆架，排筆、小染、中染、大染、鬚眉、柳條、開面立時掉了一地。

門口傳來橘紅敲門的聲音。

周十九道：「沒事，下去吧！」

琳怡乘機想要起身，他卻傾覆上來，在她嘴邊微笑。

周十九衣袍上精緻的繡紋壓在她柔軟的衣裙上，錦緞輕綿，如同帶著清晰紋理的花瓣，衣角也沾上了墨跡，正在一點一點地暈染開來。

第一百九十七章

琳怡聽著外面依稀傳來的腳步聲，耳邊卻只是周十九強而有力的心跳聲。

弄不清楚到底是什麼原因，也許自從出嫁之後她就沒有這樣開懷，也許是眼前那些她親手繡上去的花紋，讓她前所未有地舒適、放鬆，卻又因緊湊的呼吸聲而緊張。她試圖從周十九懷裡直起身，卻被他抱得更緊。

從來都是他主動她被迫接受，很少有這樣開懷，以至於簡單的親密。

周十九又親吻下來，書案上的筆又繼續滾在地上，琳怡在落地聲音中忍不住笑，接著身體一輕，眼前是他光亮的眼睛、漂亮的花窗格子、矮桌上的花斛、嬌豔欲滴的牡丹花，最後一眼是床邊垂下來的帳幔，燈相繼被吹滅。

黑暗中，周十九重新傾覆下來。黑暗讓她更加緊繃，她伏在周十九的肩頭，伸手去摟抱他溫熱的肩膀。

小蕭氏曾不止一次說過，許多事不明白未必是壞事，於是小蕭氏從不打聽父親的政事，哪怕是父親主動說起，小蕭氏也不會打聽得更清楚。

這個恰恰是她的缺點，她會自覺地將身邊所有事弄個明白，重生之後讓她更為細緻。若是什麼都不去想，會不會讓她生活得更輕鬆、舒適些？

譬如，今日相樂，皆當喜歡。

適應了黑暗，眼前的一切漸漸清晰。鼻端是淡淡的薄荷香氣，琳怡將薄荷放在皂豆中，雖說是她的習慣，卻也順理成章地沾染在周十九身上。

就如同這次姻家的事。

或許一切尚能改變，尚可改變，如同她，如同周十九。

琳怡深吸一口氣，慢慢舒展了身體。

清晰地感覺到周十九的侵入，彷彿比往日急躁，就少了久違的疼痛。

周十九停下去親吻琳怡的鬢角，慢慢沈浮，讓她鬢間、身體都慢慢變得濕潤。

醒來的第一件事是找不到鞋子。

琳怡少了一隻鞋子。

昨晚他們進房間的時候，她腳上還是一雙，她總不能讓橘紅進來幫忙找。

掉去哪裡了?床底下沒有，書案旁也沒有，床上更不可能會找到。

周十九穿上長袍，端起燈，走到書案前，閒適地道：「我們在這裡做手指畫……然後我完成潑墨的部分，然後我們……」

想起昨晚，琳怡的臉頰又熱起來。

周十九不是在找鞋，而是在重複昨晚的事。

「好了。」琳怡心念一轉就想明白過來。「郡王爺還是先去上朝，一會兒我自己來找。」

周十九眼底閃過如春日般溫暖的笑意。「等到丫鬟端水進來，元元就自己找不成了。」所以……

琳怡等著周十九下面的話。

「我找鞋，元元兌現昨晚的話。」

什麼話？她心中腹誹。

「將畫裱起來掛上。」

那幅手指蓮花圖？看著還過得去，可是經過昨晚，她覺得……

「還是掛去書房裡好。」內室裡會讓人覺得詫異。

周十九聽著就笑起來。其實覺得奇怪的是她自己。

琳怡眼看著他將燈放在桌子上，從窗口跳了出去。

門口婆子來喊起，橘紅端著燈輕輕敲門。

若是往常，琳怡定會讓橘紅進門，可是今天……有點不同尋常。

她讓自己的聲音儘量聽起來惺忪。「等一會兒。」

橘紅應下來。

琳怡剛鬆口氣，外面就傳來小丫鬟驚訝的聲音。「郡王爺。」然後是銅盆落地的聲音。

琳怡可以想像出有人聚過去瞧，內室沒有開門，周十九卻在窗外。

她伸手去拿櫃子裡新做好的繡鞋穿好。弄到現在這個地步，她不能裝作若無其事。琳怡有些尷尬地起身打開門。

周十九卻神色從容，臉上掛著微笑。

小丫鬟戰戰兢兢，白芍佯裝鎮定，橘紅滿臉狐疑，大約在思索周十九什麼時候出門。橘紅在外值夜。

琳怡看向周十九的手，寬大的袍袖下手一鬆，翠色的繡鞋就要掉下來。

琳怡嚇了一跳，周十九卻笑容一深，將繡鞋握住。

「去打水吧！」琳怡轉臉吩咐橘紅。

橘紅應了一聲去指揮小丫鬟。

看到屋子裡暫時恢復了正常，琳怡鬆口氣，伸手去奪周十九手裡的繡鞋。

他笑著閃躲，彎下腰，壓低聲音在她耳邊。「掛在內室裡。」

琳怡抿起嘴唇。

周十九眉宇飛揚。「噓……掛在內室裡，沒有人知曉。」

滿屋狼藉會沒人知曉？

琳怡道：「書房裡有更多書畫。」放在那裡才不會被人太注意，臥室裡多幅奇怪的畫，萬一誰來作客進門，她要怎麼說？康郡王的即興之作？雖然說潑墨畫得還算不錯，也不算太好看，就算不怕表達畫工的拙劣，也總要有個喜歡的理由。

周十九微微一笑。「所以用不著再放。」說著頓了頓。「元元承認吧，這幅畫妳也喜歡。」

說完轉身從內室裡走出去。

她是喜歡，不過是因為用指甲畫了一朵芙蕖，才不是周十九眼睛裡的那個意思。

主屋裡擺好早膳，白芍將橘紅拉到旁邊。「妳睡著了？沒聽到什麼時候開了門？」

橘紅睡覺向來輕，值夜的時候更不敢大意。「沒有，郡王爺開門我定會醒來的，再說外間還有胡桃呢！」

不可能繞過兩個人去外面。

橘紅想到昨晚的聲音。「該不會是郡王爺和郡王妃吵架了？」

上次因姻家爆發的一場小規模爭執，大家都記憶猶新，這一次雖然沒有爭吵，可是桌上的東西卻落在地上，早晨郡王爺和郡王妃的臉色都怪怪的。

橘紅這樣一說，白芍目光更加深沈起來。

橘紅雙手合十。「老天保佑，讓郡王爺和郡王妃好好的。」

可是看早晨郡王妃親手給郡王爺換衣衫又不像……

橘紅霍然想起來。「昨晚要水了。」

白芍這才跟著鬆口氣，埋怨地看向橘紅。「傻丫頭，這還能有什麼事？」

橘紅怔在那裡。按理說……是啊，可……郡王妃明明臉色不好看……

周琅嬛早早就醒過來，還沒到婆子叫起的時間，身邊的人已經起身了。

她咳嗽一聲，外面的桂兒立即端了淡茶進屋。

周琅嬛漱了口，問桂兒：「二爺呢？」

桂兒道：「去書房看書了。」

齊重軒的習慣是起床之後總會徑直去書房，這個家裡他待得時間最長的就是書房。

周琅嬛起身。「我去瞧瞧。」

小廚房裡做好早飯，她帶著人送去書房。

才走到門口就聽到齊二老爺的聲音。「你替姻奉竹說話了？你是哪兒來的膽子？這次皇上沒追究下一次呢？你不過才補了修撰，姻家和你有什麼交情，讓你這樣越級進言？」

接著是齊二太太勸說的聲音。「老爺別怪軒哥兒，這件事和陳家有關，咱們家和陳家也有交情，上次軒哥兒進大獄，廣平侯不是也幫了忙？」

周琅嬛想要進門，最終將手伸回來，門口的丫鬟不知要不要進去稟告。

齊二老爺已經道：「為了廣平侯？廣平侯都沒有提起姻奉竹之事！」說著氣息一沈。「是不是琅嬛讓你幫忙？琅嬛為這件事還去了康郡王府，她和康郡王妃不是手帕交嗎？」

一直不說話的齊重軒道：「不是琅嬛，是我正好當值，皇上問起，我說出自己的政見。」

「政見？」齊二老爺冷笑一聲。「朝廷有那麼多官員，就你有政見。」

齊重軒垂下眼睛。

齊二老爺將手裡的茶重重地丟在桌子上。這可不是小事，皇上若是有意殺姻奉竹，現在整個齊家也要被牽連。他瞭解自己的兒子，就算為人直率也不會這樣冒失，到底是因為什麼？想來想去只有可能是因媳婦。

周琅嬛在外站的時間太長，她看向身邊的丫鬟。

那丫鬟上前道：「二奶奶來了。」

屋子裡頓時安靜下來。

丫鬟上前打簾，周琅嬛走了進去。

齊二老爺坐在椅子上，表情不豫，齊二太太臉上露出笑意。

周琅嬛上前行禮，齊二老爺目光閃爍，抬起頭狠狠地瞪了一眼兒子，這才起身。「吃了飯早些去衙門，剛入仕總要比旁人勤奮些。」

齊重軒應了一聲，齊二老爺這才轉身走了。

齊二太太走得慢些，周琅嬛正好上前道：「我讓小廚房做了樣點心，這就給娘送去。」

齊二太太抿嘴笑，關切地看著周琅嬛。「不要太辛苦，多在意身子。」說著拉起周琅嬛的手。「瞧這手涼的，該多穿點……」彷彿忽然想到了什麼。「過陣子和我去莊子上看看，我年紀大了，妳也要伸手幫幫才是。」

從來都是齊大奶奶管家，齊二太太卻突然這時候和她提起管莊子的事，是在間接提醒她多學中饋。

不論是齊二老爺還是齊二太太都認定是她伸手摻和了政事，才讓齊重軒在皇上面前替姻家說話。

周琅嬛微抿嘴唇，恭謹地抬頭。「還要娘多教我。」

齊二太太滿意地頷首，然後出了書房。

第一百九十八章

書房裡靜下來，周琅嬛指揮小丫鬟將飯菜擺上，然後抬頭看齊重軒。「時間不早了，二爺早些用膳吧！」

丫鬟擺箸的聲音傳來。

齊重軒起身，半晌道：「我會和父親、母親說清楚，這和妳沒有關係。」

不論說不說都是她的錯。

「二爺不用解釋。」周琅嬛頓了頓。「下次不要草率就是了。」

齊重軒沈默。

周琅嬛握緊了帕子。這時候，她情願聽到齊重軒說政局變化是一轉眼的事，他恰好覺得時機正好，於是堅持自己的政見。

齊重軒卻什麼也不說就走開了。

她覺得胸口如同堵了一只線團，線團上伸出無數根針，扎得她幾乎喘不過氣來。她不該懷疑，可是又不能不去想。

琳怡回到廣平侯府，才知道田氏又來盡孝道，在府裡講過佛經又將給藥王爺供奉的佛經讓人拿去廟裡燒了，然後陪著長房老太太說話。

陳允周出了事之後，田氏就少有出門，彷彿將所有精力都放在了陳家。陳二老太太上下活動，終於將陳允周的差事保住了。

多虧涉及了宗室的子弟，朝廷不可能一下子將這幾個人全都免職，陳允周的上司寫了奏摺，稟告了自己的錯處，提了陳允周幾個平日裡還算盡職盡責，加之有幾位朝官從中推波助瀾，這才將整件事攔下，陳允周也吃了教訓，行事變得小心翼翼，不再拿著軍功充事。

皇上現在惦記著開海禁，所以暫時將整頓吏治放下，早晚有一天還會舊事重提。

琳怡去給長房老太太請安，田氏見到琳怡笑容滿面。「還不知道郡王妃要回來，這下好了，大家又能聚在一起，琳芳一會兒也回來看長房老太太呢。」

小蕭氏在旁邊道：「二老太太身子也不舒服。」

怪不得琳芳要回來。

琳怡和小蕭氏、田氏說完話，坐去長房老太太身邊。

長房老太太瘦了許多，不過精神還算好。

「祖母覺得怎麼樣？」屋子裡沒旁人，琳怡坐在炕上親暱地和長房老太太靠在一起。

長房老太太笑著去摸孫女的手。「御醫常來常往，我的病就算不治也好了。」

琳怡抿著嘴笑。「天氣越來越冷了，我給祖母繡了護額，祖母早些戴起來。」

長房老太太靜靜地看著琳怡的眉眼。「幾日不見，我看著妳氣色好多了。」說著頓了頓。

「有沒有消息說姻語秋先生什麼時候進京？」

「就快了。」琳怡伸手端起矮桌上青花壽字紋小碗，將藥汁舀起來嚐一嚐，然後皺起眉頭。

「真苦。」

長房老太太哭笑不得。「快放下，藥也是混吃的。」

琳怡癟癟嘴。「祖母不愛吃，我也嚐嚐到底多難吃。」長房老太太這些年就用藥養著，早就厭煩了喝藥。

長房老太太道：「我這屋裡整日都是藥味，聞得我暈頭轉向，過幾日便不吃了，興許病還好得快些。」

長房老太太話音剛落，白嬤嬤捧著香爐進屋，如花果般的香氣頓時傳來。

白嬤嬤笑著道：「郡王妃拿來的香真好聞，像果子一樣。」

琳怡道：「是內務府送來的，我聞著香氣好，就想著拿來給祖母和母親。」

長房老太太才嫌屋子裡藥味重，內務府怎麼恰好就送去康郡王府這麼好的香？長房老太太埋怨地看了白嬤嬤一眼。

服侍長房老太太喝過藥，琳怡將要開鋪子的事說給長房老太太聽。「一間成衣鋪子我已經準備得差不多了，郡王爺的意思還要開間鋪子賣書畫。」

長房老太太思量。成衣鋪子不用說，投入不大，只要做出的衣服精緻樣式好看就不愁人來買，再說康郡王府開的，總會招攬一些生意，京城這麼大，達官顯貴的家眷每年都要充填四時衣裳。

收賣書畫看似簡單也要有眼光才行，六丫頭喜歡這些東西，既能賺些銀錢又能從了興致，若是能做起來那自不用說了。

「郡王爺置辦了些書畫，倒是不愁賣。」

長房老太太的眼睛越來越亮。「妳怎麼想？」

琳怡道：「我是覺得賣書畫講究多，若是能賣開自然也是好的。我打聽了一下，京裡顯貴開鋪子大多賣綢緞、古董、首飾、米糧，賣書畫的比起這些就少多了。」

書香門第有峭峻風骨，眼光好但不會開鋪子用書畫賺錢，達官顯貴家裡寧願開鋪子賣古董來錢更快些，專買賣筆墨紙硯書畫的鋪子，除了京畿幾家老字號，有來頭的沒有幾家。

長房老太太深深地看了琳怡一眼。她自顧自說著，彷彿沒有看透裡面的深意。

「別的不好說，妳開鋪子倒是能將庫裡的幾箱子書畫和老墨拿去賣了。」長房老太太說著看向白嬤嬤。「有空將東西拉出來送去康郡王府，不算我白給的，就算代賣，賣完了換成銀錢也好花銷。」

這下琳怡想要拒絕也沒有了說法。

康郡王府的鋪子自然不能用娘家的物件，不過代賣就是另說了。

說完了鋪子的事，琳怡提起鄭家。「祖母最近有沒有和鄭老夫人通信？」

長房老太太抿口茶。「那老貨倒是惦念著我，送來的補品快堆成山了，信倒是沒寫什麼，不少讓人捎口訊讓我好好養病。」年紀不相上下的熟人每年都要走幾個，現在這個年紀真怕認識的老傢伙都走光。

琳怡正想著要怎麼說，長房老太太抬起頭來。「是有什麼事？」

她將鄭七小姐去康郡王府的事說了。「我不知曉祖母、父親、母親的意思。」

長房老太太聽到這裡，皺了眉毛。她早聽說惠和郡主想要將女兒許給新任翰林院掌院學士家公子，沒想到卻被鄭氏族裡人挖了牆角。鄭七小姐性子直率，若說當作孫女來疼她是願意，可當作長孫媳……與她心裡想的差之千里，將來她總有入土的那一天，這個廣平侯府不能全指望六丫頭一個，小蕭氏已經不善於打理各種關係，所以就算要娶也要娶個能鎮得住後宅的孫媳，否則對誰都不見得是好事。

要嘛是鄭老夫人不願意捨出臉皮來說，要嘛是惠和郡主自己的意思，看上了小蕭氏的脾性，這樣鄭七小姐嫁過來也不會受委屈。

現在和鄭家的關係，不好明著拒絕，這樣就算鄭老夫人沒出面，也傷了兩家的和氣。長房老太太半瞇著眼睛思量。不能太草率的決定，還要好好商議。

琳怡去廚房裡幫襯小蕭氏。

白嬤嬤將長房老太太扶著躺下歇息，然後坐在一旁陪著長房老太太說話。

白嬤嬤道：「這次郡王妃回來心情比從前好多了。您還怕郡王爺和郡王妃性子不和，日子往後不好過。」

性子不和已經是定數。長房老太太長吁一口氣。「沒想到兩個人能合起來救姻家。」既全了郡王爺的政見，又能讓姻家免於一死。

性子不同的兩個人在這件事上倒是配合得好，換了旁人決計做不到的，以她這個做長輩的來看，能有今天著實不易。

白嬤嬤笑道：「這下您可以安心了。」

安心還早著。她到現在還後悔六丫頭的婚事。長房老太太看著香爐的青煙，現在才成親，或許還能互相謙讓，將來呢？後面還有幾十年，至少這些年她看過來，性情差距太大的夫妻能善始善終的終究少數，要嘛柔弱一生低頭相夫教子，六丫頭性子強，偏做不到這樣。所以許多大戶人家，不願意教女兒唸書學字，女子無才便是德，也是出於對女兒的愛護。如小蕭氏這般，每日過得也快活。

白嬤嬤道：「您是關切多，反而擔憂多了。」長房老太太對郡王妃可是真的疼在心裡。

長房老太太閉上眼睛。「只要他們平平安安，讓我拿什麼來換都值得。」

琳怡和小蕭氏從廚房出來，宴席已經備好，只等著晚上大家到齊一起開宴。

母女兩個在亭子裡坐下，田氏也湊過來說話。

陳臨斌娶親的日子定了下來，就在明年二月。

自從陳允遠承繼了爵位，陳允周一再受挫，生怕和蔡家的婚事有變，一再催保山上門定婚期，聽說蔡家的確想要反悔，還是董家出面才按下了這門親事。

陳臨斌給蔡家做了女婿，也算是前程有望。

小蕭氏道：「二嫂有什麼要幫襯的就說一聲。」

田氏笑著。「早些年我就開始準備，如今也是七七八八了，只是要趕在天冷前將房屋收拾妥當。」

小蕭氏道：「可不是，來年二月還不算暖和呢。」

陳臨斌娶蔡家女算是高攀，自然馬虎不得。

話說到這裡，譚嬤嬤上前稟告。「四小姐和姑爺來了。」

第一百九十九章

琳怡和小蕭氏、田氏回到長房老太太的念慈堂，琳芳和林正青正好進門給長房老太太請安。

長房老太太笑著讓琳芳和林正青坐下。

田氏坐在女兒旁邊，琳怡和小蕭氏一左一右站在長房老太太身邊。

長房老太太看著琳芳道：「親家太太如何？身子還好嗎？」

琳芳飛快地看了一眼林正青。

林正青道：「母親都好，讓我問老太太安。」

長房老太太頷首。「是好久不見親家太太了。」

田氏拉起琳芳的手，然後看琳怡。「郡王爺今晚會不會過來？」

周十九自從做了參領，很少能準時回家吃飯，琳怡笑道：「郡王爺應該不能過來。等父親回來，我們就能開宴了。」

林正青拿起一杯茶來喝，笑容淺淡，淡青色的茶湯照著他明亮的眼睛。

大家坐在一起說話，琳怡和小蕭氏去花廳裡擺箸。

吩咐完大廚房備菜，小蕭氏情緒顯得有些低落。

「母親怎麼了？」琳怡主動問。

小蕭氏不知道該怎麼說，嘴唇一張一合，最終沒說出話來。

丫鬟開始擺菜。

長房老太太不想在內室用飯，讓琳怡和白嬤嬤攙扶著坐在花廳裡。

白嬤嬤笑著道：「老太太從病了之後，第一次出來呢。」

長房老太太坐在軟座上，看著身邊的琳怡，一派富貴閒人的模樣，瞇著眼睛點頭。「這樣出來吃飯，比在屋子裡有胃口多了。」

小蕭氏失笑道：「那您就多吃些，郡王妃做了好些娘愛吃的菜。」

說話間，大家都落坐。

陳允遠、陳允周象徵意義地說些朝堂上的事，好讓桌上的婦孺開開眼界，林正青和陳臨衡談談學業和學院古板的博士，小蕭氏則和田氏忙著說桌上的鮮菌。這道菜是琳怡和康郡王府的廚娘學來的，田氏食素大感興趣，準備吃過晚飯後請琳怡教她做法。

其實常主持中饋的婦人，只要嚐過一道菜就大概知曉菜的做法。

面對田氏善意的交談，琳怡也慢條斯理地應對。

氣氛很融洽。

女眷嚐過廣平侯府的桂花釀，很快宴席就要結束了，長房老太太不能久坐，琳怡和小蕭氏先將長房老太太扶去歇著。

看著長房老太太閉目養神，琳怡坐在外面的小亭子裡透氣。

她才坐下，桐寧來廣平侯府向她稟告。「郡王爺說一會兒來接郡王妃。」

小蕭氏剛好走過來，聽得這話不由得一怔。「我再吩咐廚房準備些飯食。」總不能拿剩菜剩飯給郡王爺吃。

「還是我去。」琳怡笑道：「娘就歇著。」

「那怎麼行？」小蕭氏吩咐小丫鬟去取茶具。「好不容易回來一趟，還要妳下廚不成。」

小蕭氏帶人去廚房，琳怡親手斟茶喝。

橘紅打開旁邊的茶罐，笑著道：「還有窨過的桃花。」

小蕭氏總是記得她的喜好。

天色暗下來，橘紅將氅衣給琳怡穿好，亭子裡亮起了燈籠，夜晚的空氣帶著些涼意，卻難得地清透。

時辰差不多了，琳怡起身準備去花廳。

「原來郡王妃在這裡。」琳芳笑著走過來，旁邊跟著林正青。

琳芳夫妻是她最不想見到的，琳怡就要找藉口離開，琳芳先道：「聽說一會兒郡王爺過來。」

琳怡笑道：「大約快到了。」

「那正好。」琳芳笑容有些虛假。「我和郡王妃好久沒說話了，趁著郡王爺還沒來，我們坐一會兒。」

既然話到了這裡，琳怡也很想知曉琳芳和林正青想要說什麼，轉頭吩咐丫鬟奉茶。

暖暖的茶握在手裡，琳芳又去看林正青。

林正青表情溫和，眼睛裡卻帶著讓人難以覺察的疏離和冷漠。琳怡總會覺得奇怪，只是新婚之夜那短短的幾分鐘，她竟然這樣瞭解林正青。

琳芳抿了口茶，有林正青在身邊讓她眉宇飛揚。「姻家能沒事真讓人鬆口氣，聽說郡王爺和姻家政見不一，家裡都在擔憂……」

與其說擔憂，不過是等著看笑話。

琳怡微微一笑要抬起頭來說話，卻發現一抹打量自己的視線。是林正青。

那目光中帶著濃濃的好奇和審視，讓她不難聯想到之前林正青和她說的話——妳嫁給他是想要報復，還是忘記了從前的事？聰明人都知曉，千萬莫要重蹈覆轍。

林正青嘴角浮起認同的笑容，彷彿回應著她的猜測。

琳怡微微一笑，帶著和姊妹說話的輕聲細語。「政事如何，作為內眷我們一點都不清楚，是不是四姊？」

一下子將她的嘴堵住。琳芳看著琳怡微翹的嘴唇，不知道說什麼才好。

林正青淺酌手裡的茶，然後放在石桌上。「不提政事，從今往後姻家會感謝郡王妃。若是姻家能在京任職，那再好不過。」

林正青這是在說她救了姻家，姻家日後也會回報她。關鍵時刻出手能換來最大的利益。

橘紅這時候過來道：「郡王爺來了。」

琳怡去迎周十九，將林正青和琳芳留在亭子裡。

長廊旁邊種著大片金桂、銀桂，在燈影下開得絢麗，琳怡聞著桂花香，帶著丫鬟一路向前。

身後傳來腳步聲響。

是林正青和琳芳跟了上來。

林正青道：「廣平侯府的桂花開得雖好，沒有家裡後院的桂花香。」說著頓了頓。「桂樹的果實入藥有化痰、生津、平肝、暖胃的功效。」

琳芳聽得這話很詫異。「大爺還懂藥理？」

林正青彷彿早已經預料琳芳會有此問。「我是從不看醫書……說起來，我倒是忘了這話是出自誰之口？」

這話本應和琳怡沒有關係，卻讓她不由得多想。林正青自從上次之後，人就變得比從前還奇怪，這一次見面也是句句有所指，不管是說她和姻語秋先生的關係，還是暗指周十九從姻家身上獲得利益，都彷彿在刻意提醒她一件事。

琳怡在院子裡接到周十九，兩個人先去長房老太太房裡。

周十九吃過了飯，讓陳允遠拉去書房裡說話，琳怡將鄭家的事婉轉和小蕭氏說了。

小蕭氏驚訝地半晌沒說出話來。

「母親覺得如何？」

小蕭氏顯然對這門親事沒有強烈附和的意思。「突然這樣一說……也不知妳父親是什麼意思，還是……思量思量。」吞吞吐吐，和方才擺箸時情形一樣。

琳怡想要接著問，小蕭氏卻站起身來。「時辰不早了，我吩咐門房備車。」

到底是什麼事要這樣瞞著？

回去康郡王府的一路上，琳怡腦子裡亂亂的，不知在想什麼。

進了屋，梳洗乾淨，她拿起桌子上的茶來喝，差點就將茶蓋打落。

「在想什麼？」周十九笑著看琳怡，伸手指指旁邊的棋籠。

左右也是無事，現在又沒有睡意，琳怡走過去和周十九擺起棋來。

「惠和郡主送了我一支金釵。」不用說太多，周十九就能明白她的意思。

周十九盤膝坐在炕上，身上的白袍如同窗外皎皎月光。「姻奉竹從海上回來，應該會去福建任職。」

突然提到姻家。琳怡靜靜地聽。

「這是姻奉竹自己的意思，要真正替百姓做些事。」

琳怡抬起頭來。「朝上同意了要開海禁？」否則姻奉竹去哪裡不好，為什麼要去福建？姻家為民請命，為的是海邊打漁為生的百姓，以姻奉竹的性子，請命不成，心裡必然愧疚，會想方設法彌補。

許多話不用和她講得太清楚，周十九接著道：「戶部官員奏報今歲福建米價騰貴，皇上命江西運米往福建。皇上當朝說，福建今日米貴全因去年水患，本年漕米緩徵。再者福建地處海濱人多田少，日後缺米，可向鄰省借支錢糧，如遇災荒及時放賑，再行奏報朝廷。」

這樣一來就為欲開海禁做足了準備，福建漁民也不必擔憂日後生計。姻奉竹這次進京也不算白來，日後回去福建就更加容易上任。

琳怡回想今日父親在桌上興高采烈的模樣，原來是因為福建之事高興。在福寧那些年不要說父親，連她都聽慣了水災過後流民攜全家出走覓食的事，若是朝廷能如此，百姓便能得了實惠。

周十九道：「皇上命戶部核算海禁之前市舶司每年交納朝廷多少關稅。」

琳怡眼睛一亮。真是好法子，都說開海禁，真正會如何沒有人知曉，戶部將數字報上來，朝堂上會有不少人驚訝。

朝廷有了這些銀子，地方壓力大減，首先輕鬆的是戶部，戶部定會大力推促整件事。

想到這個，琳怡道：「從前總聽父親說朝廷會在福建、山東、奉天等地設倉儲存米糧，現在福建先行一步，接下來是不是各地也要動手籌備？現下正是秋收，各地奏摺也該陸續送去戶部……若是戶部不同意開海禁，不上摺子迎合，那麼接下來皇上就要和戶部要銀子惠及各地，戶部拿不出銀子就成了眾矢之的。今年只要有災禍，朝廷賑濟不利，戶部尚書就別想再安穩做官。是餘生都在大牢裡度過，還是成為皇上身邊的能臣，想必誰都能算出這筆帳。」

周十九讚賞地看了琳怡一眼。「我怎麼不知曉，什麼時候元元做了閣老？」

這時候打趣她。

「妾身不過是順著郡王爺的意思說下去罷了。」

《道德經》上有說，治大國，若烹小鮮。雖然她不懂治國之策，不過周十九恰好說的是朝廷收支，這和中饋相通，政事謀略她不懂，不過最終的結果已經昭示，她還是能明白其中的道理。

皇上不是一時興頭要開海禁，而是已經謀劃了許久，怪不得周十九一早就站在開海禁這邊……

這樣的深思熟慮，沒有半途而廢的道理，誰攔也是攔不住的。

第二百章

周十九笑道：「聽岳父說，御史要拿祖宗家法來壓皇上。」

琳怡正好堵死了他一步棋。祖宗家法……前朝就已經禁海，是前朝皇帝的祖宗家法，還是大周朝的祖宗家法？只要皇上當朝這樣問，說此話的御史就要嚇得跪在金鑾殿上。

不過她剛提起的是鄭家，怎麼會引出周十九這樣一段話？琳怡思忖著。「鄭閣老如今是願意推行海路邦交外貿了？」

周十九道：「戶部尚書和鄭閣老交好。」

也就是說，本來要致仕的鄭閣老經過了這次會再得皇上重用。

琳怡微皺眉頭。「郡王爺是覺得應該和鄭家結親？」

周十九搖頭。「未必。開海禁成了定局，接下來皇上不免要著手另一件事。」說著深深地看了琳怡。

她心裡一跳。

周十九微微一笑。「皇后娘娘只誕下了一位公主。從前帝后感情疏遠，現在漸漸回溫，藉著這個機會也許皇上想到過繼之事，皇后娘娘過繼了哪位皇子，這個皇子就有可能……」

有可能成為儲君。

「鄭閣老曾教過二王爺。」

也就是說，鄭家和二王爺走動得近。

如果現在陳家和鄭家結了親，就可能會被動劃為二王爺一黨。關係再親近沒有姻親關係都還容易分開政見，可一旦有了姻親關係，打斷骨頭連著筋。

周十九閒逸地半靠著圓枕。「這門親事不是不能提，而是不能在現在提。妳哥哥年紀不大，男子大可以晚幾年再提婚事，到時政局定不是如今的情形。」

這番話純粹是利益出發，等到政局變了，再看與哪家結親對自己更有利。

琳怡想到祖母和鄭老夫人的關係，再想想鄭閣老幫襯陳家，然後是惠和郡主和鄭七小姐……

「郡王爺以為鄭家定會站在二王爺那邊？」

周十九道：「那倒不一定，防範於未然。」

不無道理。這就是讓人為難的地方。

琳怡抬起頭看向他。她們才到京裡來時，祖母第一個依靠的就是鄭家……

純利益的這種算計，她心裡果然不能完全接受。

她看向周十九。「郡王爺能不能先將利益拋開？」用鄭家的時候不遺餘力，不用的時候就在考慮鄭家會不會帶來麻煩。

周十九拿起茶杯來喝，垂下眼睛，神情自在，五官秀朗。「也好。」這些年，他從未換過思考方式。「惠和郡主和我已經出了五服，鄭七小姐性子雖秉直卻並非驕橫跋扈，妳哥哥年長兩歲，鄭家和陳家門第上也能般配……兩家誰也沒有論親……」

他說到這裡，琳怡不禁笑出聲。周十九善用謀略，現在讓他避開算計，他倒像是不會思量了一般，只會敘述如今的情形。

周十九看著笑靨如花的琳怡。

提及感情，周十九真的十分弱勢，彷彿是看不透也不明白感情的意思。在這方面，他如同白紙。

「惠和郡主沒少擔心郡王爺的親事，如今我們成親了，惠和郡主還經常讓鄭七小姐問家中情形。」琳怡說著目光看看窗外。惠和郡主是少數擔心周十九在叔叔嬸嬸面前受委屈的宗室。「鄭七小姐就不用說了，雖然輩分上矮郡王爺兩輩，卻將郡王爺當作哥哥一般。鄭老夫人和我祖母是從小的手帕交，我們初到京裡，誰也不肯伸手幫忙，是鄭老夫人將我們帶去國姓爺家。現在惠和郡主看上了這門親事，也是出於兩家關係和睦，我母親待人溫和，哥哥謙和有禮……想起來京畿閨秀雖有不少，可是能像鄭七小姐一樣豁達、善良的卻是不多。」

周十九輕輕笑出聲。「凡趨合倍反，計有適合。」

所以周十九覺得他無時無刻的謀劃是最正確的。

不是所有人都在謀劃。

琳怡道：「惠和郡主若不是以兩家的交情出發，想要和鄭家攀親的不在少數。」

周十九道：「拋開妳的感情呢？這門親事還合不合適？」

她讓周十九拋開計謀，周十九讓她拋開感情，這是兩個人處事不同之處。

真的拋開感情，也許她更傾向於哥哥有個如周琅嬛、齊五小姐這般聰穎的嫂嫂。可是世上沒有十全十美的事，聰明不一定顧全整個陳家，直率也不一定不能持家，再說一味挑剔旁人，陳家也不是沒有弊處。

這才是真正兩難的地方。

她提起這件事，小蕭氏又面色不豫，這門親事就是談也不會十分順利。她從回來就很擔心小蕭氏。

總之這門親事談不談，換作旁人也會兩難。

周十九又將一枚棋子落下。「不如妳按照妳的做，我依照我的法子。」

琳怡和他四目相對。至少兩人說出了彼此的想法。

周十九嘴角浮起柔和的笑容。

第二天，長房老太太將陳家要代賣的書畫送過來，琳怡將單子交給府裡的管事。管事的才將東西查點好，桐寧送上一封契約。

琳怡打開一看，是南市的店鋪租約，一下子租了十年。

雖然比開金樓、綢緞莊子花費得少，可是十年也需要兩千兩現銀。周十九卻沒有從她手裡拿銀子。

桐寧道：「從前也是賣文房四寶的。」

這樣好，換了東家也會有老主顧。

府裡的管事有個跟著周十九時間不短、腦子靈活的叫孫昌門，琳怡將他叫來去看鋪子。「看看缺什麼，要怎麼修葺。」

孫昌鬥受寵若驚。府裡倒是傳過郡王妃要尋人去管鋪子，他以為郡王妃信的是自家的陪房，哪知這等好事會落在他頭上。「您放心吧，小的一定將事情辦好。」

府裡經過幾次事，什麼人該用，琳怡心裡已經有了數。「我們府裡第一次開鋪子，你做好了我自有賞。」

孫昌鬥行禮出去，還恍在夢中，直到領了對牌，這才激靈一下提起了神。

鋪子的事告一段落，琳怡迎來了周元祈的媳婦蔣氏。

蔣氏給周老太爺、周老夫人請了安，然後到琳怡房裡說話。

琳怡總覺得周元祈和穆氏的和離上有蔣氏的影子，雖然蔣氏對她親切，她也覺得蔣氏面善……

「一個巴掌拍不響。」蔣氏主動提起穆氏。「她也不想留在京裡，兩個人的性情也真是不和。」

蔣氏是怕她像宗室營裡其他人一樣，心中有誤解吧！

琳怡微微一笑。看一個人不能輕易下結論，她不會貿然就相信什麼話。

不過夫妻性情不和就和離的真不多。

至少她沒有聽到多少，而且和離之後，兩個人各自過得比從前好就更加難得了。

這件事一帶而過，蔣氏說起周元祈。「聽說這次元祈和周大老爺一起被選了護衛。」

之前說是侍衛，怎麼突然又成了護衛？

蔣氏道：「是去和王府任職。」

和王府，那是三王爺府上。

昨天琳怡才和周十九提起了二王爺，今天蔣氏就說到三王爺。

蔣氏抿抿嘴唇，有些為難，最終還是說出來。「任命還沒先來，只是元祈自己打聽的消息，我就想著不如來求求郡王爺，能不能幫忙說說話。元祈寧願去步兵營、護軍營，哪怕將來有了軍功再……也比什麼都不知道就去三王府好。」

琳怡心中一閃。不論是周元祈還是蔣氏的主意，這兩人都是有見識和思量的。誰都知道護衛、侍衛最容易被提拔，尤其是還沒有立儲君，大家的眼睛都盯在王府上。

周元祈卻寧願去步兵營、護軍營這些辛苦的地方歷練，是因為知曉盲目跟隨是最危險的，遠遠避開才能平穩。

蔣氏求到了她，她又怎麼能回絕？「等郡王爺回來我問問看。」

蔣氏臉上露出笑容，感激地看著琳怡。「我先謝郡王妃。」

琳怡忙道：「先別急著謝，還不知道行不行呢。」

蔣氏低下頭笑。「我心裡知曉，郡王妃能幫忙問已經是……朝廷的事誰也說不準，也只能碰碰運氣。」

看著蔣氏的笑容，本是平常，琳怡卻不知為什麼心裡猛然一跳，那種似曾相識的感覺又油然而生。

第二百零一章

琳怡正在思忖，蔣氏笑著道：「第一次見郡王妃就覺得郡王妃親和。」蔣氏將自己做的扇子送給琳怡。「繡得沒有繡莊的細緻，郡王妃不要嫌棄才好。」

扇面上墜著大大小小的珍珠、看起來十分精緻。

琳怡笑著收下，就算對蔣氏保留看法，蔣氏送來的東西，她總不好拒絕。

兩個人又坐了一會兒，蔣氏才離開。

到了晚上，周十九下衙回來，周大太太甄氏和周元景也正好來報喜。

大家坐在周老夫人房裡，周元景道：「聽說是去三王府。」

甄氏心中的石頭終於落地，笑著看琳怡。「都是郡王爺幫忙，要不然老爺不知什麼時候才能入仕。」

周十九寫的摺子，周老夫人為了周元景上下活動，生怕周元景就去了步兵營。琳怡笑著拿起桌上的茶來喝。周老夫人算盤打得好，只是不知曉去了王府到底是好事還是壞事。

等到周十九和琳怡走了，周元景恭恭敬敬端了茶給周老夫人。「母親為了我的事受累了。」

屋子裡沒有了旁人，周老夫人看了兒子一眼，說話也就不顧及。「馬上要入仕了，不能像在家裡一樣，每日上衙不要沾酒，下衙回來也別喝得醉醺醺的，要知道多少人的目光在你身上，被人抓到錯處，可不是打板子那麼簡單。」

周老夫人影射前幾日被抓到當值飲酒的宗室和陳允周。

周元景笑道：「哪能呢，從前就是閒散宗室，現在是官了，大大的帽子罩下來，兒子還能不挺直腰板？」

周老夫人面無表情從兒子手裡接過熱茶。「前幾日你喝醉了酒在家裡打罵下人，第二天就讓牙婆子領了人出去……」

周老夫人話到這裡，甄氏的臉色一陣青一陣紅。這是在說她。周元景喝醉了酒和兩個丫鬟在屋子裡胡天胡地被她知曉，她沒有收住心裡的怒氣和周元景鬧起來，多虧有身邊嬤嬤攔著，否則周元景又要對她動粗。家裡已經又抬了一個通房，周元景還不知足，甚至說出一個官字兩個口，身邊的女人自然也要比平日裡多的話。第二日，周元景醒了酒，她讓牙婆子將兩個丫鬟領出門，周元景也沒攔著，她因此才算消了些氣。

周元景看了甄氏一眼。

周老夫人道：「你別瞧她，不是她說給我聽的。要想人不知，除非己莫為。」說著一笑。「這次是我知道，下一次整個宗室營都要說你周大老爺的荒唐事。」

甄氏聽到這裡眼睛一紅。

周元景尷尬地一笑。「也不是多大的事，兒子記住母親的教訓就是。」

周老夫人臉上的笑容收斂。「你知不知道這次的官職來得多不容易？」要不是宗室營裡許多長輩看不上陳氏，她哪裡能請得動長輩幫忙活動周元景的官職，有陳氏在外張狂、得罪宗室營的人，才有他們一家的好日子。

陳氏想要讓外面人知曉，他們一家與康郡王爺不和，那便讓人知曉。她在宗室營這麼長時間，宗室營的長輩會幫著陳氏不成？這樣一來，他們一家反而從中獲利，宗室營的長輩這才主動伸手幫襯元景。這個家是因陳氏進門才變得如此，陳氏的驕橫跋扈在周永昌和葛家的爭地案中就已經讓人清楚。

周元景如同應聲蟲般。「兒子知曉，總而言之不會讓母親失望。」

對於兒子信誓旦旦的言語，周老夫人不抱半點期望。

周元景道：「母親能不能託人讓兒子去五王爺府謀職？」五王爺現在受寵，皇上又將戶部的事交給五王爺協辦，加之五王爺是淑妃所生，身分高貴，將來很有可能承繼儲君之位，趁著現在皇命還沒有正式下來，這時候靠過去將來才能有好前程。

周老夫人皺起眉頭來，冷冷地看了看兒子和媳婦。「整日裡就想著捷徑，你瞧著哪個就一步登天了？能去三王爺府上已經夠顯眼，你有軍功沒有資歷憑什麼就得天大的好事？」

周元景覺得嗓子一澀。「母親，兒子也只是問問。」

周老夫人提起這個，眉目中有了幾分凝重，乾脆將話挑開了說。「皇上正值春秋鼎盛，什麼時候立儲、又要立誰和我們沒有關係，你只要聽命朝廷一心一意地當差辦事，將來自然能熬出頭。」

周元景面上謙恭，心中卻不以為然。春秋鼎盛……誰都有老的一日，皇上鬢上已經生了白髮，狩獵已經從一年兩次改成了一次，還不就是身子已經大不如從前。

周老夫人道：「現在還不是時候。」她自己的兒子她清楚，元景性子毛躁做不成大事，所以她才有意避開了二王爺和五王爺。現在還不是時候，過早的站隊只會有害處。「每次新君繼位風光的不少，你知道有多少人獲罪？皇上是儲君，先皇駕崩的時候，朝廷還亂了一陣。」

「那是因為皇上年幼。」周元景目光微閃。如今二王爺、三王爺、五王爺不但成親立府，身邊還有了不少的宗室、勛貴和能臣，現在的情形和皇上登基時已經不一樣了，自然不能拿皇上繼位時的情形來比較。

五王妃是惠妃娘娘的妹妹，惠妃娘娘和淑妃娘娘聯手，宮中有誰是她們的對手？宮裡決定外朝，有眼光的人已經提前表明立場，他就算現在向五王爺靠攏都已經被人落下一截，就算皇后娘娘的景仁宮漸漸熱鬧起來，可是皇后娘娘身下無子，又能起什麼波瀾？

周老夫人道：「你看現在郡王爺向誰投誠了？」

「那不同，」周元景乾脆耍起賴來。「郡王爺畢竟年輕……兒子身邊不是還有母親……兒子也是想要母親幫著斟酌斟酌，就算現在不想，等去了三王府也會不免遇到……」

周老夫人揭開茶蓋喝了一口，然後遞給周元景。「宗室那麼多，我們家沒有顯赫的爵位，別人都不敢出頭，你也別逞能，最好的法子就是守好本分，將來有機會自然能把握。」

周老夫人面色堅定，如今的情形再說也是沒用，周元景只好不再堅持。「那兒子就聽母親的。」

周老夫人又加叮囑。「在外要好好行事，免得全家跟你受累，我也沒有通天的本事來救你。」

周元景應下來。

琳怡讓橘紅點了宮燈。

周十九站在床頭看那幅手指畫，很是滿意。

小丫鬟來回在屋子裡穿梭，換了香爐，鋪好被褥，又拿了水來服侍主子梳洗。

胡桃來道：「洗澡水已經燒好了。」

琳怡走到周十九身邊。「郡王爺將頭髮鬆了吧！」

周十九頷首，笑著坐在錦杌上。

琳怡伸手拿下他頭上的玉冠，橘紅伸手捧了過去放在錦盒中。

白芍帶兩個人去立屏風，將宮燈換作了羊角燈，放了皂豆。

都準備妥當，琳怡找出乾淨的衣衫送周十九去沐浴。

沒有旁人幫忙，周十九脫衣服極為緩慢，琳怡在一旁本來準備幫他洗了頭髮就離開，卻遲遲聽不到他入浴的聲音，正要回頭去瞧，他已經懶散地道：「元元，這衣帶怎麼繫死了？解不開。」

衣帶怎麼會繫死？周十九這樣說，琳怡也只得過去瞧。

真的繫死了，讓周十九一通亂拽還繫得很緊。只要去過軍營的，不可能不會脫衣服。他這是故意將帶子繫成這般。

「天越來越冷了，一會兒水就涼了。」

周十九笑道：「那就讓人放個炭盆，家裡的銀霜炭反正用不完。」

明知她是什麼意思，故意裝傻。

琳怡將周十九的衣帶解開，剛要轉身，手卻被他攥住。「元元要不然一起洗。」

她可沒有那麼厚的臉皮。

周十九終於穩當當地坐在浴桶裡，水霧蒸騰中，屋子裡漸漸充滿了甜甜的香氣。

「元元在桶裡放了什麼？」周十九摸到兩只布包。

「郡王爺別拿出來，那是去年我曬的陳皮。」

陳皮？怪不得會有橘子的香氣。

「去年莊子上送來許多橘子，我就將皮留下來曬了陳皮，現在入了秋，難免身上有些發癢，我就想著不如將陳皮用米酒煮了，放在布包裡泡澡。」

陳皮的香氣讓人覺得氣息順暢，整個人都放鬆下來。

琳怡將調好的皂角抹上周十九的頭髮，陳皮煎了水熬成的皂角還是第一次用。

「上次妳和我說鞏二的事查清楚了沒有？」

周十九提起這個……上次她問周十九，知曉他沒有打賞鞏二，於是她邊讓人去查邊將結果透露給鞏二媳婦。

鞏二媳婦來梳頭的時候和琳怡說，趁著休息的時候，鞏二和同鄉收了些草藥來賣，正好收到了老山參，一人多得了二十兩銀子。

她緩緩和周十九道：「也不是不可能，鞏二媳婦說看到了鞏二包山參用的布包，上面還沾著土。」

琳怡陪房的事，周十九沒有問許多。

洗過了澡，他回去內室看書，琳怡也舒舒服服地泡了個熱浴。

橘紅提了小炭籠將周十九和琳怡的頭髮揉乾了些，琳怡這才躺到床上歇著。身上、頭上都是淡淡的香氣，閉上眼睛只覺得渾身說不出的舒坦。

琳怡鬆了口氣，眨眼的工夫就睡著了。

第二百零二章

第二天，鞏二媳婦來給琳怡梳頭，梳了個漂亮的墜馬髻，用了圓形鑲寶赤金頂簪固定好。鞏二媳婦抬起手來聞。「郡王妃頭上可真香，連奴婢手上都沾了香氣。」

琳怡微微一笑。「用陳皮做的皂角，妳若是喜歡拿去一塊用。」說著吩咐白芍。「取一塊給鞏二媳婦。」

鞏二媳婦受寵若驚，連忙躬身束手。「郡王妃待奴婢全家這般，奴婢都不知說什麼好。」

琳怡笑道：「也不是給妳用的，上次聽鞏嬤嬤說，妳家裡的二丫不肯洗頭髮，妳將這個拿去，說不得她喜歡。」小孩子都喜歡新奇的東西。

鞏二媳婦眼睛微紅，連連謝恩才拿了皂角走了。

白芍上前，將手裡的氅衣服侍琳怡穿好。「鞏二的事還要不要再查？」

琳怡搖搖頭。「鞏二媳婦這樣說了，暫時就先擱下，誰也不要再議論，只當沒有這回事。只當鞏二和同鄉聚在一起，只是為了賺些散銀。」

白芍應下來。

不一會兒工夫，孫昌門來回話。「鋪子不用大修，若是快的話，趕在年前就能開張。」

過年的時候，走親訪友都會買些禮品，年前若是能開張自然再好不過。琳怡頷首。「修葺時在外面掛好牌子，可以陸續手寫書畫，收來的東西拿給我瞧了才能算數，貴重的古畫暫時不要收。」在聘到店裡主事掌櫃之前，不能收古物，免得打眼。

孫昌鬥忙應下來。

琳怡拿起手邊的茶來喝。沒想到先開張的是賣書畫的鋪子。

齊家，周琅嬛在主屋裡坐下，身邊的韓嬤嬤走上前低聲道：「早晨奴婢瞧見二爺又吩咐常望出去了。」

常望是齊重軒身邊的小廝，經常替齊重軒辦事，每次常望向齊重軒回話，只要瞧見周琅嬛，都會閉嘴站去一邊。

她本沒想問起常望的事，只是身邊的嬤嬤見了幾次都覺得常望鬼祟。

齊重軒到底有什麼事要讓常望悄悄去辦？

周琅嬛道：「讓人跟著了？」

韓嬤嬤低聲回：「跟著了。」

她還是不放心。「別被人發現，畢竟是替二爺辦事的人。」

「奶奶就安心吧。」韓嬤嬤一臉篤定。「哪裡能出差錯呢？您就等著，一會兒就該有消息傳回來。」

周琅嬛頷首。

等待的時間極為難熬，她帶著桂兒在屋子裡做針線，上好的玄狐皮，準備給齊二太太縫做小襖的領子。齊二太太身邊的江嬤嬤幫忙看的樣式。齊二太太喜歡玄狐皮。

果然沒有等太久，韓嬤嬤匆匆忙忙地來稟告。「常望買了些紙筆。」

周琅嬛聽著鬆了口氣。常望跟在齊重軒身邊長了，知曉齊重軒的習慣，買筆、紙，齊重軒向來遣常望去。

不過家裡的紙筆還都有，沒有到買的時候……

韓嬤嬤接著道：「買完東西，常望去見了個人。」

周琅嬛停下手裡的針線。

韓嬤嬤道：「回來的人說，是廣平侯家的下人。」

「廣平侯家？」那是齊重軒和廣平侯有政事上的來往？否則怎麼會讓小廝去碰面。她的思緒還在舒展。

韓嬤嬤接著道：「是奴婢沒說清楚，從前是廣平侯家的下人，現在已經跟著康郡王妃去了康郡王府了。」

周琅嬛不由得驚訝，手上一抖，差點就將針扎在手上。

是康郡王的事？怎麼會用琳怡的陪房？是琳怡的事？為什麼不讓人來和她說起？周琅嬛感覺到似是有一張網將她纏繞起來，隨著她的呼吸越纏越緊，讓她透不過氣來。

到底是為什麼？她想不明白更想不通。齊重軒為什麼會替姻家說話，連康郡王都沒有做到的事，他卻義無反顧地做了。面對老爺的質問，他沒有半點的悔意……齊重軒沒有和她吐半個字，卻讓她不明不白蒙受不白之冤，她要怎麼申辯？他並不是因她和琳怡交好，所以幫姻家說話。

如果不是因為她，那是因為誰？

因為琳怡？

是嗎？是不是她想的這樣，如果沒有皇上的突然賜婚，該嫁給齊重軒的人其實是琳怡。

周琅嬛怔怔地發呆。

韓嬤嬤不知該說什麼才好，半晌道：「不如將常望叫來問清楚，奶奶管著內宅有什麼是問不得的，看看常望怎麼說。」

叫來問，果然是她想的那樣，不是伸手打了齊重軒的臉？

韓嬤嬤面色不豫。「若是二爺和郡王爺有事，按理說，郡王妃該和奶奶說才對。郡王妃和奶奶的交情有什麼可瞞著的？」

原來不只是她一個人這樣想。

韓嬤嬤說到這裡嘆氣。「說到底，郡王妃和奶奶的性子不一樣，奶奶交好的人少，郡王妃不一樣，到哪裡都能和別人說上話……奶奶待人好，也該為自己想想。」

昨日她回娘家，聽說中元節漪瀾堂的事，獻郡王妃和周元祈新娶的蔣氏都替琳怡說話。在家中，她又聽母親說起蔣氏。

周元祈和穆氏和離娶了蔣氏，蔣氏之前還是許過人家的。

人人都在傳是周元祈一早和蔣氏有了私情，這才百般為難穆氏，生生將穆氏逼得和離。當時她就想，琳怡怎麼會和蔣氏交好，如今周元祈和蔣氏雖然百般恩愛，可是穆氏何辜？

周元祈開始就不想娶穆氏，何不一爭到底，非要等到成了親之後再反悔？穆氏幸運，尚有表哥可嫁，大多數女子遇到這樣的情形只能含恨餘生。

何等殘忍。

周琅嬛越想心裡越沈，沈得她喘不過氣來，眼前不斷浮起琳怡的模樣。不知道何時，她也開始覺得琳怡和齊重軒站在一起郎才女貌、十分般配。

是她想得太多。

「下去吧！」周琅嬛吩咐韓嬤嬤。「今天的事別向人說起。」

韓嬤嬤遲疑道：「奴婢明白，常望那邊……」

周琅嬛抬起頭。「常望是二爺的貼身小廝，隨便叫來問話就像信不過二爺一樣。」嫁過來的時候母親就和她說，不能插手男人外面的事，她一直在儘量做一個相夫教子、本本分分的二奶奶。

韓嬤嬤低下頭應下來。她擔心二奶奶心思重，許多事越不問越容易出差錯，又或者二奶奶已經有了十足的把握，怕將常望叫來問？

韓嬤嬤退下去，桂兒伺候周琅嬛歇著，她才躺下，外面婆子就來道：「親家太太來了。」

周琅嬛一下子從炕上撐起身子，用帕子擦擦眼角，吩咐桂兒給她重新上妝。

周琅嬛的母親范氏先去了齊二太太房裡，周琅嬛在一旁小心伺候著，直到長輩話完家常，陪著范氏回到她房裡。

坐在軟榻上，范氏拉起女兒的手。「上次妳回家臉色不大好，我不放心，今兒正好路過就來瞧瞧。」

周琅嬛笑著看范氏。「母親要去哪裡才能路過齊家？」分明是特意過來看她。

范氏被女兒逗笑了。「妳這個孩子。」說著瞇起眼睛笑看周琅嬛。

周琅嬛被看得心裡發慌，笑著低頭。「母親喜歡喝什麼茶，我去沏來。」

「妳這孩子，跟我還客氣起來了。」范氏拉著周琅嬛坐下。「明日我要進宮去看太后娘娘，每次都是妳幫我選禮物……」於是就想起女兒在身邊的日子。

「禮物選好了嗎？」

范氏笑道：「選好了，還是府裡常做的那幾樣點心，只是不知道太后娘娘會不會吃膩了。」

怎麼會？嫁人前不知曉，嫁了人之後才清楚，什麼都沒有娘家的東西好。

范氏從女兒眼睛裡看到了贊同。從前女兒都是半信半疑，然後聽從長輩的意見。成了親真的就不同了，是不是也能說明女兒在婆家不夠舒心？

范氏緩緩道：「齊二欺負妳了？」

周琅嬛生怕母親看出端倪，笑著道：「沒有，母親怎麼會這樣想？」

范氏嘆口氣。「沒有就好，妳臉色不好讓我不放心。」

周琅嬛道：「母親安心，我有事定會和母親說的。倒是家裡現在如何了？母親進宮有沒有旁的？」母親每一次進宮都能帶回來許多消息。

「還不知道。」范氏笑道。「妳祖父、父親只是讓我在太后面前少說話。」

那還是有事。

「放心吧！」范氏眉眼一挑。「有什麼事我定會告訴妳，讓妳好提點姑爺。」

第二百零三章

范氏坐了一會兒就回去，第二天一大早遞牌子去了慈寧宮。

在慈寧宮外，范氏遇到了康郡王妃陳氏，范氏上前去行禮。

琳怡見狀，忙去與范氏回了禮。「早知道太太進宮，我們就賴在太后屋裡等一會兒。」

旁邊的獻郡王妃也跟著道：「可不是，原來我們出來是給大太太騰地兒呢。」

范氏埋怨地看著獻郡王妃。「前些日子在我那裡鬥牌輸了，就記恨上了，我早知道說什麼也要將銀子輸還給妳。」

獻郡王妃提起帕子笑。「是妳們打賴，專挑我這個不會的欺負。下次我就叫上康郡王妃一起，讓妳們輸得乾乾淨淨。」

「我可不會打牌。」琳怡忙推辭。「叫上我可不是更吃虧嗎？」

大家說笑了兩句，范氏急著去給太后娘娘請安，琳怡和獻郡王妃就去了皇后的景仁宮。

范氏進了內室給太后娘娘行了禮，旁邊的女官奉上茶，就和內侍一起退了出去。

太后靠在福壽迎枕上，用手慢慢捻著落在膝上的佛珠。「家裡可都還好？」

范氏不敢怠慢，忙道：「國姓爺和老夫人身子都好著呢，讓妾身給太后娘娘問安。」說著頓了頓。「妾身看見康郡王妃和獻郡王妃了。」

太后頭也不抬。「皇后娘娘身子還沒完全好，兩個人是進宮問安的。」說到康郡王妃。「聽說國姓爺和康郡王走動得勤。」

范氏想起公爹的囑咐不敢亂說話。「國姓爺不怎麼問政事，說是走動得勤無非就是琅嬛出嫁的時候，家裡擺宴席請了康郡王爺。平日裡也很少聽國姓爺提起康郡王。」

看左右沒人，范氏低聲道：「妾身聽說皇后娘娘身子好了要搬回坤寧宮，若是真的，要及早準備賀禮才是。」坤寧宮是後宮正位，皇后娘娘當年遷出是要靜養，若是能遷回去，是不是說會恢復從前的聖眷……

太后面色不豫，半晌也沒有說話。

范氏心裡一緊，更加小心翼翼起來。從前太后娘娘對皇后娘娘還是很喜歡的，皇后娘娘靜居景仁宮時，太后娘娘還經常讓人送東西過去，怎麼突然之間……所以她最怕進宮，宮中情況瞬息萬變，一不小心就會引火燒身。

太后道：「後宮不得干政，這些年，哀家很少問起前朝的事，要不是這次妳將成國公通敵的信函拿進宮中，哀家也不會遞到聖前。」

難道是有人說太后娘娘干政？范氏臉色難看起來。「都是妾身的錯，是妾身冒失將信函帶進宮中。」

太后揮揮手，范氏立即低頭，不敢再說什麼。

「和妳們無關，哀家只是現在想起來覺得蹊蹺。」

太后娘娘說的蹊蹺是什麼意思？

范氏不敢多問。

太后娘娘拿起矮桌上的茶來喝了一口又放下。「琅嬛嫁人之後還沒進過宮。」

提起這個，范氏剛要說話，太后娘娘揮揮手，一臉疲憊。「回去之前去給皇后娘娘請個安。」

范氏忙起身行禮。

從太后寢宮出來，范氏有意在慈寧宮前等太后身邊的曹嬤嬤。

宮中的消息，范氏都向曹嬤嬤打探。

這次太后娘娘意有所指，范氏也不敢隨意猜測，只想著要找曹嬤嬤問清楚。

一盞茶工夫，曹嬤嬤從慈寧宮裡出來，將范氏領去僻靜處坐下說話。

「太后娘娘是怕後宮干政。」曹嬤嬤低聲在范氏耳邊說。

范氏驚愕地睜大眼睛。「該不會是說皇后娘娘……」

曹嬤嬤立即露出懼怕的表情，謹慎地看了看周圍。「太太回去要和國姓爺提一提，免得將來沒有準備。」

皇后娘娘突然重獲聖眷，宮中的風向開始變了。太后娘娘是將成國公叛亂和開海禁與皇后娘娘聯繫起來了，否則又怎麼會說後宮干政？這樣說來，他們家也為這件事推波助瀾。光是因皇后娘娘重獲聖眷，太后倒不一定憂心，太后真正憂心的該是儲君。

范氏目光閃爍。莫不是現在宮中要爭儲君之位？

太后娘娘最恨的就是後宮干預立儲，先帝在位時，要不是早一步發現賢妃聯繫外朝爭儲君之位，太后娘娘已經被誣陷欲加害賢妃之子。

范氏只覺得聽得唇齒生寒。

將來不管是哪位王爺承繼皇位，皇后娘娘也會被尊為太后。范氏心念一轉，忽然想到一件事，不由得打了冷戰。

若是如此，皇后娘娘雖被尊為太后，新帝生母也會被尊為太后。新帝登基自然會心向生母，到時候，皇后娘娘就是有名無實，除非皇后娘娘過繼皇子，這樣的話就只能有一位太后。

二王爺的生母已經過世，三王爺生母寧妃，五王爺生母淑妃，七皇子生母僖嬪，十皇子生母不過貴人。

這樣算來，生母位分最高的是五王爺，其次是三王爺，除去這兩位王爺，剩下的皇子生母位分低微，尤其是二王爺，生母已經過世，過繼再正當不過，且又最年長，一旦被過繼，離儲君之位不過一步之遙。

皇后娘娘若是干政，那將來爭儲的情形可想而知，怪不得太后娘娘會說出這樣一番話。

皇后娘娘的病，康郡王妃沒少盡力，現在康郡王是三品參領，難不成太后娘娘是覺得康郡王在靠著皇后娘娘，替皇后娘娘辦事？更說不得在外結黨，皇后娘娘能重獲聖眷是皇后一黨謀劃來的？

國姓爺又和康郡王走動得近，太后娘娘既然已經疑心皇后娘娘，家裡就要和康郡王劃開距離。

這下子，范氏全都明白了。剛才太后娘娘讓她去給皇后娘娘請安，是怕皇后娘娘察覺到什麼，問起琅嬛，也是因琅嬛和康郡王妃的關係。

曹嬤嬤道：「這幾日，說不得太后娘娘會傳二小姐進宮呢！」

傳琅嬛進宮……范氏看向曹嬤嬤，曹嬤嬤微微頷首。

石火電光中，范氏立時明白，太后娘娘是要問琅嬛康郡王妃的事。

今天進宮得到的消息在范氏心裡翻騰了幾遍，不由得心跳如鼓、手腳發麻。范氏戰戰兢兢地走出慈寧宮，去景仁宮給皇后娘娘請了安，然後乘轎子出了宮。

上到自家馬車，范氏身上頓時軟下來，額頭上起了一層冷汗。

琳怡和獻郡王妃出了宮，獻郡王妃請琳怡去府裡坐坐。

琳怡這才真正見識了獻郡王對書籍癡迷的程度。

獻郡王府的東園整個隔出來只通外宅，獻郡王招募的幕僚都在東園居住，外面常傳獻郡王住在東園編書，有時半月不露一面。

獻郡王妃陪著琳怡在獻郡王府裡四處轉轉。獻郡王府是成祖皇帝賜下的老宅子，原本地方很大，如今被獻郡王隔去整個東園，內宅看起來就和康郡王府差不多了。

獻郡王妃說起獻郡王笑道：「我說弟妹也不信，我們家郡王爺三、五日不出門是常事，半個月憋在屋裡也是有的，要不然宗室營裡都傳他是書瘋子，上次聽說朝廷派商船出海，將來要解了海禁，一下子就跳起來，直說以後不愁有異族的書看。」興高采烈中還將她抱起來轉了一個圈，將她嚇得半天說不出話來。

「提起主張開海禁的官員，我家郡王爺是羨慕得很，直說可惜身上沒有旁職，否則定也要上一摺子。」

獻郡王是一心做學問，完全不問政事，否則哪裡沒有機會上奏摺。琳怡道：「皇上召見宗室子弟，每年都少不了獻郡王，常常和獻郡王在養心殿裡論律呂、曆法，獻郡王的博學，滿大周朝找不到第二個來。」

「也不一定是好事。」獻郡王妃低聲道：「若不是節慶日，皇上召見我們郡王爺，大多時候是有為難的國事。」郡王爺說過，皇上好像喜歡邊論學問邊思量。

獻郡王妃話音剛落，門房上來稟告。「宮裡來了人送牌子，皇上明日傳郡王爺入宮呢。」

琳怡和獻郡王妃面面相覷。真是想什麼來什麼。

獻郡王妃吩咐人去東園子稟告獻郡王。

琳怡在臨上馬車之前，看到了獻郡王。和她想的不一樣，獻郡王爺看著比周十九還要高大不少，寬額濃眉，雖是書生卻沒有半點酸氣，見到琳怡就問：「小十九怎麼樣？好久沒見他了，我府裡新來了幕僚要和他論算法。」

獻郡王妃就笑著挽留琳怡。「乾脆別走了，將康郡王一起請來，就在府裡做宴，他們兄弟也好久不見面了。」

琳怡笑著道：「這幾日郡王爺都當值，恐怕沒有空閒的時間。」

獻郡王妃嘆口氣，只好將琳怡送上馬車。

馬車就要走，琳怡想起一件事，又掀開簾子和獻郡王妃說起話來。「獻郡王爺不知道有沒有編醫書？」說著臉一紅。「我平日裡愛看古本，獻郡王爺若是有此類書，我能不能厚著臉皮借閱？」

獻郡王妃聽到就笑。「我怎生忘了這一茬兒，別的沒有各種書都是有的，妳喜歡我就去要，明日送妳府上。」

獻郡王妃這樣好說話。

琳怡目光流轉。「我在福寧時也看過些不大流傳的醫書，並手抄了下來，獻郡王爺不嫌棄，我就讓人再抄一份送來。」

獻郡王妃臉上浮起笑意。「那自然是好。」

琳怡又和獻郡王妃道別，放下簾子，馬車慢慢駛出胡同。

第二百零四章

到了晚上，琳怡等到周十九回來，邊給周十九換衣服邊將宮裡和獻郡王府的事說了。

周十九靜靜地聽著，一言不發。

琳怡停下手。在慈寧宮外遇見國姓爺家大太太范氏，她心裡就是一沈。雖然之前周十九已經預料到宮裡情勢會緊張，可是涉及到儲君，誰也不能抱著兵來將擋、水來土掩的想法。要不然周十九也不會讓她去打聽消息。

「獻郡王說，他府裡新來了幕僚要和郡王爺論算法。」琳怡說著微微一頓。「也是巧了，皇上正好要召見獻郡王。」周十九早晨說起獻郡王妃，所以她從宮中出來才會去獻郡王妃府上作客。

他想要借助的就是獻郡王不問政事。

周十九從平叛到開海禁太過風光，如今有個風吹草動就有可能被牽連進去。

皇上傳召獻郡王進宮，就算不提及政事，也有可能透過獻郡王問些話。

琳怡將周十九的官服疊好交給胡桃。「妾身想著，獻郡王爺既然在編書，府裡的書定是全的，就和獻郡王爺借了醫書，我之前手抄的醫書也給獻郡王爺送去一份，說不得能堪用。」

這樣一來，和獻郡王府上就不是空口說的關係。

周十九聽到這裡，臉上的笑容更深。琳怡能明白他的意思並不讓他驚訝。

政事她都能看透，更不要提內宅。

琳怡抬起頭看周十九，他臉上不再是從前那種一成不變的應酬笑容。雖然依然不曾有那些躊躇、緊張等多種多樣的神情，至少琳怡現在知曉，無論是誰在周十九這個位置上，都要學會遮掩自己的情緒。

「新臣不如舊臣。」周十九坐在軟榻上笑看琳怡。「皇上破例提拔我，卻不會再輕易交與重任。」

在不瞭解一個人的情況下，防備、猜忌多於信任。

就是因為周十九沒有真正的長輩在皇上面前說話，也沒有家族庇護，皇上對周十九這個人知之甚少。換句話說，不論是宗室還是勛貴，靠的都是祖輩忠心耿耿侍奉君王的情分，要不是有宗室兩個字撐門面，周十九其實就是無依無靠。不論是復爵還是得了參領之職，周老夫人不但沒有幫忙，還在背後虎視眈眈，換作旁人，恐怕連搏一把的勇氣也沒有。

君臣根基不深，別人說什麼，皇上很容易會相信，所以需要皇上信得過的人幫忙。皇上不瞭解周十九，卻對獻郡王的為人再清楚不過，借助獻郡王說話，比周十九自己在聖前申辯有用多了。

對於皇后娘娘和儲君，琳怡覺得心裡還有疑問，於是試探著問周十九。「郡王爺早晚是不是也要支持一位王爺？」

周十九伸手拿起鬥彩卵幕杯笑看道：「真正到了新君登基，就算之前沒有站位，也會被人陷害彈劾。」

問題是他會支持哪一個皇子？不等到最終結果確定，周十九是不會說出來的。

他道：「皇后娘娘要過繼皇子，最有可能過繼哪一位？」

二王爺的生母已經過世，三王爺生母寧妃，五王爺生母淑妃，七皇子生母僖嬪，十皇子生母是一位貴人。

二王爺、七皇子和十皇子。

最好的情形自然是二王爺。

周十九提起這個，是不是說明將來有可能會站在皇后娘娘那邊？

五王爺的生母淑妃娘娘身分是九嬪之首、四妃之一，五王爺又娶了寧平侯五小姐為正妻，寧平侯五小姐的姊姊惠妃娘娘沒有子嗣，要想始終榮華富貴，惠妃娘娘定會攀棵大樹。

淑妃娘娘身分貴重有子傍身，在皇后身居景仁宮時沒少協管後宮，惠妃娘娘年輕貌美深得聖寵，五王爺天資聰穎最近又被皇上重用，要是不想投靠五王爺……那還真的要仔細思量。

夫妻倆梳洗完躺在床上說話，不一會兒工夫就睡下了。

第二天，獻郡王府果然送了醫書過來，送書的婆子帶著滿面笑容。「我們郡王妃說，等康郡王妃看完了，我們再送些過來。」

琳怡謝了獻郡王妃夫妻，又讓小丫鬟打賞了送書的下人。

獻郡王府的人走了，琳怡才去看醫書。

獻郡王府的藏書果然都是珍品，琳怡只是簡單地翻了翻就用了幾個時辰。

天氣格外好，陽光照進來曬在人身上，暖洋洋的舒服，窗外偶爾傳來小丫鬟說笑的聲音，間散的生活讓人覺得愜意。

短短幾日，朝廷批了不少勛貴、宗室子弟入仕。朝廷五年才正式選一批侍衛，由此可知為了後代子孫的前程，京中顯貴在這上面花了多少辛苦。

任命的文書下來，其中就有周元景。周元景去了三王府，周元祈最終沒能選上侍衛，得了護軍校。

消息一放出來，琳怡才知道要做護軍校是周元祈自己的主意。周元祈的父親知曉之後，以為是周元祈從前品行不端所以落選，拿著家法將周元祈狠狠打了一頓，周元祈一瘸一拐偷偷來謝周十九。

琳怡在內室裡繡花，聽說整件事，再次覺得周元祈和宗室子弟還真的不大一樣。周元祈和蔣氏都是聰明、膽大的人，有自己的想法，寧願受些皮肉之苦，蒙上不白之冤，也要將一切付諸行動。

比起侍衛任命，宮裡有更精彩的歡慶上演。惠妃娘娘悄悄做了一只大宮燈，樂女們托著宮燈到聖前，宮燈慢慢旋轉，露出裡面調琴的惠妃娘娘，當時的情形美輪美奐，皇上大為震動，尤其是惠妃娘娘將寢宮也做成宮燈的模樣，讓人走進去如同置身夢中。

最讓人讚許的是，這只宮燈是中元節就做出來了，遲遲沒有拿出來是因皇后娘娘鳳體初癒，惠妃娘娘和宮裡其他娘娘一樣不忍打擾帝后的喜悅，於是等到後宮漸漸平靜下來，惠妃娘娘才在皇上面前獻藝。

宮裡的女人一個比一個聰明，懂得什麼時機爭寵才能事半功倍。

惠妃娘娘的美貌，加之如此的場景，皇上想不動心都難。帝后感情再好那也是從前，人的通病是看不清已經得到的，只會期望得到失去的。想到這裡，琳怡微微一笑。

「笑什麼？」周十九放下手裡的書，看燈下的琳怡。

她端起茶來喝一口，笑著道：「書畫店快修葺好了，年前定能開張。獻郡王妃還給了我三箱書畫代賣。」

周十九聽著她說完鋪子上的事，半晌才笑了笑，神情有些漫然。「今天回來時，看到內侍拿了牌子去齊家，我問了問，是太后娘娘要召見齊二奶奶。」

前些日子，琳怡才遇見周琅嬛的母親入宮，太后娘娘這麼快又要見周琅嬛。

說起來，她又好久沒見過周琅嬛了，上次她請齊三小姐、周琅嬛和鄭七小姐來宴席，周琅嬛卻沒能來，齊三小姐說是因周琅嬛身子不舒服。

從前就算有事不能聚在一起，周琅嬛也會寫信給她，這次卻只是讓齊三小姐帶了句話。

琳怡抬起頭迎向周十九的目光。

周十九是在提醒她，周琅嬛很有可能和她生分了。

太后的慈寧宮裡用了炭盆，進了大殿，一股暖意撲面而來。

周琅嬛謹慎地進內殿行禮。

太后似是十分高興，慈祥地笑著讓周琅嬛坐下。

女官們恭謹地站在一旁，屋子裡香爐的青煙裊裊，太后娘娘穿著寶藍色鳳穿牡丹斕邊褙子，鬢角的銀絲微微發亮，神情隨意，像是見晚輩的模樣。

太后微微一笑。「成親前還好，能隨著妳母親進宮，嫁人之後反而不得見了。」溫和的聲音讓人聽了放鬆下來。

周琅嬛恭謹地道：「妾身雖然不能時時進宮，每日都為太后娘娘祈福，盼著太后娘娘身體康健。」

太后很滿意地頷首，靠著身後的大迎枕，看著周琅嬛的臉頰，彷彿能從中看出幾分她年輕時的模樣。「好孩子，有妳父親的聰明又有妳母親的賢慧。」

周琅嬛不好意思地低頭笑。

一盞茶過後，太后慢慢捻著佛珠。「聽說妳和康郡王妃交好？」

周琅嬛雖然早已預料到太后娘娘會問起康郡王妃，聽得這話仍是心中一緊。「康郡王妃初進京時就和妾身相識……是有些交情。」

太后娘娘聽著頷首，抬眼看向周琅嬛，慈祥溫和的目光變得清透，彷彿能看透人心所想。

「妳在康郡王妃那裡有沒有聽到什麼話？」

皇后娘娘出面幫姻家，還是姻語秋先生說的，皇后娘娘其實並無大疾。

周琅嬛思忖間微微失神。

太后已經看出端倪，看一眼身邊的曹嬤嬤。

曹嬤嬤添了新茶給周琅嬛，低聲道：「二小姐，有什麼話不能和太后娘娘說，誰還能比太后娘娘親近，太后娘娘問起也是關切母家……整個周家是一榮俱榮、一損俱損啊。」

這個道理她怎麼會不懂，從小祖母、母親就和她說，家裡子弟不入仕是要讓御史沒有理由牽連太后娘娘，作為外戚有顯要的身分在，一步也不能行錯，否則她從小也不會學那麼多規矩，為的就是不給家中丟臉面。

嫁去齊家前，母親還和她說，祖父也太小心，家中所有晚輩的婚事，娶不能高娶，嫁不能高嫁，如今太后娘娘已經避去了慈寧宮，皇上身下的皇子都已經長大成人，就算還有御史彈劾外戚弄權，也彈劾不到太后的母家。

萬事都要以太后娘娘利益為先。

現在太后娘娘問起她這個，她該不該將知曉的都說出來？

周琅嬛微微抬起頭來。「也沒聽說什麼。」

慈寧宮一下子安靜下來。

太后不說話，所有人連呼吸都靜悄悄的。

周琅嬛微捏手帕，想起前些時日她去康郡王府傳消息，琳怡避開不談的神情。

外戚就是外戚，連著太后娘娘，誰會和她真的交心，將心中的秘密都講給她聽？周琅嬛眉眼一沈。「在康郡王府，大多數是和康郡王妃下下棋說說話，康郡王妃會做藥膳和雙面繡……也就是學學這些東西，見過幾次姻語秋，沒說起什麼政事。」周琅嬛說著小心翼翼地抬起頭。「康郡王妃倒是說過皇后娘娘的病並不重。」

曹嬤嬤眼睛一亮，向周琅嬛頷首，彷彿是鼓勵周琅嬛接著說下去。

周琅嬛終於在太后娘娘的目光下低頭。「康郡王妃說，現在治好皇后娘娘的病正是好時機。」

太后捻佛珠的手停下來。

第二百零五章

正是好時機。什麼時機？皇后娘娘因父兄的事和皇上疏遠，現在水師舊事重提，若果然像流言說的那樣，皇后父兄是為了維護皇帝才身死，皇帝自然對皇后一家有愧意，皇后就能藉此重獲聖眷。

也就是說，不論皇后還是康郡王都在利用從前的事得利。

這正好和太后聽到的傳言不謀而合。

周琅嬛長長的指甲幾乎要刺進掌心裡，半晌才咬咬嘴唇鼓起勇氣。「也許只是因姻語秋正好上京，康郡王妃才會說這樣的話。」她頓了頓，又急匆匆地道：「皇后娘娘恩慈待人，母儀天下——」

曹嬤嬤聽到這裡，咳嗽了聲。周琅嬛才發覺自己失言。

太后對皇后起了疑心，她卻將從前太后說皇后娘娘的話擺出來。

太后沈下眼睛，臉上有了倦容。

曹嬤嬤忙上前扶著太后去了暖閣。

周琅嬛行禮相送，垂著頭仔細聽著暖閣裡的聲音，半晌傳來一陣腳步聲，那腳步沈穩，不似女子。

周琅嬛不敢抬頭，只聽得腳步聲過後，跟出幾個內侍和宮人。

誰會在太后娘娘的暖閣裡？

周琅嬛稍作思量，登時心跳如鼓。

是皇上。

皇上聽到了她剛才的那些話。

她正怔忡間，曹嬤嬤從暖閣裡出來上前道：「太后娘娘歇下了，二小姐回去吧！」

周琅嬛從慈寧宮出來，路上遇見了淑妃來給太后娘娘請安。

周琅嬛忙行禮。

淑妃笑著道：「這是國姓爺家的小姐吧？」

周琅嬛出嫁，淑妃娘娘還給了賞賜。

周琅嬛恭謹地頷首。「娘娘記性好。」

淑妃娘娘顯得很高興，拉著周琅嬛道：「嫁了人也要常來看望太后娘娘。」

周琅嬛應了，目光一掃，看到淑妃娘娘身邊的女官捧著一對紫貂的護膝。

顯然是送給太后娘娘的。

這些年，皇后娘娘的景仁宮冷清，都是德妃、淑妃在慈寧宮往來。

她剛從太后娘娘宮裡出來就遇見淑妃娘娘……顯然這是早就安排好的，淑妃娘娘是在提醒她，或者說是在提醒整個國姓爺家，莫要站錯了位置。

周琅嬛上了馬車出宮，半路上不停地掀開簾子張望，看到了康郡王府的方向，桂兒低聲道：

「奶奶可是想去康郡王府？奴婢讓人通傳一下？」

的鹿肉。」

周琅嬛搖搖頭。「天色不早了，直接回家吧！」

馬車到了齊家門口，韓嬤嬤早就等在垂花門裡，韓嬤嬤笑著道：「康郡王妃讓人送來了新鮮的鹿肉。」

之前說好的，等到秋天大家聚在一起吃烤鹿肉。

琳怡沒忘了給她送來。周琅嬛心裡一顫。

到了秋狩的季節，皇上還沒去圍場，勛貴們也不敢大張旗鼓地聚在一起狩獵，只是偶爾消遣一下，周十九也是兄弟、姪孫一大堆的人，不停地往康郡王府送東西，琳怡讓人煲了鹿肉湯給周老夫人送去。

趁著新鮮，琳怡親手侍奉周老太爺喝些。

周老太爺難得地喝了小半碗的鹿肉湯。

琳怡將湯碗遞給白芍，然後去和周老夫人說話。「嬸娘那碗裡我放了大棗和黃耆，溫補氣血。」說著笑道：「不知道嬸娘喝不喝得慣？」

周老夫人溫和地笑著。「從前咱們家裡也是這樣煮來喝，沒有妳做的味道好。」

鹿一身皆益人，京裡勛貴這時候都會烹鹿肉。

「瞧把妳忙的。」周老夫人笑著道：「快坐下歇歇，別累壞了身子。」

正說著話，周大太太甄氏和周二太太郭氏進了門，周老夫人埋怨地看了甄氏一眼。「也不知道早些過來幫襯幫襯。」

甄氏臉色一暗，似是羞臊。「我原想著這時候不晚，進門聞到香氣就知道大廚房已經做上了。」

「像妳，」周老夫人有些哭笑不得。「總是要等到下午才動手。」

甄氏忙道：「都是我的錯，今晚的石鍋鹿肉我來做，開席了我再自罰三杯。」

周老夫人笑著看向琳怡。「好事都被她占盡了，來晚了還惦念著妳的桂花釀。」

郭氏聽得這話掩嘴笑。

琳怡也笑道：「桂花釀早就上桌了，我正愁沒有人幫忙嚐嚐。」

甄氏也忍不住笑出聲。「娘這是拿我消遣，妳們兩個也不知道替我說說話。」

郭氏收斂了些笑容。「我只想著娘高興……倒將大嫂忘了。」

大家又是一陣笑，屋子裡其樂融融。

晚上吃飯，周元景和周元貴兩個人商量要將周十九灌醉，結果周元貴先喝得東倒西歪，踉踉蹌蹌地撲倒在周老夫人腳下，嗚嗚咽咽地認起錯來。

郭氏嚇了一跳，就要上前去攙扶，周元景先離席去拽不爭氣的弟弟。

誰知周元貴是一門心思要說話，緊緊抱著周老夫人的腿不放開。

周老夫人看著兩個兒子你爭我奪的模樣，嘆口氣看向周元景。「聽聽你弟弟要說什麼。」

周元貴不知道什麼時候已經哭起來，郭氏看丈夫這個模樣忙遞了絹子過去。

周元貴胡亂地擦了一陣，開口道：「母親，這些年都是兒子不懂事，讓您操心，兒子以後再也不玩蟲了，就算兒子不能好好唸書考取功名，也要找些正事做，將來供養爹娘。」

這話一出來，周元景尚在迷糊中沒有什麼表情，甄氏輕撇著嘴角，郭氏面色尷尬，周十九神色不變。

琳怡低聲吩咐丫鬟取解酒茶來。周二老爺是真的醉了，否則不會當著這些人如此失儀。

周元貴哭道：「我就是當爹的人了……再不懂事……將來要讓孩兒笑話。」

郭氏眼睛也有些紅。

周老夫人伸手拉起周元貴。「好了，娘都知道了，以後好好做事莫要再讓人操心，你媳婦也不容易。」

誰知道周元貴認錯還沒結束，起身又走到周元景身邊，嘴角一落，道：「大哥是我不對，拉著你去賭蟲分紅，以後我不去了，你也別去了吧！」

周元景的酒立時醒了些，甄氏眼睛一抬，臉色陰沈，郭氏這下子是誠惶誠恐。

周元景哪來的銀錢去賭蟲分紅，恐怕是背著甄氏的私房錢，沒想到周元貴向周元景認錯，反倒是揭了周元景的短。

周元景臉色脹紅，皺起眉頭呵斥周元貴。「老二，你這是說什麼醉話？我什麼時候去賭蟲了？給我說清楚——」

眾人還沒回過神來，周元貴又慢慢向周十九走過來。

琳怡飛快地看了一眼周老夫人，周老夫人一瞬間目光深沈略帶些緊張，不過轉眼間就恢復平常。

周老夫人是怕周元貴不小心在周十九面前說出什麼話來。

周大太太甄氏這時候彷彿也回過神，伸手去拉周元景。「快去看看二弟，別讓他衝撞了郡王爺。」

第二百零六章

周元景還沒挪動步子，周十九已經早一步扶起周元貴。

周元貴喝得臉色脹紅，掩不住傷心，眼看著周十九。「三弟啊……」

周老夫人皺起眉頭，呵斥道：「這孩子怎麼這樣胡來！」

旁邊的郭氏顧不得身子重，忙上前去攙了周元貴。「郡王爺別見怪，老爺喝醉了，胡亂說話。」說著吩咐身邊的嬤嬤。「扶老爺去歇著。」

周元貴如何肯走，拉著周十九的手。「三弟啊，小時候是我不好，偷了你的彈弓，我以為你的彈弓能打得準些。」

周元貴這話一出，大家不約而同地鬆了口氣。

琳怡看向周元貴。人說酒後吐真言，說不得只有這個整日無所事事的二老爺才將周十九當作兄弟。

周元貴的眼淚止不住似地往外湧，眼睛開始往周圍瞄。

多虧這是家裡小宴，要是在族裡，周元貴要抓住認錯的人不知道有多少。

周元貴總算安靜下來。

郭氏忙著給丈夫擦眼淚，不時地抬頭應付周元景和甄氏飽含深意的視線，這樣一來頓時手忙腳亂。

琳怡過去幫忙，將解酒茶拿給周十九，周十九扶著周元貴將解酒茶喝下，又和周元景兩個一左一右將周元貴架去屋裡歇著，郭氏帶著下人也忙跟了過去。

安置好周元貴，大家也沒有了接著喝酒的興致。

周老夫人倦了，琳怡和甄氏將周老夫人送回房。

周元景這次沒有喝醉，就和甄氏在周老夫人房裡侍奉，周十九和琳怡也就回到第二進院子。

兩口子梳洗完，琳怡打發下人出去，看向周十九。「郡王爺有沒有聽到什麼風聲？」

周元貴尋周十九說話時，周老夫人露出緊張的神態，甄氏也顧不得盤問周元景，提醒周元景去攔周元貴。

嬸娘一家好像是做好了一切幕後準備，現在笑盈盈地看戲。

周十九道：「我讓岳父小心些，科道上有什麼風吹草動，盡可能地先避開。」

被她猜中了。

琳怡低聲道：「是皇后娘娘？」

周十九靠在床邊。「我還沒和元元說過我家的事。」

他說的是康郡王被奪爵。

周十九沒說過，她也沒主動問，人人都有埋在心底不想說出來的話，更何況周十九的父母去世得早，她一直認為那是他不能觸碰的地方。說起傷心事，人就難免軟弱，周十九在人前是從不示弱的。

周十九收起笑容。「我父親時，皇上就有意復康郡王爵位，是我父親不小心說錯了話，不但沒有了爵位，前程也斷送了。」

既然提起皇后娘娘，這件事必然和皇后娘娘有關。這也就能解釋，為什麼他對當年皇后娘娘父兄慘死的事瞭解得那麼透澈。

周十九道：「帝后剛成親時，輔政大臣把持朝政，皇上幾次想要收攬大權未果，乾脆負氣不去上朝，是皇后娘娘勸說皇上無論何時都要勵精圖治，將皇上送出後宮。久而久之每次皇上上朝，皇后必然相送。皇上去養心殿，皇后更是同輦進出，皇上處理政事，皇后娘娘也在養心殿相陪。」

這些話琳怡也就從周十九嘴裡聽到，無論是在宗室營還是宴席上，竟然都沒有女眷提起這些往事。

琳怡道：「養心殿是皇上處理政務的地方，皇后娘娘每次這樣相陪，很容易被人說成後宮干政。」

周十九微微一笑，看向琳怡。「那時皇上確然要人支持。」

滿腔怒氣和怨恨無處發放時，唯能解憂的就是枕邊人，所以那時帝后感情甚篤。

皇后娘娘聰穎又出自名門，政事上定能替皇上參詳，也就是說，皇后娘娘很有可能確然干政了。

就像福建水師之事，如果當年大獲全勝，皇后娘娘和母家就是扶持皇帝有功，可是水師敗了，皇后和母家就成了攛掇皇上的奸佞之臣。不管當年的真相太后娘娘知曉多少，這次皇上舊事重提，定會有有心人將整件事原原本本地說給太后聽。

皇后娘娘的父兄在太后眼裡是死得不冤，皇上無過，錯的是輔助皇上的臣子。

周十九道：「當年帝后共同出入，民間就有童謠傳出，提到了雙聖。」

琳怡聽到這裡，臉色也是一變。「雙聖說的是皇上和皇后？」帝王被稱為「聖」，雙聖就是兩個帝王。雖然童謠是好事人傳出去的，對於一國之君來說，不免心中留了芥蒂。

周十九細長的眼睛微垂，似是有笑容含在裡面。「皇上和宗室子弟聚在一起圍獵，有人想藉著宗室之口提起這段童謠，我父親呈給皇上的詩文就有了變動，提到了兩次『聖』字。」

周十九祖上因被奪爵，是所有在場宗室中地位最低的，所以才會被無聲無息地利用、陷害。

「如今郡王爺復了家中爵位，公爹也被追封康郡王。」琳怡清澈的眼眸中沒有像平常人一樣露出憐憫或關切，而是平靜中帶著一絲暖意。

雖然從前失去的已經拿不回來，現在畢竟也算得了補償。

周十九微微一笑。

琳怡道：「這次皇后娘娘病好了，景仁宮又復繁盛，從前那些害過皇后娘娘的人自然惴惴不安，定是要想方設法壓制皇后娘娘。」幫助皇后娘娘「康健」的她，自然首當其衝。周十九在福建這件事上推波助瀾更是少不了，還有因此事丟爵又復爵的陳家……這樣牽連下來，這和皇后娘娘失寵時何其相像。

她的話題沒有在家事上糾纏過久，是怕他心裡不舒服吧！

周十九的目光不自覺地柔和下來，伸出手去整理琳怡鴉青般的長髮。「雖然沒料到會來得這樣快……總會有法子的。」

能在這時候還神態安穩的人，也就是周十九了吧！

琳怡想起來小時候的事，抿嘴一笑。「我哥哥小時候聽到打雷會害怕，父親就教訓哥哥，男人心性要堅如磐石，那含冤負屈的成什麼樣子，以後但凡有雷聲就到院子裡去聽。」哥哥信以為真，嚇得臉色蒼白，小蕭氏還因此哭一鼻子。

不過從此之後，哥哥是再也不怕雷聲了。

周十九攬住琳怡的腰身將她抱在懷裡，靠在琳怡耳邊低聲道：「元元是笑話我？」

「沒有。」琳怡笑一聲。「我是說郡王爺品行堅韌，和常人不一樣。」都到了這個時候，也就他們會苦中作樂，否則面對太后娘娘和眾多虎視眈眈的目光，哪個還能笑出來？

對著月光，周十九嘴邊只有淡淡的笑容。「不勸勸我？」女眷遇到這種事，就算不是神情慌張，也會問他打算吧！女人關切的都是這個家，她因姻家生氣，不也是因為姻家的安危嗎？

琳怡笑道：「我不是是非不分、黑白不明，勸郡王爺投靠淑妃娘娘還是太后娘娘？投誠陷害皇后娘娘？我們本來什麼也沒做，這樣一來豈不是心裡有鬼？再說，五王爺那邊就真的那麼好去？這時候過去就是站明立場，先不說新帝如何，就是擁立儲君也太早了些。」光是想想寧平侯一家，給那些人當牛做馬真的會換來好下場？

周十九這時發現，對於懷中的妻子，他要瞭解的還太多。

琳怡輕輕閉上眼睛。「皇后娘娘的事早就有了，我們避也避不開，早來總比晚來好，免得整日也是要提心弔膽，太后娘娘的疑心也要有個交代……我就是擔心父親……父親在科道本就容易與人交惡。」父親不像周十九凡事看得清又懂得轉圜。

周十九道：「我會多注意岳父那邊，一旦有風吹草動，先去告知岳父。」

琳怡在他懷裡頷首。「明日我想回去看看祖母和母親，再問問和鄭家結親的事如何了。」

這麼快就開始安排內宅的事。

周十九微微一笑。「去吧，明日我讓人送頭鹿過去。過段日子，有時間了我再和妳哥哥一起去打獵。」

第二百零七章

雖然嘴上說得輕鬆，兩個人畢竟都有心事，翻來覆去好久都沒睡著。

婆子來喊起，琳怡睜開酸澀的眼睛，像是一夜沒合眼。周十九吩咐丫鬟打來冷水，用冷水洗過臉才神采奕奕地穿了官服上朝去了。

琳怡又躺了一會兒，等到天將亮起身梳洗，交代好中饋，回去廣平侯府。

小蕭氏這些日子正為和鄭家聯姻的事著急，嘴唇上也起了水泡，看到琳怡回來了，露出笑容。「想讓妳回來，又怕妳回來得太勤會被人說閒話。」

琳怡笑著道：「誰叫我嫁得近呢，要是遠了，真是想回也回不來。這幾日府裡沒事，我就多回來幾趟，過陣子到了點秋的時候就真的沒時間了。」莊子上開始交秋收，才是真正要忙的時候。

小蕭氏聽了點頭，不疑有他。

琳怡就問起陳允遠。「父親這些日子如何？」

小蕭氏笑：「只是衙門裡忙，身子都好著。」

小蕭氏還是一貫地不打聽政事，現在祖母也病了，父親就算想說，身邊也沒有了人。

「母親，」琳怡叫住小蕭氏。「到底有什麼事不能和我說，我也好替母親出出主意，是不是哥哥的親事？」

小蕭氏支支吾吾。「上次我自己去鄭家看鄭老夫人，惠和郡主提起鄭七小姐，當著妳二嬸和好多女眷的面，我可是好一陣子誇，臨走的時候，惠和郡主又送了我一套頭面，現在想起來是不是那次讓人誤解了，這門親事怎麼好不答應？」

原來小蕭氏擔心的是這個。

當著人面誇讚鄭七小姐，惠和郡主又送了貴重的禮物，看在旁人眼裡的確是兩家有意結親。

這就怪不得惠和郡主會給她送禮物。

「鄭七小姐常來常往，我就像待自己家孩子一樣，都已經習慣了，再說誇鄭七小姐我也不是第一次，就是在宴席上……一時高興，我就……大家都傳言惠和郡主想要給女兒謀的親事未成，話言話語中說鄭七小姐性情不夠溫婉，我心中著急，就當眾替鄭七小姐說了些話，誰知道會陰差陽錯。」

琳怡能想到那天宴席裡有人推波助瀾，故意要將兩家拴在一起。惠和郡主剛失了一門好親事，旁邊有人提醒，目光就落在陳家身上。

這樣的話，如果陳家再拒了這門親，就像又駁了惠和郡主的面子。

話已經說出來，小蕭氏就問琳怡。「老太太病著，我也不敢去說，妳父親面前我也問了，妳父親還是想等過幾年再給妳哥哥說親事。」

只是問了父親的意思，並沒有講這些來龍去脈吧！

小蕭氏和琳怡上了長廊，側頭看琳怡。「妳說怎麼辦才好？」

琳怡道：「我看這門親事，母親要推了。」

小蕭氏驚訝地睜大眼睛，原以為這裡面最願意的就是琳怡，沒想到琳怡會讓她推掉。「這是怎麼說的？」

琳怡道：「就算要結親也不能是現在，父親說得有道理，還是等哥哥年紀大些再說。」

兩個人說著話進了念慈堂。

長房老太太讓白嬤嬤扶著才坐在軟榻上，琳怡進去行禮，然後親熱地坐在長房老太太身邊。

長房老太太故意板著臉。「怎麼又回來了？郡王爺也不管管妳。」

琳怡靠在長房老太太身上，卻小心翼翼不敢真的壓上重量。「祖母真小氣，我又不吃閒飯，可是帶著口糧回來的。」

長房老太太聽得這個頓時笑起來，沒想到笑得嗆了風，頓時一陣咳嗽。

琳怡忙伸手拍撫長房老太太的後背。「都怪我，不該逗祖母笑。」

長房老太太半晌停下來，拿起帕子擦眼淚。「若是連笑也不能了，活著做什麼？不如死了算了。」

談及生死，琳怡強顏歡笑。

不大會說話的小蕭氏雖然臉色難看，卻還開解長房老太太。「老太太這是什麼話，您且得享福呢！」

長房老太太痛快地答應下來。「好，聽妳們的，再多活幾年，陪著妳們樂呵。」

看著祖母關切她的目光，琳怡的眼淚差點不爭氣地湧出來。

她去給長房老太太倒茶。

長房老太太看著小蕭氏。「有什麼正經事沒跟我說？」

小蕭氏臉上已經掛滿了情緒，旁人怎麼會看不出來？

琳怡親手服侍長房老太太喝了茶，替小蕭氏道：「母親在愁怎麼回絕鄭家呢。」

長房老太太想著，嘆了口氣。「都是作難。」說著看琳怡。「妳怎麼想？」

琳怡抿抿嘴唇，沒有遲疑。「還是祖母寫封信給鄭老夫人，提一提喜歡鄭七小姐的事，再說哥哥年紀小沒有定性，家裡沒有想這麼早談婚事。」

小蕭氏有些遲疑。「這……會不會說得太明白了些？」

琳怡道：「就要明白才好，而且是現在……不要再拖了。」

長房老太太目光一閃，似是聽出了什麼，臉色也沈重起來，吩咐白嬤嬤。「這就去準備紙筆，我給老東西寫封信，我們兩家總不能這樣遮遮掩掩，總要找個臺階下。」

祖母沒有多問她就要寫信，是信任她才會如此。

琳怡扶著長房老太太去書案前寫信。

小蕭氏還在兩家情分上掙扎，小聲道：「這以後見了面可怎麼辦啊？」

長房老太太抬頭看了小蕭氏一眼。「我都不怕見鄭老夫人，妳怕什麼？琳怡和鄭七小姐的關係不比妳和惠和郡主親近？」

小蕭氏被訓斥兩句，臉上一片黯然。

琳怡安慰小蕭氏。「只是說我們家不想這麼早談親事，並沒有說兩家不好結親，母親不用擔心，下次見到惠和郡主還是一樣的。」

小蕭氏這才放心。

琳怡道：「郡王爺說一會兒要讓人送頭鹿來，母親吩咐廚房等著收拾鹿肉。」

小蕭氏呵呵笑起來。「我就去安排，連給親戚們都送些。」

小蕭氏去廚房裡安排晚上的宴席，琳怡從聽竹手裡接過墨條。

白嬤嬤看出情形不對，忙將屋子裡的下人領出去。屋子裡沒有了旁人，長房老太太抬起頭問琳怡：「到底怎麼了？連我都要瞞著不成？」

哪裡能瞞得住祖母，她這次回來也是要給祖母報個信，免得到時候祖母被驚動，牽發舊疾。

「是皇后娘娘的事。」琳怡低聲道：「都傳皇后娘娘重獲聖眷之後，準備從皇子中選一個過繼到身下，將來好爭儲君之位。所有皇子中只有二王爺親生母親不在了，且現為序長，鄭閣老做過二王爺的師傅，身分本來敏感，我們家又在這件事上為皇后娘娘立下大功，若是鄭家和我們家一起牽扯進來，恐怕將來誰都不好脫身。郡王爺那邊雖然已經有所準備，可是不可能不聲不響地就安然度過，祖母這時候寫信拒絕鄭家，鄭老夫人會明白其中的意思。」就算現在不明白，以後也會清楚陳家的用意。

當斷則斷，這時候再猶豫不決只會壞事。

長房老太太面色不豫，不再說什麼，低頭寫好了信遞給白嬤嬤。「這就送給鄭老夫人手裡，就說我病著不能動彈，否則定會上門和她說話。」

白嬤嬤恭謹地應了。「奴婢這就過去。」

長房老太太道：「問起郡王妃，就說郡王妃今天回來的娘家。」

影射到康郡王府，這樣一齣齣的事加起來，鄭老夫人定能有所覺察，說不得還能想法子自保。這是沒辦法的事，有時候兩家就算關係再好，也得擺出樣子給外面人看。

琳怡扶著長房老太太去暖閣裡休息，長房老太太躺下，琳怡拿過薄被給長房老太太蓋好。

「祖母不用太擔憂，現在的情形和從前不一樣了，皇后娘娘母家已經沒了依靠，景仁宮又被冷落了多時，如今皇上剛要讓皇后娘娘搬去坤寧宮，就有這麼多傳言，其中有多少是有意重傷皇后娘娘，皇上心裡應該有個衡量。再說，皇后娘娘那般聰明，既然選擇這時候和皇上重修舊好，必定有準備。」

長房老太太頷首。「外面有郡王爺，內宅有妳，我自然省心。」否則這一會兒她哪裡還能躺在這裡歇著。

說著話，小蕭氏進門。「郡王爺送鹿來了。」說著臉上滿是笑意。「好大的一隻鹿，現在正取鹿角間血，一會兒再取鹿血。」

琳怡和周十九說了鹿血能治長房老太太的心悸。「鹿角間血給祖母留著用，剩下的我來做鹿血酒。」

小蕭氏笑道：「這樣最好不過了。」

小蕭氏笑聲剛落，丫鬟掀簾子讓周十九進屋。

周十九給長房老太太和小蕭氏行了禮。

長房老太太見周十九一身官服。「這可怎麼好，為了我這老婆子大動干戈。」

周十九微微笑著。「這幾日衙門裡也沒什麼事，等他們取了鹿血，我們就回去。」

一會兒說取好了鹿血，周十九告辭離開。

琳怡將周十九送出垂花門，就和小蕭氏去大廚房商量怎麼做鹿宴，娘兒倆安排好晚上的宴席從廚房裡出來。

琳怡腳剛沾地，就看到門上的婆子匆匆忙忙地跑過來，到了跟前險些摔了個跟頭，卻也顧不得別的，直道：「郡王妃、夫人，出事了！有官兵進府裡了！」

怎麼會突然有官兵來？

小蕭氏臉色一變，剛要仔細地問那婆子，陳允遠身邊的小廝也來回話。

小蕭氏忙將小廝叫到跟前。

那小廝聲音直發顫。「老爺進宮去還沒出來，就有官老爺要來府裡搜東西！剛才……在路上……小的看到郡王爺，剛要出聲喊郡王爺，那些官老爺……捂住小的嘴，不讓小的說話，等郡王爺走了，才、才拽著小的進府裡來……」

琳怡皺起眉頭。要搜什麼東西，還要避開周十九？

現在府裡都是女眷，行動諸多不便，要是搜東西，豈不是要任著他們亂來？

第二百零八章

朝廷就算來搜東西也要有個說法，不能稀裡糊塗就進門。

琳怡看向小蕭氏。「母親讓家人守住前院，讓帶兵的人將文書拿來，我們看過之後才能搜查。」

小蕭氏長吸口氣穩下神來，叫來管事婆子照琳怡說的吩咐下去。

眼見著管事婆子一陣風似地跑出去，小蕭氏和琳怡去了長房老太太屋裡。

白嬤嬤將長房老太太扶坐在椅子上，長房老太太臉上是一貫的冷靜，看到小蕭氏問：「怎麼樣？他們要抄查什麼？廣平侯又是什麼罪名？」

小蕭氏慌張道：「還不知曉。」

長房老太太看向琳怡，琳怡頷首。這樣的不測之禍只有可能是被皇后之事牽連，宮裡開始有人動手了。琳怡吩咐聽竹去端熱茶來送到長房老太太手上，白嬤嬤送來鎮驚的藥丸，給長房老太太吃了。

琳怡緩聲問白嬤嬤道：「有沒有法子送信出去？」

白嬤嬤回話。「咱們侯府的大門已經被關上，旁邊有官兵把守，後門也是如此，想出去只有躍牆，也不知能不能行得通。」

「那就找俐落的家人去……」長房老太太淡淡吩咐。「從西院走，想法子將消息送給郡王爺。」

可是即便現在出去送信，等周十九趕到……大門緊閉著，他總不能闖進來。就算是抄檢也沒有哪家是將大門關緊了搜查。

長房老太太一掌拍在矮桌上。「就是故意欺負我們一屋子婦孺才這樣安排，他們若是想在其中夾雜書信、陷害廣平侯倒是容易得很！」

琳怡安撫長房老太太。「祖母安心，我和娘去垂花門迎看文書。」拖延時間不一定奏效，也要試試，說不得能順利將消息送去給周十九，周十九能想出法子來幫忙。

小蕭氏沒有了主意，只得一切聽琳怡的。

長房老太太用手握住扶手。「去吧，看仔細了，別讓他們糊弄了去，若是他們不肯說清楚，咱們宗祠裡還有丹書鐵券。」

怕只怕這些人已經是油鹽不進。

琳怡和小蕭氏到了垂花門還不見官員送文書，小蕭氏手裡帕子不停地抖動。「會不會不跟我們說一聲就……去前院搜查？」

「不會。」琳怡道：「他們不敢，廣平侯府從大周朝開國以來就有了，誰敢隨便闖進來拿東西？無論是誰都要遞交文書。父親就算是犯錯也沒有被奪爵，我們家依舊是勛貴。」有意陷害他們也要將前面的戲做足。

上次陳允遠是在衙門裡就被抓了，小蕭氏還沒經歷過抄檢之事，聽到抄檢兩個字難免就失了方寸。琳怡上次在長房時，因被袁家牽連經過一次抄檢，加之這次早有了心理準備，片刻就冷靜下來。

現在她害怕的是周十九竟然也沒有聽到半點消息，不知曉陳允遠到底出了什麼事。

片刻工夫，已經有官員跟著府裡管事進門，見到琳怡和小蕭氏，官員簡單行了禮，就將手裡的文書遞了過去。

小蕭氏乍逢驚變，整個人如置夢中，現在看了正式文書，心慌得更加厲害，只覺得眼前一片花白，看不清文書上面寫的到底都是些什麼，只是轉頭求助地看向琳怡。

琳怡抬起頭看那官員，那官員立在一旁，目光只落在小蕭氏手裡的公文上，眼見著小蕭氏手抖著將公文合起來，那官員才道：「下官秉公辦事，還請康郡王妃、廣平侯夫人多多包涵。」說著伸手去指公文。「公文上寫得清楚，我們只搜查文書，但凡財物一律不動分毫，除了要搜查前院，還有後院廣平侯的書房，還請康郡王妃和廣平侯夫人去旁邊稍避，下官等會儘快辦事。」說著不等琳怡和小蕭氏說話，轉身就要走。

琳怡不疾不徐地開口。「大人是在都察院任職吧？」都御使職專糾劾百司，辯明冤枉，提督各道，既然來抄檢，定是都察院所屬。

那官員只得又重新答話。「正是。」

只應付琳怡的問話，卻不報名姓，可見是不想談交情。

琳怡道：「我父親是都察院六科掌院……到底犯了什麼過錯，要都察院出面來抄檢文書？」

那官員彷彿早知會有此問，只是應付道：「下官官職低微，只知按命行事，不敢問緣由。下官等查檢之時，廣平侯府內所有人不准踏出府門，請廣平侯夫人務必管制家人。」那人躬身又準備挪步。

果然像琳怡想的那般，無論怎麼詢問都是滴水不漏，若不是抱著定能抄檢出東西的心思，不會有這般篤定的神態。眼下這樣的情勢，若是周十九在這裡，至少都察院的官員不會這樣有恃無恐，怪不得這些人要等周十九離開才進府來。

小蕭氏眼看著那官員離開，眼淚頓時流下來，拉緊琳怡的手不知所措。

琳怡吩咐白芍。「將席帽拿來，我去前院門上。」

小蕭氏聽了，心一陣怦怦亂跳。「這怎麼行？前面都是佩刀的官兵，怎麼能出二門？」

就算不能去前院盯著，至少也要走去門口留意看仔細，將來向周十九說也能說清楚。「母親放心，不會有事的。」

白芍取來席帽給琳怡戴好，主僕兩個還沒有動步，就有官兵進門來圍小蕭氏院子裡的書房。官兵排站好，小蕭氏再也支持不住，身子重重地一晃，幾乎摔倒。琳怡忙伸手將小蕭氏扶起走到一旁，剛要勸慰，只聽外面傳來兩聲呼喝。「什麼人?!」

琳怡心裡一驚。難不成是出去報信的家人被發現了？

接著是一聲慘叫，聽音調是出自剛才呼喝的官兵之口。

琳怡和小蕭氏面面相覷。

院子裡的官兵登時臉色大變，帶頭的官員飛快地瞧了小蕭氏一眼。現在會和官兵起衝突的唯有廣平侯府的家人，官員那一眼如同警告，這時候絕不會再給廣平侯府留臉面。

官員帶著人往外走。

琳怡將小蕭氏扶坐在山石上，也緊隨著官兵去看。

琳怡才走了幾步，就看到二門上人影一晃，迎頭直上的官兵似是嚇了一跳，下意識地抽刀、阻攔，可是片刻工夫，手裡的刀就被人打落在地上。

都察院的官員滿面驚詫，小蕭氏怔愣著說不出話來，一時之間，周圍極為寂靜。官兵被逼得步步後退，連滾帶爬地跌下臺階，眾人這才看到官兵背後的人。

石青色繡著蟒紋的錦緞官服，烏黑的頭髮上束著金冠，一雙眼睛光亮有神，嘴角雖仍舊含笑，卻比往日多了幾分嚴肅。

還是琳怡先回過神，喊了聲：「郡王爺。」

周十九踱步進來，一隻手扭著身邊官兵的肩膀，臉上的表情飄忽不定，掃過滿院子的官兵，突然一皺眉毛。「這是做什麼？」說著一把推開手裡的官兵，官兵踉蹌地摔在一旁。

周十九迎上那官員的目光。「五城兵馬司朱指揮，怎麼會在廣平侯府？」

朱定川臉色一陣難看，上前給周十九行了禮。「下官是奉命收檢廣平侯府中文書。」

周十九彷彿異常驚訝，抬起頭看看朱定川帶來的官兵。「這麼說，廣平侯府大門是朱大人守的。」

既然能想法子進門，必然是得了消息，朱定川道：「正是，都察院抄檢，府內所有人不准踏出府門，下官便命人關守大門。」

周十九嘴角的弧度讓人看得心中冰涼。「都察院查檢……怎麼還要緊閉大門？我還當廣平侯府內有異，這才躍牆而入，這麼說……我不小心誤闖進來，現在也是出不得了。」說著緩慢地抬眼看朱定川。「朱大人，你說是不是？」

琳怡沒想到周十九會這樣闖進來，按照都察院的律例，只要沒有抄檢完就不能放任何人出去，朱定川不敢冒著犯錯的危險將周十九請出去。

琳怡看向周十九。

周十九慢騰騰地回望琳怡。

康郡王夫妻對望間，朱定川的表情僵在臉上。千方百計要避開康郡王，沒想到一個不察倒將康郡王關在了廣平侯府。

琳怡將都察院的文書遞給周十九，他邊看邊問朱定川。「朱大人不在意我看看文書吧？」

周十九一目十行，不等朱定川回話，已經將文書看完合上。「朱大人，廣平侯是都察院六科掌院，依律就算是要抄查文書也要大理寺協查，怎麼只見朱大人五城兵馬司的兵馬？」

朱定川看著周十九腰上的宗室帶子，垂下眼睛。「事出緊急，上面等著回話，下官也是沒有法子，待到檢查文書的時候大理寺會出面……」

空氣裡，氣氛一窒。

周十九皺起眉頭，似是思量了半晌才點頭。「既然如此，我也不妨礙朱大人。」說著伸手。「朱大人查抄之前別忘了先要查官兵身上攜帶，大理寺的人不在，我就與大人做個見證如何？」

第二百零九章

說什麼做見證，就是要眼見著官兵經過查檢再進廣平侯的書房。

朱定川還沒說話，周十九又道：「若是查檢細軟也就罷了，查的是公文和書信，萬一有失，朱大人和我都難逃干係。」

話句句說得在理，讓人不能反駁。

周十九衝朱定川一招手。「朱大人，請吧。」

朱定川猶疑著，額頭已經落下汗來。「這……不合規矩……」

周十九微微一笑，笑容過於清朗，照到人眼睛裡如同冰霜。「朱大人說得是，這不合規矩的地方委實太多了些。」說著抬頭看看天。「酉時我要趕到宮門前佈置鎖鑰傳籌，朱大人還請快些。」

護軍營負責守衛宮門，若是誤了事，不知是誰之過。

朱定川再也撐不住，只好咬緊牙轉身吩咐官兵。「列隊，互相搜查身上有無攜帶。」

周十九笑著和朱定川寸步不離。

朱定川掏出帕子擦額頭。

眼看著周十九和朱定川一起進了書房，琳怡和小蕭氏轉身去長房老太太的念慈堂。

長房老太太已經聽說前面的事，問道：「消息還沒送出去，郡王爺怎麼趕來了？」

琳怡道：「郡王爺說無意中發現廣平侯府大門緊閉，這才越牆而入。」其實定是有所察覺，否則也不會在這時候趕來……越牆而入，誰能想得到？

長房老太太臉上不掩驚異。「也是難得郡王爺想到這個法子。」想到這裡，目光更加低斂，可見情勢有多緊急。

小蕭氏道：「現在要怎麼辦？」

怎麼辦？只能聽消息，琳怡將管事婆子叫來。「妳去前院讓管事的約束家人，官兵要如何就任著他們去做。」現在有周十九出面，旁的地方就不能讓人挑出錯處來。

管事婆子下去。

長房老太太才想起來問白嬤嬤。「給鄭家的信送到沒有？」

白嬤嬤道：「送信的人出去了還沒回來，想是被關在了門外。」

不管怎麼樣，總是送信在前，被抄檢在後。就算辯駁也有了道理，多虧琳怡今天回廣平侯府，否則真的鬧起來，說不得連鄭家也要陷進去。長房老太太吁口氣。「現在我們就安生著等郡王爺的消息。」

等待的時間格外漫長，小蕭氏起來到院子裡看了幾次，終於聽到婆子道：「從二門出去了，郡王爺也跟著去了外院。」

大約半個時辰過去，官兵抬著東西在院子裡。

周十九眼看著印章拓印封條送去大理寺，這才將朱定川客客氣氣地請出了門。

「這次恐怕要牽連郡王爺了。」長房老太太聽了嘆氣。

有人想要陷害父親，現在是周十九擋在了前面。

都察院封府，周十九雖然不是破門而入，卻也異曲同工，不但進了廣平侯府，還越權對都察院指手畫腳，朱定川回去了定會參周十九一本。

琳怡沏了杯茶。「都察院也有不合規矩的地方。」周十九並沒有和都察院正面衝突，提出的要求都是極為合理，只要都察院沒有從廣平侯府搜出證據，就算再彈劾也立不住腳。

琳怡話音剛落，外面丫鬟通傳道：「郡王爺來了。」

周十九進了門，在長房老太太身邊坐下，琳怡將手裡的熱茶遞過去。

他喝了口茶，潤潤嗓子。「老太太還記不記得真庵？」

長房老太太稍作思量。「是先帝信任的上清院道士。」說著看向小蕭氏和琳怡。「真庵妳們不一定知曉，榮文伯爵妳們就知曉了。」

榮文是皇上賜的謚號，小小的道士以伯爵禮下葬。

周十九道：「先皇在位時，雨雪均由真庵奉詔禱祀。當今皇上出生正是真庵祈皇嗣有功，欽安殿之禮皆由他主持。」

琳怡看著周十九的表情。莫不是這次和道士有關？

長房老太太道：「聽說真庵有幾名徒弟，其中一個承繼了真庵衣鉢，經常出入宮中。」

周十九繼續道：「皇后娘娘母家有個遠親常光文，如今在天津府任知府，前些日子都察院御史彈劾常光文貪墨。」周十九說著頓了頓。「岳父替常光文說了話，都察院監察御史又告常光文多有悖逆之語，說皇上迷信道士祈雨雪，不肯振理朝政。皇上在南書房看奏摺，正好有常光文的摺子進京，上面所寫和監察御史奏言的一致無二，皇上將奏摺給岳父看，讓岳父說說常光文還堪不堪用。」

結果可想而知。

陳允遠若不是不屈不撓之人也不可能幾次三番入獄。

長房老太太的手沁出汗來。

常光文的奏摺說輕了是諫言，說重了就是批判皇帝。道士奉詔禱祀是先帝爺時就開始的，何況皇上成為儲君本就受益道士，太后娘娘對道士之言更是多有聽信，太后娘娘身體不適，必有道士祈福，前些日子還有傳言說皇上想要擴建上清院……這個常光文膽子還真大。

又是在這個時候上奏疏，不免讓人想到他的身後是不是有皇后娘娘可依靠。

這張要打壓皇后娘娘的網撒得還真大。

長房老太太道：「常光文貪墨可有理據？」

周十九眉角鬆開。「有。去年朝廷運了二十萬石在天津倉儲，正逢去年天津受災，朝廷開倉放賑，按照常光文奏摺上說，以天津受災百姓人數該用掉十萬石糧食，可是朝廷修葺天津倉廒，開倉才知倉廒裡並無顆粒。」

琳怡驚訝地道：「也就是說常光文貪了十萬石糧食？」

周十九頷首。「大約是如此，皇上遣人去瞧得清楚，少了十萬石糧食。」

貪墨屬實，父親還為常光文強辯。

小蕭氏癱軟在椅子裡，長房老太太的手也微微顫抖。

小蕭氏顫聲道：「可是老爺並沒有收受賄賂啊，府裡從沒有人來送銀錢……上次確有一個福建官員想要留京謀職……也被老爺回絕了。」

從前陳允遠雖然官途兇險，可是行的都是為民請命的公正之事，這次和往常不一樣……

周十九道：「剛才查抄文書，我瞧見了常光文給岳父寫的書信。」

小蕭氏緊張地臉色煞白。「郡王爺，您說該如何是好？」

周十九道：「既然知曉朝廷抄查到了什麼，我就去想想法子。」

他神情從容，讓小蕭氏心中稍安。

周十九起身準備走，琳怡叫來丫鬟，陪著周十九去她出嫁前的屋子裡梳洗。

這次是父親受常光文牽連，本不關係周十九，周十九卻兌現了他的話……盡力在幫忙。

琳怡的粉色交領褙子襯著她瑩白的臉頰和溫和的目光。

周十九眼睛一亮。「家裡的鹿血可還有了？」

這時候怎麼和她要鹿血？

周十九道：「兌了酒給我拿來些。」

琳怡高聲吩咐橘紅去拿酒，又伸手去整理周十九的官服。「郡王爺不怕聖前失儀？」

周十九微微一笑。「到了秋狩的時候，哪個宗室子弟不是醉醺醺的？就是護軍營裡，誰不喝幾杯鹿酒？去年秋狩，平郡王酒後壯膽硬下棋贏了皇上，皇上因此十分開懷，每年圍場秋狩，皇上都願意親近宗室子弟，所以入了秋，誰也不敢招惹宗室。」

喝了鹿酒去皇上面前回話，是要露出宗室子弟的本色？

周十九道：「皇上今日賞給宗親鹿酒，我因當值沒喝……」

原來是這樣。不但要顯示宗室子弟的身分，還要表露宗室子弟的張狂。

喝酒是因皇上御賜，就因喝了酒才做出越牆之事，敢在都察院官員面前表露威儀，是因宗室的身分，這聽起來就合情合理多了。

周十九說著，目光微分，露出倨傲的神情。「我可像？」

本來心弦緊繃，如今卻被周十九逗得鬆懈不少，琳怡頷首。「紈袴不餓死，儒冠多誤身。」

周十九目光爍爍。琳怡抬頭迎上去，低聲道：「我是說，郡王爺有高貴的血統。」

她仍舊不放心似地去整理周十九的衣襟，手卻被他握住。

周十九的手比她的寬大又溫暖，另一隻手環上她纖細的腰肢，將她慢慢抱在懷裡。

琳怡靠過去，聽到他強而有力的心跳。

周十九的手沿著她的腰際向上，最終停在她的肩膀上，輕輕地拍了拍，似是在安慰，又似不自覺地重複每晚的動作。

琳怡短暫地閉上眼睛，心裡也平靜了不少。「郡王爺是覺得被父親牽連，才能順利面聖吧？」

周十九笑道：「武官不能參政，皇上不問起，我是不能主動談論。」這樣輕易就被她看透。

「放心……」

琳怡頷首。「我相信父親的為人，無論什麼時候父親都不會做出賣官鬻爵之事。」

第二百一十章

琳怡將周十九送出廣平侯府，剛準備回去，周十九又去而復返。

「郡王爺忘記了什麼？」琳怡低聲問。

周十九看著琳怡，目光清澈。「早些回去，我將陳漢給妳留下。」

琳怡道：「郡王爺也小心些。」

周十九這才微微一笑，轉身走了。

琳怡回到念慈堂，長房老太太已經去內室裡歇著，小蕭氏眼睛紅紅的，將管事嬤嬤叫來問，家裡這幾日是不是有什麼不尋常，生怕陳允遠真的拿了別人銀錢。

「母親不要太緊張。」琳怡安慰小蕭氏。「若是父親有什麼異樣，母親早就發現了，不會等到現在。」

小蕭氏慌道：「我是怕我疏忽了，這段日子我只顧著妳八妹妹，她總是生病，好不容易好了，到了晚上又燒起來，我就在內室裡陪著，妳父親忙完政事就在書房裡歇下……早知道我就應該將妳八妹妹交給乳母，妳父親有什麼煩心事，我也能看出些苗頭來……都怪我……」

「母親，」琳怡緊緊拉著小蕭氏。「沒事的，沒事。」

小蕭氏聽著琳怡輕聲細語，眼淚頓時流下來。

琳怡道：「郡王爺出去打聽消息了，只要有細情一定會來告訴母親，母親只要安心等著。」

小蕭氏用帕子擦擦眼角。「多虧有郡王爺幫忙。」

等到陳臨衡從書院回來，琳怡才坐馬車回去康郡王府。

進了郡王府，鞏嬤嬤立即迎上來低聲道：「聽說廣平侯府……」

琳怡點點頭。

鞏嬤嬤道：「這可如何是好，長房老太太還病著，豈不是都要靠夫人一個人？」

她想留在廣平侯府幫襯，可是眼見郡王爺也被牽扯進去，她要回來康郡王府，萬一有事也好幫忙周十九。

琳怡吩咐鞏嬤嬤。「讓人聽著點三進院子的動靜。」

鞏嬤嬤低聲應了。

琳怡回去房裡安排府裡中饋，周大太太甄氏那邊已經在聽廣平侯的事。

段嬤嬤道：「郡王爺趕了過去，應該是提前得了消息。」說著頓了頓。「要說郡王爺也真是能想得出來，堂堂郡王爺竟然越牆而入。」

甄氏將手裡的茶放在桌子上，譏誚地道：「誰讓咱們郡王爺是少年得志，難免有些脾氣，不將都察院放在眼裡。」

段嬤嬤道：「看來郡王爺也沒有了旁的法子。」

「他自然沒有了法子。」甄氏笑著將周元景打聽來的事說出來。「那個天津知府活活將十萬石糧食變沒了，廣平侯還替他說話，不是收了賄賂就是在替皇后維護母家人，這兩個罪名不論承認了哪個，廣平侯都別想再保住頭頂的官帽。康郡王去了能怎麼樣？」甄氏說著捂嘴笑。「總不能將十萬石糧食變出來。」

段嬤嬤滿臉諂媚的笑容。「這麼說，是板上釘釘的事了。」

甄氏抿嘴笑。「皇上要讓天師為民祈雨，卻被天津知府一本奏疏說成迷信巫術，就算沒有十萬石糧食，天津知府也是凶多吉少。」

也就是說誰被牽連了，誰的好日子也就到頭了。段嬤嬤想到這裡，驚訝地道：「那郡王爺怎麼辦？那不是也要被拉下水？」

甄氏乜了一眼段嬤嬤。「妳說呢？」

段嬤嬤用袖子掩嘴笑。

兩個人正說著話，丹桂匆匆忙忙進門。「太太不好了，老爺出事了！」

甄氏的笑容僵在臉上，慌忙問：「出什麼事了？」

丹桂道：「宗室和顏家三爺打起來了，老爺在旁邊勸架不成也被捲了進去，驚動了步兵統領衙門。」

顏三爺……甄氏笑容僵在臉上。難不成是那個好惹是生非的顏三郎，聽說之前提了步兵副尉。

「怎麼會動手？」從前她就聽說顏三好鬥狠，和宗室起過衝突。

丹桂臉上不好看，聲音更低了些。「聽說是在醉香居，不只是老爺一個人……」

周元景說衙門裡有事，晚上不會來吃飯，沒想卻去了醉香居。甄氏咬緊牙關，吩咐丹桂。

「讓管事的出去打聽消息，不管怎麼樣先將大老爺帶回來。」

丹桂低聲應了出去。

琳怡在屋裡做針線，鞏嬤嬤端茶進屋來，低頭在琳怡身邊稟告。「醉香居出事了，宗室子弟和京裡的顯貴子弟打了起來，聽說大老爺也掛了彩，鬧得步兵統領衙門都去了。」

琳怡放下針線。「是怎麼回事？」

鞏嬤嬤道：「聽人給老夫人送消息，說是因一個唱曲兒的女人就鬧了起來，兩邊都喝了些鹿血，火氣盛就大打出手。」

琳怡微微思量。「有沒有聽說還有認識的人在裡面？」

鞏嬤嬤低聲道：「聽說有鎮國公長子，還有馮子英……對了，彷彿還有十五爺，還說了些名字，奴婢是說不上來的。」

琳婉還懷著身孕，周元廣就去醉香居吃喝。十五爺就是周元祈，蔣氏的夫君，這些都是宗室，別說還有鞏嬤嬤說不上來的人。

顯貴子弟裡有馮子英。

馮子英是來過康郡王府和周十九在書房裡說過話的。

琳怡目光一閃。這就對了。

宗室和顯貴鬧起來才真正難辦，這些人都是難罰的，偏又不能隨便遮掩過去。這樣的大事一瞬間就會傳得滿城皆知，皇上那裡自然也會聽到風聲。

為了女人不過是好事人的說法，其實肯定不會這樣簡單，有人挑事就有人應事，這樣才會將起來。

這樣一鬧，周十九越牆而入的事就不值一提了，朝廷要罰周十九，那打架的宗室和顯貴也不能輕易就放過。

周十九在闖進廣平侯府前就有所佈置。

琳怡想到這裡，覺得心裡輕鬆了不少。

鞏嬤嬤道：「什麼時候落門？」

「晚些吧，」琳怡吩咐。周十九回來定會晚了。「除了正門，幾個門都照常上鑰。」

鞏嬤嬤應了出去。

橘紅進門服侍琳怡梳洗。

時辰已經不早了，小丫鬟們下去歇著，橘紅在門外值夜，琳怡躺在床上，覺得身邊十分安靜。

屋子裡有淡淡的花香。

從前她喜歡聞著花香安眠，今天卻怎麼也睡不著。

宮裡不知是什麼情形，皇上會不會怪罪周十九？

答案已經顯而易見，若是不怪罪下來，周十九該是按時下衙，現在卻一點消息也沒有。

琳怡不自覺地嘆口氣，起身將矮桌上的茶拿起來吃了一口，唇齒留香。

不知道過了多久，依稀聽到開門的聲響，她睜開眼睛。

一陣靴履颯沓聲響，琳怡看到了周十九的皂靴。

琳怡起身披上衣服，吩咐橘紅打水來。

「郡王爺吃過飯了嗎？」

周十九頷首。「吃過了。」就著橘紅打來的水梳洗了一番，然後換上衣服，和琳怡一起躺在床鋪上。

琳怡吹滅了燈。

黑暗中，周十九拉起她的手。「岳父回府去了。」

琳怡只覺得心跳一陣慌亂。

周十九聲音清澈。「皇上傳召我去南書房，我聽到岳父說十萬石糧食沒有了，卻不一定是被常光文貪墨。皇上開始沒有說話，後來突然命我明日啟程去天津查十萬石糧食的下落。」開始被傳召進宮，他在南書房外等了一個時辰，眼看著都察院的人來往……多虧接下來宗室和顯貴打成一團，這樣一來，醉酒鬧事的宗室就不止他一個人。

琳怡仔細思量周十九說的話。皇上命周十九去查天津的囤糧，聽起來像是皇上聽了父親的諫言，其實是正式將父親和常光文牽連起來。

被牽連的還有周十九。

琳怡聽得這裡，眼睛一跳。「郡王爺在京裡的差事……」

周十九道：「皇上暫命人接管。」

「按理說郡王爺不是文官，父親正好在科道，去天津的該是父親。」沒想到會換成周十九。

「皇上沒有明說，其實是怪罪郡王爺闖進廣平侯府。」

皇上的意思再清楚不過，周十九既然能膽大到不將都察院放在眼裡，必然有本事將案子查個清楚。他要嘛將十萬石糧食找回來，要嘛就親手將父親和常光文一起送進大牢。

無論是哪種結果，都不是她想看到的。「郡王爺有沒有想到法子？」

周十九笑著搖頭。「就算天津氣候潮濕，倉廒年久失修，糧食頂多黴爛也不會憑空消失……」

答案顯而易見。

他道：「天津去年受災，餓死的百姓卻屈指可數，我相信常光文只是開倉濟民，只不過決計用不掉十萬石糧食。」

琳怡覺得腰上一緊，自然而然地靠進了周十九懷裡。「這件事只有常光文自己知曉……」說著驚訝地抬起頭。「郡王爺是主動想要去天津？」換作了旁人，哪裡還會去細查，父親和常光文定會被論罪。

周十九的頭慢慢低下來，沒有回答琳怡的話，而是帶著含而不露的笑容。「天津路不遠，元元也要為我備些乾糧。」

第二百一十一章

周十九說準備乾糧，琳怡就去吩咐廚房明天一早做些容易帶的食物，有曬好的肉乾用蜜裹了蒸一遍，再在麵皮上攤上一層醃好的肉丁和蔥花，捲起來分割蒸好。琳怡只做過一遍，說給廚房也不知道能不能做好，明天一早她要早些起來。

「郡王爺早些睡吧。」琳怡拿著燈又回來躺好。「明日還要早些起身。」

聽著她微微放鬆的聲音，小小的臉頰埋了一半在薄被裡，彷彿很怕冷似的。陳家出了事，她心情必然不好，

聽著琳怡均勻的呼吸聲，周十九低頭聞到她頭上淡淡的花香。

「元元，我要好幾日才能回來。」

好幾日是短的，若是沒有找到解決的法子，還不知道要等到什麼時候回京。

可是讓周十九這樣說起來，琳怡聽出些別的意思。

她忍不住一笑。「郡王爺出去打仗的時候也是有的，那不是幾個月都沒有回家嗎？」

周十九看著琳怡嫻靜的眉眼。「那不一樣，我現在娶妻了。元元……」

琳怡聽到聲音，微微抬起頭來，看到周十九溫暖的目光。或許兩個人相處時，他是真的放了輕鬆才會如此，否則也不會露出小孩子似的模樣。放下心防就會覺得身邊的人不那麼難以捉摸，也不會那麼遙遠。

從前的那些關於周十九的記憶，也許都太片面了些。

「嗯。」她答應了一聲。

周十九眼睛一亮，嘴角微微上翹，將她攬進懷裡。琳怡伸出手來輕攏周十九的肩膀。

他放在琳怡腰間的力氣就大了些，修長的手指順著她的小衣滑進去，看著琳怡緋紅的臉頰。

周十九低下頭來，溫軟的嘴唇就落在她額頭上。兩個人成親已經有一段時間，這樣的親密也是越來越熟悉。他的手微微用力，呼吸聲有些急促。

琳怡睜開眼睛，正好瞧到他脫掉身上小衣。燭光下，勻稱的身形微微發著柔和的光似的。

溫熱的皮膚相貼，她心跳忽然快了些。

兩個人在帳幔裡糾纏，周十九的身體灼熱，燙得她汗毛豎立，兩個人的心跳混雜在一起，分不清是誰的。他目光有些迷離，恍若濛了一層霧氣，卻又有一縷陽光透射下來，微微發亮。

那亮光是夕陽的顏色，熱烈的，嫣紅的，似火一般。

周十九躺下來，琳怡還沒反應過來，已經被扶坐在他身上。

她臉上一紅，就要下來。

周十九笑著扶她的腰身，伸手去摸她濕潤的鬢角。「元元，輕輕動一動就會很舒服。」他的眼底如同深潭，偏從中伸出一枝妖冶的桃花來。

讓人覺得那一抹異樣的芬芳。

琳怡只記得迷迷糊糊睡去之前，周十九在她耳邊說：「春宵苦短。」

她立即就嚐到了這句話的滋味。

沒有睡好覺，眼睛難免酸澀，這倒是沒什麼，琳怡仔細一想才發覺昨晚……太累，躺下就睡著了，沒有要水，她和周十九也沒有再穿衣服，就貼著睡了一晚，可想而知床鋪上有多麼狼狽。

琳怡在床邊找到小衣穿了。

周十九笑著道：「還是先要水吧！」

她臉頰上頓時起了火。

橘紅將水端進屋，琳怡和周十九洗好換了衣衫，才讓丫鬟端盆進來漱洗。

琳怡簡單梳了個螺髻，吩咐婆子將被褥換了，然後去小廚房準備飯食。

周十九吃過飯，琳怡將這幾日穿的衣物交給桐寧。

門房備好了馬，周十九將陳漢留下，帶著桐寧去天津。

琳怡雖然知曉周十九不會輕易讓人拿住，還是不免擔憂。「聽說常光文愛民如子……」

周十九笑著頷首。「若不是因這個，我也不敢接這個差事。」

琳怡道：「別的我不懂，讓糧食最快消失得無影無蹤有很多法子，不過最快也是最容易的一種就是……吃掉。」十萬石看著不少，可是若分發給百姓，一下子就沒了。「天津沒有那麼多的百姓，可總有逃荒的流民。」

周十九道：「常光文連續兩次考績評優，按理說早應該升遷了，卻一直都在天津知府任上。」

可見常光文也是個不會周旋的。

「這一點倒是和父親相像。」琳怡給周十九整理腰間的佩帶。「大約就是這樣父親才信常光文。」可是傳言歸傳言，常光文到底如何，還要去天津之後細查才知曉。

將周十九送走，琳怡吩咐鞏嬤嬤。「郡王爺不在京裡，我也不好總回廣平侯府去，嬤嬤讓人去和祖母、母親說了，家裡有事就讓人捎信來康郡王府，我們這邊一切都安好。」

鞏嬤嬤低聲應了。

琳怡回到內室，府裡管事來稟告說莊子上送了收成單子。

她正和管事的說話，鞏二媳婦紅著眼睛、遲疑地走進第二進院子。

白芍先看到在假山石後緊握著帕子的鞏二媳婦。

鞏二媳婦看到白芍，臉上一緊，半晌才道：「郡王妃在嗎？」

白芍點頭。「郡王妃在看莊子上的秋收。」說著頓了頓。「姊姊有事？」

鞏二媳婦聽得這話，忙道：「那我還是過一會兒再來……」鞏二媳婦說著要走，白芍上前一步道：「我正好沒事，姊姊隨我去鹿頂房子裡坐一會兒，等郡王妃沒事了，姊姊再過去說話。」

鞏二媳婦握緊帕子。「也好。」

白芍將鞏二媳婦讓進屋子，正好小丫鬟都出去做活，屋子裡沒有旁人。

白芍笑著將桌上的白糖糕拿來遞給鞏二媳婦吃。「郡王妃賞下來的，姊姊嚐嚐。」

鞏二媳婦那邊已經得了一份。「我也有呢。」但凡有東西，郡王妃從不少鞏家的一份。

白芍道：「我也知道，不過姊姊定是自己不捨得吃，都給了家裡的孩子。」

若是往常，鞏二媳婦早笑起來，不過今日她有些心不在焉，好半天，才低聲道：「我是怕鞏二真的做出對不起郡王妃的事。」說著頓了頓。「鞏二要出去辦買雜物，他跟我說今天還要去賣參，還拿走了每次包參的物什。」

鞏二媳婦話剛到這裡，只看到門簾撩開，鞏嬤嬤走了進來。

鞏二媳婦的臉色立即變了。

鞏嬤嬤面色不豫，目光凌厲地看向媳婦。「到底是怎麼回事？怎麼現在才說？」

鞏二媳婦立即起身，畏縮地道：「媳婦……也是……也是才知曉……」

鞏嬤嬤道：「這時候了還騙我？早知道我就將你們留在家裡，不應該跟著我進府辦差！」

鞏二媳婦見鞏嬤嬤動了怒，慌忙解釋。「媳婦以為鞏二只是將參收回來再賣去藥鋪賺些碎銀子……沒承想這裡面有什麼問題……直到……今日……鞏二說出門，媳婦就看到周老夫人身邊的人向院子裡張望。」

鞏嬤嬤聽得這話，臉色一下子變得煞白，白芍也聽得心裡一顫。

府裡管事正好回完了話，鞏嬤嬤看向鞏二媳婦，聲音低沈。「走，跟我去郡王妃面前去說。」

鞏嬤嬤帶著鞏二媳婦進了內室，琳怡放下手裡的帳目。

鞏嬤嬤臉色難看。「郡王妃，恐怕是出事了。」

鞏二媳婦就將周老夫人院子裡的管事張望鞏二的事說了。

鞏二不過是辦買雜物的，有什麼事值得周老夫人關切，除非是有些不尋常的舉動，那就是鞏二和同鄉賣參的事。

不等琳怡開口，鞏嬤嬤就厲聲問鞏二媳婦。「鞏二說的同鄉是誰？我怎麼從來沒聽他提起過？」

翚二媳婦被嚇得眼睛通紅。「我問過，聽說也是在京裡做下人的……」

在京裡做下人……

翚嬤嬤氣得手臂發抖。「不能輕易和外府下人走動，我說過多少次了……你們……怎麼能做出這種事……」作為郡王妃的陪房，在外面的一舉一動都會讓人關聯到郡王妃。

翚二媳婦哆哆嗦嗦。「翚二說沒事……」說著掩面哭起來。「他說是收藥認識的，也沒有刻意交往，只是互換些消息。翚二在外從來不提府裡，翚二說不與他來往了，可是難免會撞到一起。」

「這個畜生！」翚嬤嬤恨恨地罵道：「若是他給府裡添了亂子，我就親手宰了他！」周老夫人那邊定是找到了機會，否則也不會在翚二身上費功夫，這時候補救恐怕已經來不及。

「翚二媳婦之前和我說過翚二買草藥。」在廣平侯府的時候，琳怡看到過翚二拿過新採的草藥，所以她聽翚二媳婦說翚二收些草藥賣給藥鋪賺些零錢，也就沒有特別驚訝。「我覺得也不算什麼事，就沒有和嬤嬤說。」翚二媳婦想要避開翚嬤嬤，是怕翚嬤嬤對翚二反感，她能理解這份心思，所以不動聲色，只想往後看看再說，沒想到這樣一耽擱，倒讓周老夫人看到了機會。

既然周老夫人能動心思，定然是翚二在府外交往的人有問題。

第二百一十二章

屋子裡一時之間安靜下來，鞏二媳婦弓著身子微微發抖。

鞏嬤嬤顏色鐵青。「不如我跟過去看看，也讓鞏二那畜生給我辨認辨認，那同鄉到底是個什麼人。」

周老夫人已經使人跟著，現在再補救恐怕是晚了些，讓外面人看來倒像是她欲蓋彌彰。

琳怡不說話，鞏嬤嬤心裡更加急了。「郡王妃不用顧及奴婢的臉面，這事不弄個明白，奴婢也沒臉再在郡王妃面前伺候。鞏二犯了錯，該怎麼罰就怎麼罰，別讓外面人看來是郡王妃維護陪房，給郡王妃臉上抹骯髒。」

「嬤嬤別這樣說。」琳怡道：「鞏二的品性我還是信得過的，凡事要有個查證再行定論。」

鞏嬤嬤一家是長房老太太千挑萬選出來的，在她身邊助益不少，開始進府她不放心旁人，都是鞏嬤嬤幾個兒子留意府上外務，鞏嬤嬤在內宅裡也是幫她執事，再說既然她讓鞏二管了買辦，出了事她自然有責任在裡面，這時候想置身事外已經晚了。

郡王妃這是為鞏二著想，否則這樣鬧出去，鞏二就別想再在府裡做事，他們一家也不能再抬頭過日子。鞏嬤嬤道：「那可怎麼辦才好？」

琳怡道：「既然老夫人身邊的人發覺了，想必那邊知曉的比我們多，我就去問問看到底有什麼事。」

不避開反而迎上去，有話當面說，總比暗地裡將消息散出去的好。

鞏嬤嬤擔憂地看著琳怡。能不能行？在毫無準備的情形下就這樣過去，萬一真的有頂大帽子壓下來……郡王爺還不在京裡。

要知道周老夫人靠著長輩的名分，插手府裡的事很容易。

琳怡換了一件杏色梅花紋褙子，帶著鞏嬤嬤和鞏二媳婦一路去了第三進院子。

周老夫人正在屋子裡喝茶，看到琳怡，慈祥的笑容裡有些驚訝。「聽說莊子送了秋收來給妳查點，可點完了？」

「還沒有。」琳怡微微一笑。「從前在家裡茶來伸手飯來張口，現在管家了才知道不容易，要不是有嬸娘坐鎮，我大約早就慌了手腳。」

周老夫人身邊的申嬤嬤抬起了眼眉。康郡王妃突然過來說起這些，分明是話裡有話，再去看看臉色難看的鞏二媳婦，心裡一亮，已經有了些計較。

申嬤嬤就要找藉口出門，差點就和匆匆上前的鞏二媳婦撞在一起。

鞏二媳婦二話不說跪在周老夫人跟前。

周老夫人臉上驚訝。「這是怎麼了？」

琳怡為難地看向周老夫人。「我也不知曉，鞏二媳婦說看到嬸娘讓人注意鞏二，不知是不是鞏二犯了錯。」

竟然這樣直接的說話。申嬤嬤臉上不好看，忙去看周老夫人。

周老夫人表情一僵，倒是不明所以。「這……話是怎麼說的，我怎麼不知曉。」說著看鞏二媳婦。「誰說的我讓人注意鞏二？」

鞏二媳婦嚇得瑟瑟發抖。「奴婢看到幫老夫人辦事的唐管事往我們院子裡瞧，奴婢就想是不是奴婢哪裡做得不對，可是鞏二出去，唐管事就跟著鞏二一起走了。想想看，定是鞏二有事了。」

鞏嬤嬤恭謹地站在一旁，大氣不敢喘一口，早沒有了往日的風光。

周老夫人想到唐管事，皺起眉頭。

琳怡驚訝地道：「莫不是唐管事沒和嬸娘說？」說著微微一頓。「唐管事呢？要不然將唐管事叫來問問。」

鞏嬤嬤一家住在南城荷花巷裡，唐管事特意去鞏家，又跟著鞏二走了……唐管事是替老夫人辦事的，無論是誰聽到這個都會覺得非同小可。這樣一鬧，外面人聽了，都會以為康郡王妃敬重老夫人，才會這樣帶人來問清楚。申嬤嬤看到這裡，目光閃爍。

康郡王妃真是眼睛裡揉不得砂子。換了旁人遇到這樣的事，大約想著要弄清楚了遮掩，誰也不會主動地在長輩面前問起。這樣一來，倒讓人覺得郡王妃心裡坦蕩。

周老夫人吩咐申嬤嬤。「去將唐管事叫來問問。」

跟著鞏二出去了，分明就是不在府中，這要如何去尋？現在找不到唐管事，鞏二媳婦說的話就是真的了。雖然早就知曉結果，申嬤嬤還是遣小丫鬟去找，不一會兒工夫，小丫鬟回來道：「唐管事出府去了，還沒有回來。」

琳怡臉上露出果然的表情，鞏二媳婦連頭也不敢抬。

「到底是怎麼回事？真把我弄糊塗了。」琳怡道。「既然是這樣，一會兒就將鞏二也叫來問清楚。」

琳怡話音剛落，外面門上婆子就道：「唐管事回來了。」

琳怡一早就讓婆子在門上等著，看到唐管事就將他請來周老夫人房裡。

周老夫人看向申嬤嬤，申嬤嬤將唐管事叫進門回話。

唐管事躬身進了門，悄悄地看向屋裡的人。

屋子裡落針可聞，大家的目光都看向唐管事。

「聽說你跟著鞏二出去了，到底是因什麼事？」周老夫人先開口問。

唐管事遲疑地看向琳怡。

琳怡道：「唐管事有什麼就說，這裡有老夫人和我呢，鞏二有什麼錯處，定按府裡的規矩處置。」

一直不開口的鞏嬤嬤也跪下來道：「老夫人、郡王妃，鞏二犯錯不用顧及我這張老臉。」說著又看唐管事。「唐管事您就行行好，察覺了什麼就說出來，免得將來釀成大禍。」

這樣一來，唐管事如被逼進了死角，今日必然要說出什麼來，否則要怎麼向康郡王妃交代？

「小的也是偶然間發現鞏二和旁人家下人來往。」說著又惴惴不安地看了琳怡一眼。「開始我以為是郡王妃有差事吩咐下來……」卻又躬身沒有了後話。

這是在說，鞏二是被她吩咐出去辦事的。

如果她不來這一趟，這罪名就要安下來吧！

周老夫人皺起眉頭。「是哪家的家人？」

唐管事這才道：「是國子監司業齊家……」說著將話表述得更具體。「就是翰林院修撰……齊家的小廝……」

既然提起翰林院修撰，那就是齊重軒的小廝。

將話引到了齊重軒頭上。

一邊是她的陪房，一邊是齊重軒的小廝。

唐管事道：「小的也是好心，想要提醒鞏二，咱們府裡有規矩，不能私下和旁人家下人來往。」

鞏二不是第一個壞規矩的人，只不過有人故意要將事鬧大。

琳怡愕然地道：「鞏二是懂規矩的，怎麼會這樣？」說著看向鞏二媳婦。

鞏二媳婦也一無所知。

琳怡問唐管事道：「鞏二可回來了？」

唐管事恭謹地道：「還沒回來，在南市呢。」

琳怡皺起眉頭，吩咐橘紅。「讓人帶幾個家人去將鞏二叫回來。」

橘紅匆匆忙忙去安排，大約一炷香工夫，鞏二跌跌撞撞地進門。

鞏嬷嬷怒其不爭地看著兒子。

周老夫人面色不豫，琳怡板著臉看鞏二，讓唐管事將剛才的話再說一遍。

唐管事說完，鞏二立即磕頭道：「小的只是收些草藥賺點銀子，正好遇見常望也收草藥，我們說了幾句話，知曉常望是山東的老鄉，打聽之後又知道他在齊家做小廝，於是就疏遠了，並沒有太多往來，不過大家都買賣草藥，走的是拼縫勾當，常常也會碰面，不過絕不曾說起府裡的事，都是草藥消息罷了。」鞏二說著從懷裡掏出個紙包，打開一看，裡面是幾根不太好的野參。

唐管事眼觀鼻鼻觀心，彷彿並沒有聽見鞏二說的話，顯然是並不相信。

就算將齊家小廝一同叫來問話，有心想要歪曲的人也斷不會就此罷休。

「好了。」周老夫人道：「還以為是什麼大事，既然說清楚也就是了，」說著看向鞏嬤嬤一家。「鞏二是郡王妃的陪房，該怎麼處置，郡王妃看著辦……官字下面兩個口，這京裡官多嘴雜，所以大戶人家才不准下人和別人家的下人來往，免得旁人說出什麼話來。」

周老夫人提醒她，旁人會說出閒話。

周老夫人讓申嬤嬤扶著起身。「我也乏了要歇著。」

琳怡也站起身，鞏嬤嬤一家退到一旁。

周老夫人進了內室，唐管事也告退。

琳怡帶著鞏嬤嬤一家一路回到第二進院子。

進了門，鞏二和鞏二媳婦又跪下來。

鞏嬤嬤又急又氣，眼睛裡似有兩把刀子，恨不得將鞏二剮碎似的。剛才聽周老夫人的話，一定會將郡王妃和齊二爺聯繫起來，若是真因自家人壞了郡王妃的名聲，他們一家萬死難贖。

這可怎麼辦才好？

鞏二說是去賣草藥，空口無憑。

「你說，將草藥賣給誰了？可有憑證？」

鞏二不敢再隱瞞。「京裡的全六，我每次都賣給他那裡。」

鞏嬤嬤鬆了口氣。

琳怡不動聲色。「你今天可見到全六了？」鞏二買來的人參還在懷裡。

鞏二睜大了眼睛。「沒有，我等了半天也沒見到他。」

那就是了。

第二百一十三章

有人特意布好了局，怎麼可能再讓鞏二見到買人參的全六？找到全六就會有人證實，鞏二和齊重軒的小廝是一起買賣草藥。

鞏二急切地道：「我還能找到賣我草藥的人家，那些人都住在山腳下，長年去山上採藥拿來賣，上次我歇著還去了一趟。」那麼多人家總不能一下子就搬遷了。

能找到那些專挖藥的人家自然是好，只是有人能想到全六，誰又知道會不會收買那些人家？她是信鞏二，卻沒有人會信她和她的陪房。

琳怡忽然想到周琅嬛。周琅嬛和她疏遠是不是聽到了什麼傳言？

琳怡才思量到這裡，只聽外面丫鬟道：「二太太來了。」

郭氏最近孕吐得厲害，周老夫人才讓人送了酸梅子過去，怎麼現在倒來了？

琳怡讓人搬了軟座給郭氏，郭氏讓丫鬟攙扶著進門，看到琳怡就道：「聽說郡王爺出了京，我就想著來看看妳，若是有什麼要幫忙的儘管開口。」

琳怡笑著將郭氏讓在旁邊坐了。「二嫂現在是雙身子的人，可要好好養著，家裡這麼多人在，哪裡能勞動二嫂。」

「也不是這樣說。」郭氏靦覥地笑。「從前羨慕大嫂有了身子就能在房裡歇著，想什麼時候起就什麼時候起，真的到了自己也不知是不是沒有那個福氣，躺著就覺得喘不過氣來，看到吃的就噁心，出來走走反而舒服多了。」

琳怡笑道：「聽旁人這樣說過，有的想睡覺，有的反而精神得不得了。」

郭氏道：「我也沒處可去，就出來走動走動。」

聽說老宅子那邊，大太太甄氏最近治家很嚴，周元景身邊的小廝已經被懲治了幾個，還有院子裡的姨娘也是整日哭天抹淚，周元景在外犯了錯，也只能在甄氏面前息事寧人，不過家裡雞飛狗跳可是苦了郭氏。

「有件事要跟妳說。」郭氏看看周圍。

琳怡吩咐橘紅去拿些點心來，橘紅帶著小丫鬟出去，又體貼地將隔扇關上。

「妳最近有沒有見到齊二奶奶？」

周琅嬛？有段日子沒見到了。

「我聽說，齊二奶奶病了，娘家也不大回去，整日憋在房裡不出門，我也是聽齊二奶奶的姊姊說，齊二奶奶心情不好。我知曉妳們兩個素來交好，有機會妳要瞧瞧她。」郭氏目光閃爍，迎上琳怡的目光又點點頭。

琳怡笑道：「好，等有了時間我就去看看琅嬛。」

郭氏又和琳怡話起家常。「這幾日要看秋帳了，忙過這一段又要過年關，等郡王爺回來，妳心裡也能踏實些。」

琳怡將給陳八小姐的小衣服給郭氏看，郭氏笑著賴琳怡幫忙做一套。「認識妳的人裡沒有比妳更手巧的了，妳看這個手做的蝙蝠扣子，哪個能會呢？」

橘紅將廚房新做的點心拿上來，郭氏吃了半塊，喝了些枸杞茶，然後起身告辭。「我回去了。」

琳怡起身將郭氏送出去。

等郭氏走了，鞏嬤嬤也查了些消息。「說是齊二奶奶病了，是得了鬱結之症。」鬱結之症是最不好說的，可輕可重。不過周琅嬛的病，正好和郭氏說的對上了。

郭氏讓她去看看周琅嬛，其實是話裡有話直指周琅嬛和她的關係，這已經是第二個人提醒她。

鞏嬤嬤低聲道：「前些日子，太后娘娘將齊二奶奶召進慈寧宮……齊二奶奶在咱們府裡常來常往，郡王妃有什麼話也不避齊二奶奶……」

鞏嬤嬤話說得隱晦，琳怡卻也聽出弦外之音。

廣平侯府那邊出了事，鞏嬤嬤在她身邊自然也聽到一些話。

「齊二奶奶雖然和郡王妃交好，可齊二奶奶畢竟出自國姓爺府，那是太后娘娘的母家，奴婢跟著陳家老太太這麼多年，也算是耳濡目染，知道那些顯貴其實是最靠不住的。咱們老侯爺被奪爵之後，府上的門庭就冷清起來，平日裡常來常往的人都避之唯恐不及，就算是鄭家，那時候也是沒了蹤影……老太太那時候心就涼了。」

鞏嬤嬤說的不是沒有道理。

太后掌控著國姓爺家，所以他們想要扳倒成國公，才向國姓爺和太后娘娘借力。有可能之前在太后娘娘那裡得來的好處，恰好成了這次的罪過。

既然陳家能藉太后將成國公通敵的書信呈給皇上，也能藉皇后娘娘換來好的前程，沒有什麼比這個更有說服力。

琳怡望著窗外慢慢思量。

問題出自五王妃。五王妃從出嫁前的嬌蠻變成了如今的隨意、親和，經常出入宮中，在太后娘娘面前又是精心服侍，難免博得太后娘娘的好感。

五王爺的生母淑妃娘娘，當年又是太后主持選進宮中的。

在太后娘娘心裡，也許那時候就和皇后娘娘有了嫌隙。

這些串起來……周琅嬛只能是站在了太后娘娘那邊。

琳怡撇開思緒，吩咐鞏嬤嬤。「讓人送消息去齊家，就說明日我去看齊二奶奶。」無論是為了鞏二的事，還是周琅嬛的病，她都要去一趟齊家。

鞏嬤嬤應了聲下去安排。琳怡又讓橘紅準備些新醃漬的蜜餞給周琅嬛帶去。

康郡王府送消息的人到了齊家，周琅嬛正靠在軟榻上看書。

旁邊的桂兒端了熱水來勸道：「奶奶別看了，這兩日奶奶眼睛紅紅的可是流眼淚，這樣下去就要落下病。」

桂兒話音剛落，門上的婆子就來回話。「康郡王府來人了。」

周琅嬛手指一鬆，手裡的書不小心合上，半晌才軟軟地問道：「怎麼說？」

門上的婆子道：「說康郡王妃明日要來看奶奶。」

周琅嬛下意識地吩咐桂兒。「快讓廚房準備康郡王妃喜歡吃的千層酥，還有梅子糕，中間的夾餡我來做。」千層酥不好做，要提前準備才能又酥又香。琳怡那張嘴最刁，差一點點味道都能被她嚐出來。梅子糕雖然各家都做，可是琳怡最愛吃她做的。

她們兩個人口味很奇怪，琳怡喜歡吃她屋裡的點心，她卻喜歡吃琳怡屋裡擺的。周琅嬛又想到前幾日她還給陳八小姐做了一套小衣服，正好讓琳怡看看能不能拿出手，於是吩咐秋桐去取來。

門上的婆子退了下去。

桂兒去了廚房，秋桐去取衣服和針線，屋子裡一下子靜下來。

周琅嬛垂頭看著手裡的書，也漸漸回過神來。從前她和琳怡坐在一起的歡聲笑語彷彿還在耳邊，可現在，已經是物是人非……

第二天，琳怡一早就去了齊家。

馬車還沒到齊家垂花門就停下來，跟車的婆子在車廂外回稟道：「齊家府前停了一輛馬車，我們只能等一等。」

大約一盞茶的工夫，康郡王府的馬車才停到齊家門前。

琳怡讓橘紅攙扶著下了馬車，沒走幾步就瞧見在垂花門等候的齊五小姐。

齊五小姐笑著上前挽了琳怡。「幾次請妳都不肯來，非要等到我嫂嫂病了，才能見到妳。」

齊五小姐訂了親，不能四處走動，琳怡已經有好些日子沒見到齊五小姐，這次要不是周琅嬛病了，齊五小姐也不能出來待客。

琳怡笑著看齊五小姐。「準備得如何了？若是要我幫忙儘管說。」

齊五小姐知道她指的是自己的婚事，聽著就紅了臉。「妳是專程來打趣我的？我現在才知曉，妳和我三姊是一條藤。」

兩個人說著都忍不住笑。

琳怡低聲問：「琅嬛的病如何了？」

齊五小姐目光閃爍。「只是怕冷，不怎麼出屋，興許過幾日就會好了。」說著頓了頓。「大嫂剛接了五王妃進屋，五王妃也是來探望二嫂的。」

在齊家門前停著的馬車是五王府的。還真是巧了，她和五王妃趕在了一起。

琳怡和齊五小姐說著話，去了周琅嬛的院子，周琅嬛穿著鵝黃色荷花挑金線褙子，帶著粉色抹額出來接琳怡。

齊五小姐看著就笑。「妳們兩個是不是早就商量好的，衣服顏色也要穿一樣的？」

琳怡今天穿的是鵝黃色石榴花刻絲褙子，鵝黃色暖，看起來讓人覺得溫和、柔軟好親近，她選鵝黃色是因想要說鞏二的事，話說起來未免會有些生硬，暖色調能將這種距離拉近。周琅嬛和她選了一樣的顏色。

「病了怎麼不在屋子裡躺著？」琳怡先笑著看周琅嬛。

周琅嬛目光有些閃躲，最終還是和她目光相接。周琅嬛的眼睛不如往日那般清澈、閃亮，而是神色複雜，半晌才道：「已經好多了，才走這幾步，不礙事。」

琳怡和周琅嬛拉著手進了屋子，周琅嬛的手指異常冰涼。

第二百一十四章

五王妃穿著玫瑰紅金絲溜邊褙子，頭戴著一枝層層疊疊的石榴花，笑容看起來十分親和、嫻靜，只是染滿蔻丹的指甲得意地輕翹著。五王妃再怎麼裝著溫和也改不了自己的習慣，還是喜歡穿戴顯眼。

五王妃笑著道：「康郡王妃來了。」說著眼睛彎成月牙。「不一樣就是不一樣，我到的時候，齊二奶奶可沒去接呢。」

齊大奶奶文氏在一旁笑。「五王妃可錯怪二弟妹了，二弟妹想要出門，是我要爭著去接王妃。」

「呦，瞧瞧。」五王妃頭上的寶石十分耀眼，提起帕子掩嘴笑。「我不過是說一句話，就有人護起齊二奶奶了。」

文氏不說話，抿嘴笑著看了眼周琅嬛，就吩咐小丫鬟去沏茶來。兩個人很有默契，看來和外面說的一樣，文氏照常管家，周琅嬛幫襯著不爭不搶，妯娌兩個相處得很好。

大家說笑著品茶，五王妃讓丫鬟將手裡的盒子放在桌上，打開以後，裡面裝的是一只小瓷瓶。「這是我娘家用的藥膏子，補氣益血的對婦人極好，每年都會做一些，前幾日拿給太后娘娘嚐嚐，太后娘娘就想起齊二奶奶來，說齊二奶奶這些日子氣色不大好。」

太后這樣看重周琅嬛。琳怡不動聲色地喝茶。五王妃飽含深意地看周琅嬛，齊大奶奶像是沒聽到一般，周琅嬛微微地笑，笑容稍稍有些不自然。

五王妃喝口茶。「這是自己窨製的花茶？怎麼還放了……」

琳怡揭開茶蓋。「是雨前的溈山茶。茶樹是喬木，相傳佛祖在喬木下出生，溈山深山寺裡種了許多茶樹，茶樹每日都受染香火，所謂『茶佛一味』，吃茶時必要唸起釋佛，參禪最好就是煮飲溈山茶。」

齊五小姐微怔。這個她還從來沒聽說過，怪不得二嫂得了溈山茶先要送去給祖母，原來是因祖母禮佛。「二嫂和花茶一起泡呢。」

這個原因……大約是沒有佛家之花金婆羅，就用金菊來代替。金菊浮在茶碗裡像是一朵朵蓮花，倒是意境融徹。周琅嬛並不迷佛經，這樣調茶不過就是覺得有趣罷了。琳怡和周琅嬛相視一笑。

文氏也看著稀奇。「妳們兩個笑什麼？」

琳怡喝口茶，又笑道：「我想到佛祖拈花微笑。」佛祖拈花微笑，只有明白的人才知曉這裡面的玄機。

周琅嬛道：「這還是我在康郡王妃那裡學來的，將花茶和綠茶泡在一起。」

五王妃將茶放在矮桌上，拿起帕子輕擦嘴角，一臉的羨慕。「都說妳們兩個感情素來好，如今我算是相信了。誰不想有個無話不談的手帕交？」無話不談……她故意說出來，周琅嬛在太后娘娘那裡說的話，想必康郡王妃如今也有了耳聞。什麼手帕交，不過是面子上說說而已，真正到了關鍵時刻，哪裡還會顧及這個情分？康郡王妃母家靠不住，康郡王又根基不深，康郡王妃這樣的人哪裡會有真正的感情深厚的朋友？只要想想沒出嫁前，周琅嬛和鄭七小姐幫著康郡王妃說話，她就氣憤難消，不眼睜睜地看著她們反目，她怎麼也不甘心。

五王妃微微一笑。當年在陳氏面前受了委屈，她還氣得食不知味，現在想起來，人的目光真的不要太短淺，陳氏不過是得了一時口舌之快。陳氏欠她的這筆帳，早晚有一天要還過來。她聽了父母的話沒有嫁給康郡王是對了，父親說得好，只有嫁給尊貴的人，才能一直高高在上。那些對自己不恭敬的人，總會在她面前卑躬屈膝。現在周琅嬛如是，將來陳氏更要如此。

五王妃微抬下頷，看到周琅嬛眼中僵硬的神情。

還是齊大奶奶文氏笑著解圍。「五王妃喜歡牡丹，家裡花匠培植的魏紫、美人嬌、焦骨都開了，還是我家老太太讓人從曹州買來的呢。」

曹州的牡丹是最有名氣的，五王妃笑著道：「那就去瞧瞧。我們府上姚黃、魏紫是有的，唯獨沒有焦骨。」

齊大奶奶文氏帶著大家去賞牡丹，周琅嬛病在屋裡，不方便出去。

琳怡笑著不去了。「我只喜歡首案紅，就不去看了，在屋子裡陪琅嬛。」

「也好。」五王妃笑得更歡暢。「妳們兩個趁著我們不在，方便說悄悄話。」說著還招呼齊五小姐。「我們去看我們的，她們兩個聚在一起就少不得拉手說話，我們在倒礙事了。」

齊大奶奶文氏顯然不想摻和這個，只是一心待客，齊五小姐也跟去照應五王妃。三個人一走，立時帶走了不少的丫鬟、婆子，屋子裡真正安靜下來。

周琅嬛吩咐桂兒去拿琳怡愛吃的點心，目光流轉間少了笑容。

琳怡喝了口茶，看向周琅嬛，表情嫻靜如同往常一樣。「周姊姊可信我？」

聽到琳怡的話，周琅嬛手指縮起來。

琳怡笑道：「姊姊連著吃幾副太醫院的千金方病會好得快些，秋冬時補身最好，要不然拖到開春反而身子虛熱。」

周琅嬛頷首。「就聽妳的，醫理上誰能和妳較真呢？」

琳怡抿嘴笑。「有件事我要和周姊姊說……」說著看一眼身邊的鞏嬤嬤。

鞏嬤嬤上前幾步，躬身道：「都是我那不爭氣的兒子……」

周琅嬛有些詫異，沒想到是鞏嬤嬤站出來說話。

鞏嬤嬤道：「奴婢當家的是山東人，和府上的下人常望是老鄉，奴婢家的二兒子在外拼縫收買草藥，無意中認識常望……若是因此外面有閒話對齊家不利，是奴婢疏忽大意沒有管教好……」

琳怡道：「之前鞏二媳婦和我說鞏二在外買賣草藥的事，這段時日家中事多，我也沒有過問，沒想到鞏二會在買賣草藥時認識常望。」雖說是背著主家偷偷賺些銀子，京中買賣草藥的下人也有不少，遇到別人家的下人也是常有的事。兩個人沒有多說什麼話，鞏二沒放在心上，常望大約也是這樣的情形。「今兒嬸娘身邊的管事碰見鞏二買賣草藥，我這才知曉整件事，買鞏二草藥的全六尋不到了，我正使人尋賣給鞏二草藥的人家。」

周琅嬛這下聽了明白。她聽到常望和琳怡的陪房有來往，沒有將常望叫來細問，也沒有去告訴琳怡，琳怡知曉了整件事卻來和她說清楚。相比之下，她不只是疑心，而且愚蠢。

周琅嬛看看翚嬤嬤，翚嬤嬤忙退了下去。

周琅嬛的手帕攥得更緊。「我……妳都知曉了？」有些話到了嘴邊方覺得難以啟齒，可是在太后娘娘面前，看著太后娘娘的目光，她就自然而然要順著太后娘娘的意思說下去。齊重軒也幫襯姻家說過話，齊家的境況也如同走在刀刃上，若是沒有了太后娘娘的庇護，她覺得就像是腳下踩空了一樣。這樣的懼怕和依靠，讓她不知不覺中就沒有了抵抗。從前只要是太后娘娘的意思，她做起來都覺得萬分順暢，唯有這一次，她心中艱澀，說不出地難過，回來之後更是如同大病一場。

琳怡看向周琅嬛。「周姊姊好好養病，調養好身子最重要。」周琅嬛的話已經呼之欲出，她想不知道都不行了。

兩個人剛說到這裡，只聽外面傳來五王妃的聲音。「將焦骨給我，齊二奶奶不一定能捨得。」

翚嬤嬤不動聲色地推開門進來，片刻工夫，大家都進了屋子重新落坐。

望著小心翼翼的周琅嬛，五王妃笑道：「我們是來探病的，沒得倒添了亂。」說著去看沙漏。「時辰不早了，我也該走了，齊二奶奶就好好養病，等病好了，我作東請妳們來聽戲。」

琳怡也起身告辭。

周琅嬛抬起頭來欲言又止，齊大奶奶文氏和齊五小姐將五王妃和琳怡送到垂花門。文氏還不忘了將一盆焦骨牡丹送到五王妃車上。

琳怡回到康郡王府進內室裡換好衣服，拿起針線來做。

去了一趟齊家，那些盤桓在她心中的問題都有了答案。

周琅嬛去過太后娘娘的慈寧宮，宮裡的情勢就有了變化。這幾日，皇后娘娘要遷去坤寧宮的消息越來越淡了，惠妃娘娘宮裡賞賜不斷。皇后娘娘母家遠親出了事，牽連到了父親，周十九也離京去了天津府。

周琅嬛和她交好人盡皆知，從周琅嬛嘴中說出關於康郡王府和陳家的事也就最可信。現在政局對父親不利，內宅中，只要她不能將鞏二的事弄清楚，不幾日工夫，京裡就會傳言四起。周琅嬛在太后娘娘面前說那些話也就有了合理的解釋。

她和齊二不清不楚在前，周琅嬛背棄她在後。琳怡想到五王妃那雙異常明亮的眼睛，一直盯著她瞧，好像她是一條砧板上的魚。

琳怡閉上眼睛，深深地吸一口氣。想要壓垮她，沒那麼容易。

第二百一十五章

有些事鞏嬤嬤還不明白。「既然郡王妃已經猜到了，怎麼不接著齊二奶奶的話茬兒說說，也好讓齊二奶奶知曉我們也是被蒙在鼓裡的？」

那時候怎麼說？只要開了口，必然不是什麼好話，周琅嬛聰明，有些話點到為止，再說旁邊還有一個看笑話的五王妃，就算要發放心中的不快，也犯不著在外人在的時候。

琳怡看向鞏嬤嬤。「鞏二在外買賣藥材沒向府裡管事知會一聲，按照家法……我也不能護著他。」無論是誰都要有規矩，輕縱一次，將來別人也脫了管束。「讓他先去領二十板子，革了他這個月的銀米，差事也先停了。」琳怡說著將對牌遞給橘紅。

鞏二犯了錯，理當受罰，越是陪房越不能袒護，鞏嬤嬤知曉鞏二惹了多大的麻煩，如今不過是皮肉之苦，算不得什麼。

琳怡接著道：「鞏二媳婦還照常給我梳頭，事情沒查清楚之前，府裡少些此類言語。」

鞏嬤嬤應下來。

琳怡則回到內室裡接著看莊子上送來的帳目。

周老夫人屋裡，申嬤嬤低聲道：「郡王妃從齊家回來就在看帳目呢。」想也能想到郡王妃去齊家做什麼，這個當口必然是發現了她要好的手帕交在太后娘娘面前害了她。

周老夫人頷首，接著看手裡的佛經。「難為她了。」這是實話，小小年紀能做到這樣平穩不容易，再想想自己兩個媳婦。「若是她們有一個能及得上，我也不用這樣操心。」

申嬤嬤知曉周老夫人說的是大太太甄氏和二太太郭氏。「奴婢也以為康郡王妃弄清楚之後要回娘家商量對策。」沒想到第二進院子卻還像平常一樣安靜。齊二奶奶的事對郡王妃打擊不小，不然郡王妃也不會知曉翟二和齊家小廝來往之後，徑直就去了齊家。康郡王妃可是向來能忍得住氣的，突然知曉被信任的人擺了一道，心裡一定很傷心。申嬤嬤想到這裡，就覺得痛快。

這段日子，大老爺、二老爺總不讓老夫人安生，郡王爺就連想法子脫困都要將大老爺拽下水，大老爺白白就落了個酒後失德的名聲。這次的事對郡王爺、郡王妃來說算是報應。申嬤嬤微笑著，拿起美人拳給周老夫人鬆腿。

周老夫人拿起茶來喝。既然陳氏知曉了是誰害她，就該提起精神對付害她的人才是。

琳怡看帳本入了神，白芍走到跟前低聲道：「晚膳準備好了，廚房問什麼時候擺箸。」

琳怡看了眼沙漏。「等郡王爺回來。」話說出口，這才想起來周十九已經去了天津府。人習慣了一種生活，下意識就不想改變。

「家裡沒有旁人，就將菜端去第三進院子，我陪著老夫人吃。」平日裡是為了順應周十九的時間，現在家裡有長輩，自然要長輩為先了。

白芍道：「郡王妃若是不願意過去，奴婢就說郡王妃忙著……」

「用不著。」琳怡笑道：「過不了兩日，老夫人就會發話不讓我過去。」她們是互相不對眼，又不是她單方厭惡老夫人，平時還沒有藉口常過去，現在倒是好時候溝通感情、探聽消息。

琳怡去了周老夫人房裡吃飯，兩個人客客氣氣地母慈子孝一番，她這才回到房裡。

端坐在臨窗大炕上，鞏嬤嬤進門低聲道：「齊家送消息過來了，說常望買賣草藥是聽相熟的人說的，常望老子身上有病，要靠好藥續命，開始常望只是想買到便宜的山參……」

是有人故意將常望引去鞏二那裡，鞏二是買賣山參的好手，常望又缺這味藥，自然想方設法和鞏二套交情。琳怡問白芍。「常望認識的人可在哪家當差？」

白芍搖頭。「齊家沒說這個，只說是常望不對，要幫著府裡一起找挖參的人家呢……」

幫忙找倒不用，她去周琅嬛那裡沒想著要齊家幫忙，不過是要讓周琅嬛清楚這件事的問題在哪裡。她當年是想嫁去齊家，可是知曉皇上賜婚之後，她就再也沒想過和齊家的婚事。

白芍道：「出去打聽的婆子說，外面已經有了傳言，說齊二奶奶也是因和齊二爺夫妻不和病倒了。」

果然，這一波接著一波，不給她喘息的機會。

最近許多事都透著蹊蹺，嬸娘一家肯定在背後推波助瀾，這裡面定是還有人在暗中安排。她反覆思量，彷彿一切就在眼前，卻還差那麼一層紙沒有捅破，否則她就能見到光亮。

光憑外面的傳言還不能定她和齊重軒有染，要想讓人信服，只有她身邊人的話才可信。她是陳家的女兒，她名聲不好了定會連累陳氏族裡的女子，反過來說，若是陳氏族裡的女子說出些什麼，外面的人八成會相信。

辛辛苦苦做這樣的局，總不會鬧個傳言就不了了之。做最壞的打算，真的有陳氏族裡的女子站出來說，那個人會是誰？

琳婉定然不會做這樣的事，損人不利己的話能說出來的也只有琳芳。驅使琳芳的人，自然是——林正青。

這樣的假設並不是她憑空想出來的。上次在陳家的時候，林正青句句話都飽含深意。

琳怡吩咐白芍。「讓人盯著林家，有什麼消息就回來告訴我。」

白芍應了。

琳怡梳洗完躺在床上，橘紅進來檢查窗子。「說冷就冷起來了，外面風很大，不知道半夜會不會下雨，要不然奴婢給郡王妃換床厚被子吧！」

「也好。」琳怡也覺得今晚有些涼。每天晚上都是周十九先上床，等她躺下來的時候被子裡是暖暖的，她從小就腳涼，成親之後倒是沒有因腳冷凍醒過。

橘紅將被子換了，低聲問琳怡：「要不然奴婢讓人支床在內室陪郡王妃。」

橘紅是怕她因周琅嬛心裡不舒服，才想留下來陪她說話。

琳怡微微一笑。「不用，妳在外面，有事我就叫妳。」

橘紅這才端了燈出去。

琳怡躺下來，看著鵝黃色的帳幔。林正青除了害她，還在不停地提醒她，告訴她嫁給周十九是錯的。想想也很可笑，前世在新房裡燒死她的人，竟然反過來教她這個。若是林正青果然有前世的記憶，那麼他應該知曉，她最該遠離的人就是他。

琳怡想到這裡，不由自主想起那幾晚作的夢，好像她沒有在新婚之夜被燒死，聽到下人說成國公叛亂，然後她就被救了出來……萬一這個夢是真的呢？前世的記憶，她並沒有完全記得。

想得有些煩亂，她起身穿上鞋給自己倒了杯溫水，站在窗邊看外面搖曳的紅燈籠。

「郡王妃，」外面傳來橘紅的聲音。「郡王爺讓人回來報信了。」

「說什麼？」琳怡走到床邊披上衣服，等著橘紅開門進來，半晌，外面卻沒有聲音。琳怡剛要去問，外面傳來緩緩開門的聲音，琳怡聽到橘紅走了幾步，外面的門又關上，片刻工夫，內室的門才開了。

一個高大的身影邁進了門，琳怡嚇了一跳，皺起眉頭正要出聲，目光所及又硬生生地將到嘴邊的話吞下。

熟悉的眉眼和笑容，是周十九。

她睜大了眼睛。「郡王爺不是去了天津府，怎麼會還在京裡？」

橘紅親手打了水進來，送上了乾淨的巾子，然後躬身退下去。

琳怡看著周十九。「皇上讓郡王爺去天津府查案子，郡王爺沒有去，讓人知曉了不怕得個欺君之罪？」

周十九微微一笑，解著身上的斗篷。「所以我才這時候回來。管事的打發了門上的婆子，只說我遣人回府報信，沒有幾個人知曉。」

那也太胡來了，這個節骨眼……皇上可都派人盯著。

周十九看向矮桌上的茶杯，伸手去拿。

琳怡攔著道：「那是妾身剛喝的，妾身再去給郡王爺倒一杯。」

他伸手拿過來喝了一口，茶是溫的。他抬起清亮的眼睛看琳怡。「睡不著覺？」

琳怡道：「也不是，覺得渴，就起身喝茶。」

周十九轉身去掬水洗臉，然後用巾子簡單擦了一下。

琳怡還要問他留京的事，剛走過來，腰間一緊，就被周十九抱起來送去床上。

她躺在軟軟的床鋪間，周十九站在床邊脫衣服。

脫掉外面寶藍色的袍子，又將裡面的白綾褻衣解開，露出寬闊的肩膀，堅實的胸膛，流暢的腰身，平坦的小腹邊深深的溝壑一直往下綿延。周十九掀開被子躺了進去。

握住被子，他眼睛一亮，笑容更深了些。「被子換成厚的了。」

琳怡頷首。「有些冷，就讓人換了。」

不知怎麼，他彷彿對自己有所改變很是高興。

難不成周十九是覺得她沒睡覺是因他不在，所以不適應？換被褥也是因為身邊沒有他才覺得冷？

琳怡臉上一紅，收起思緒。最重要的事還沒有問清楚。周十九怎麼沒去天津府？

第二百一十六章

周十九將琳怡攬到懷裡。「皇上讓我追查失米，並沒限我幾日到天津府。」

隔著薄薄的褻衣，琳怡感覺到他溫熱的皮膚。「郡王爺這是硬要找藉口。皇上命郡王爺追查失米，自然是要最短時間內到天津府，否則郡王爺就該到衙門裡去。」京裡人人都知曉康郡王離京的事。

周十九笑道：「誰說我沒有走？我是突然想到有事要回京問清楚，這才半路折返。」

這是對外面的說法，只怕留在京裡是周十九早就算計好的，只有他人走了，才能知曉京裡會因這件事有什麼變動，就像鞏二和齊重軒小廝常望的事。

「郡王爺有沒有查到些眉目？」大約是因為天氣涼，琳怡縮在周十九懷裡沒有抬頭。

周十九道：「別的倒是沒有，只是想起來讓人去戶部問問這些年的丁額。」

琳怡眼睛一亮。「郡王爺是想查天津的人口？」說簡單點，多少人吃多少米，如果人口多了，那麼賑災的米自然吃得就多。可是戶部早就想到了這個。天津府有多少人口，皇上只怕一張嘴就能說出來，周十九現在查能查出什麼端倪來？

「郡王爺這樣說，我倒是想起一件事……」琳怡說到這裡，微笑不語。

周十九低下頭，看到她一截雪白的後頸。「想起什麼？」

琳怡笑道：「父親在福寧的時候，總是抱怨朝廷撥的賑災米越來越少。」這可是父親每年最發愁的事了，在地方當官最怕見到城中有餓死的百姓。「賑災米是按照人口分發下來的，若是人口數準的話，按理說賑災米應該夠才是。國家收人丁稅，許多人都藏匿了起來，藏匿的這些人恰恰是最窮苦的百姓。」天津府知府常光文很有可能是將米糧分發給了這些人。

周十九含著笑容。「不過沒能為國家上繳丁稅也是地方官之過，所以地方官員很少有所陳奏。」

所以父親才篤定常光文沒有貪墨。

短短兩日，周十九就打聽到這麼多消息，或者在接下這差事之前，他心裡已經有了十足的把握。周十九的心思如深淵，在他身邊也不能探得清清楚楚。不過，只要不去想，也少了些煩惱。

從前她琢磨周十九一舉一動，是怕他像前世一樣利用父親，現在不去深究也是對他多了些信任，至少在這件事上，他是在幫忙。

周十九低頭看向靜謐的琳怡。燭光閃爍下，她臉上多了些平和。「剛才沒睡覺在想什麼？」

「想齊二奶奶的事。」琳怡沒想瞞著周十九。

他伸出手將琳怡臉上的長髮梳理好。「我讓人去打聽打聽看齊二奶奶在太后面前說了什麼。」

琳怡搖頭。「我心裡很清楚，齊二奶奶在太后面前定是說起皇后娘娘的病。齊二奶奶有次來我們府裡，正巧碰到姻先生在，我和姻先生就說起皇后娘娘，沒有避諱齊二奶奶。其他事，齊二奶奶都不知曉，就算是說也是憑空揑造，深究起來不可信。」說著頓了頓。「齊二奶奶是太后母家人，我們在一起說話，只要關係到政事我都萬分小心，很少透露給她，就是怕有一日大家立場不同時，她會因此犯難……雖然早有了這樣的思量，可是我也盼著，真到了那天，她能站在我這一邊。」

她不是那種嬌蠻、自私的女子，不會一心只為自己考慮，平日裡只要得了好東西，總會想著給鄭七小姐、齊二奶奶和齊家小姐一份，自然不願意見到這份情誼輕易就破裂。

琳怡輕聲道：「仔細想想，我將康郡王府和陳家的利益看得最重要，齊二奶奶也一樣，自然將齊家和國姓爺家放在首位。」

「妳不一樣。」周十九看著她微蹙的秀眉。「妳為了姻家的事鋌而走險，齊二奶奶也可以為了妳在太后娘娘面前一言不發。不過人和人性情不同，不能相提並論，妳們兩個人可以繼續來往，卻不能引為知己。除非有一日妳變了，或是她變了。」

這是誠懇的意見？

琳怡鬆開眉角笑了。「郡王爺什麼時候走？」

周十九道：「天不亮，免得生出許多事來，妳不好交代。」

琳怡抬起頭看了他一眼。這是實話，琳怡向窗外看了看，府裡十分安靜，誰能想到她房裡突然多出個人來。

周十九低聲道：「陳漢在外面把風，還有管事婆子安排，不會讓人知曉。」他伸手給琳怡掖好被角。「如果我不在京裡，宮裡又生出事來，妳可想過法子？」

太后娘娘說皇后娘娘干政，太后利用母家打聽外面的消息就不算干政？若說景仁宮熱鬧，景仁宮再怎麼也比不上五王府。太后娘娘既然能拿外戚來作文章，國姓爺家也是正經的外戚。

五王妃能將娘家的秘藥送去慈寧宮，又送給齊二奶奶，只要皇后娘娘在皇上面前不經意地提起，這場鬧劇要怎麼收場還不一定。

這是以牙還牙的做法，針對國姓爺和太后娘娘。這個法子好是好，仔細想想有利有弊，和太后娘娘為敵，沒有堅實的靠山，就算這次贏了，日後也只會越走越艱難，一不小心就不得善終，所以還是要小心謀算才行。

琳怡道：「為了郡王爺能安心去天津府，妾身只得說有了法子，法子不一定有多好，一定能撐到郡王爺回京。」

她蜷縮在周十九懷裡。

周十九貼在琳怡耳邊輕笑。「別讓我不放心再回來。」

琳怡沒說話，而是在他懷裡睡著了。

聽到琳怡均勻的呼吸聲，他將手臂收回來，起身穿好衣服，推開門從橘紅手裡接過氅衣和皮鞭，大步出了院子。

陳漢等在外院，見到周十九立即將門打開，馬韁繩也送到周十九手裡。

周十九俐落地翻身上馬，一路行至西城的一處小院子內。

馮子英上前將他迎進屋內。

屋子角落裡，一個管事打扮的人哆哆嗦嗦地跪行上前。「康郡王爺，小的說的沒錯吧？您回府裡打聽打聽就知曉了，真的是康郡王妃讓陪房和齊二爺的小廝往來。」

第二百一十七章

那管事的見周十九不說話，就又道：「是您查到我這裡我才說的，其實康郡王府裡很多人都知道了。」不消幾日，滿京城都會傳這件事。大太太吩咐下來的時候目光中透著得意，康郡王府那把火已經著了，填些柴就能燒得更旺。郡王爺半路返轉回京，大約也是聽到了風聲。哪個男人能受得了這樣的事？他們做下人的也會在一起說各家閒話，只要主母有不光彩的傳言，不被休掉也只能在家中充個擺設，沒有臉面參加宴席不說，連家裡的下人都管束不住，娘家也是嫌丟臉、不聞不問。京中六品郭司業家的主母就是這樣上了吊，喪事也是草草辦了。即便罪名不能定下來，也要受長輩盤問……

馮子英瞧瞧去外面等著。

屋子裡一時之間靜悄悄的。

沈管事是周元景和周大太太常用的，在老宅子裡做了多年，多少瞭解康郡王的脾性。康郡王能將他叫來這裡，若是他不說實話，定不會安然無恙地回去。

琳怡嘴上沒說，心裡定然會覺得委屈。周十九站起身來，笑道：「這是甄氏讓你出去發散的原話？」

沈管事一怔，緊接著就覺得肚腹上一重，整個人就跌了出去，臉摔在地上，鼻子疼痛得不能喘氣。

周十九收起臉上一貫的笑容，目光冰冷。「從前的事，我都不和你計較。」說著捏著鞭子轉身出門。

沈管事雖覺得肚腹疼痛，提起的心卻總算是落下。眼下這樣的情形只要能保住性命……念頭才從腦袋裡閃過，門口的馮子英走了進來。

沈管事忙不停地叩頭。「馮爺，求您為小的在郡王爺面前說說話。」

馮子英嗤笑一聲。「也不想想你要辦的是什麼事，詆毀郡王妃你還想要活路？」

沈管事睜大了眼睛。郡王爺分明說從前的事不和他計較……從前的事……沈管事反覆念叨這句話，終於明白康郡王的意思。從前的事不計較，這次卻不能饒了他。

片刻工夫就有兩、三個家人進來。

沈管事終於想通了，脖子上卻感覺到一陣涼意，冰冷得如同寒冬臘月的雪花，緊接著卻是一片炙熱噴濺出來。

旁邊的家人向沈管事懷裡塞了幾張票據，然後將他血葫蘆般的身體拽起來扔在角落裡。

馮子英跟在周十九身後，兩個人準備門禁一開就去天津府。

大街上沒有人煙，周元澈為了不讓人知曉他回京來，也不準備去別院或是投宿，可是卻要避開那麼多人回趟府裡。要知道周元澈外表總是掛著笑容，性子卻冷淡得可以讓畫舫上的頭牌放聲痛哭，他曾一度下了結論，那些柔弱的女人只要想親近周元澈，最終都會哭著回來。

馮子英在大風裡忍了一會兒覺得冷，吩咐家人去打酒來，喝些酒驅趕掉身上的寒意，抬起頭看看天空。「郡王爺可以多在府裡睡一會兒。」明明是為了郡王妃才回來的，卻又來去匆匆。

天光熹微，周十九翻身上馬，嘴角微微露出些笑容來。他只會算計，正如琳怡說的，只要能達到目的，他會不擇手段。算計敵人衰落是如此，算計一個人走近他也是如此，昨晚他進府雖然是安排妥當，但是多待一刻就可能被人發現，雖然算計著讓琳怡對自己多些信任，也要保證她的平安。

琳怡醒來的時候天還沒亮，就感覺到身邊已經沒人了。她想著要早起，卻沒料到周十九會這麼早走。

被褥一邊是涼的，他已經走了有一會兒。要不是昨晚的事清清楚楚，她還當是在作夢。她搖鈴讓橘紅進來。

橘紅伶俐地沒有帶旁人。

「郡王爺什麼時候走的？」

橘紅低聲道：「郡王妃才睡下沒一會兒，郡王爺就出府去了。」

剛睡著的時候不易醒，怪不得她沒有聽到聲響。不由得想起周十九勸她的話，琳怡心裡覺得暖暖的，要不是因周琅嬛的事，周十九是不會冒險回來康郡王府的，否則就不會等她睡著後匆匆走了。

琳怡邊穿上衣衫邊問：「郡王爺回府都有誰知曉？」

橘紅道：「只有咱們院裡門上的婆子，還有外院管事，桐寧、陳漢和奴婢幾個。」都是能信得過的。

琳怡頷首，橘紅這才讓小丫鬟端了水進屋服侍。

早膳小廚房做了點心，用荷花描金漆盒裝了送去周老夫人那裡，琳怡陪著周老夫人吃過飯回到自己房裡。

一會兒工夫，府裡的管事來回話。「按照鞏二說的去找那些人，房子都還在，就是不肯承認賣參給鞏二。」

意料之中的事。琳怡道：「看沒看出端倪來？」

府裡的管事搖頭。「家裡都是些老人和婦孺，誰也沒可能去山上採草藥。」

挖參要在深山裡奔走，有些草藥還長在崖邊，只有壯力才能採到。琳怡道：「有沒有去周圍問問？」

府裡管事的道：「去了，都說確實沒有壯勞力。」

都是一致的口徑，要嘛真的是這樣，要嘛大家都在說謊話。琳怡慢慢思量。這個時候了，鞏二不可能說謊，只有可能那些人家有問題。

管事試探著問：「要不然小的再去打聽，讓人也盯著些。」

琳怡搖搖頭。「你先下去吧，有事再傳你。」

管事的應聲退下去。

她想起昨晚周十九說的關於人丁稅的話，只要想法子去順天府查查丁額，就能知曉那些人家是不是沒有壯勞力。戶籍上沒有記載壯勞力就不會收丁稅，要想逃稅，那些壯勞力就要藏起來不能讓外人知曉，所以採了草藥只能賣給鞏二，而不是自己拿去藥鋪子。

可以順著這條藤查下去。

琳怡正思量，鞏嬤嬤笑著走進屋。「郡王妃，姻先生來了。」

姻老太爺帶著姻奉竹的《律疏》進京，姻語秋先生怕有什麼閃失，一直在姻老太爺身邊陪著，現在《律疏》盡數交了朝廷，姻老太爺身子不好也在京裡落腳，姻語秋先生也跟著住下來。

琳怡起身去迎姻語秋。姻語秋看起來風塵僕僕，見到琳怡眉眼一亮，頓時笑了。「本想明日過來，誰知在屋裡坐不住，乾脆就來看看妳。」

姻語秋是聽姻奉竹說起了廣平侯府和康郡王府最近的事，才會急著過來。

琳怡拉著姻語秋坐下來。「怎麼樣？有沒有為難老太爺？」

姻語秋搖搖頭。「沒有，皇上大約是看著父親年紀大了，只是召見問了問話。」

姻家多少年的堅持，就在這一次傳召中化為烏有。姻奉竹雖然保了下來，姻老太爺心中一定覺得愧對先祖。「老太爺身子還好吧？」

姻語秋搖搖頭，眼睛裡一片黯然。「只等著情形好一些再雇車回福寧。」

琳怡一怔，看樣子比她想的還要嚴重。「需要什麼藥儘管和我說，我想法子也要湊起來。」

姻語秋道：「太醫院來瞧過了……父親本來就病重，又長途跋涉動了根本，不是一日、兩日能見效的。」

姻家善脈案，姻語秋先生這樣說，旁人也沒有了法子。落葉歸根，難不成姻老太爺連家也回不去了……琳怡想到這裡，心裡一酸。

姻語秋已經轉開話題。「我聽說廣平侯的事，是不是與我家有牽連？」

琳怡搖頭，寬解姻語秋。「政局瞬息萬變，不是我們能看透的，現在郡王爺去天津府，皇上至少沒有信一家之言，我們總還有機會。」她說著一笑。「正好有件事我想找人商量，既然先生來了，我也不用去煩旁人。」

姻語秋抿嘴笑。「說來聽聽，多個人多個主意。」

琳怡將鞏二的事說了，只是沒提周琅嬛如何，又簡單說了下自己的想法。「我想買地種些草藥。」這樣鞏二收藥的事更容易去查，她也可以施展所長。

姻語秋聽著琳怡話裡的意思，想到齊二奶奶周琅嬛，皺起了眉頭，卻見琳怡沒有提的意思，也就避開不提。「我聽說現在京裡勛貴都去豐台鎮買地種花養蜂，妳倒是不一樣，要去種藥。」說著收起笑容。「明日我還會去宮裡給皇后娘娘請脈，妳可要想好了，有什麼話要我帶進去。」

姻先生是替她考慮，才會急著要進宮去。現在擺在她面前的有兩個法子，針對太后和五王爺為皇后娘娘和廣平侯府解圍，還是另闢蹊徑？怕只怕她還沒佈置完，外面就已經傳言四起。

姻語秋道：「不然我和哥哥商量一下，趁著還沒有出海，也想法子上本奏摺。」

姻家好不容易脫身，不好再陷進去。「先生別急，我想用不了三日郡王爺就能有消息傳回來，現在我們連成一片倒讓皇上生疑。」

姻語秋端起茶略微思量。「我進宮先試探一下也好。」

琳怡這邊和姻語秋說著話，鞏嬤嬤那邊聽到了一個消息，臉色頓時變了。

第二百一十八章

琳怡和姻語秋先生敘過話，送先生上了馬車，回到屋裡，她看向鞏嬤嬤。「是不是外面有動靜了？」

鞏嬤嬤點頭。「是外院的管事打聽到鞏二收參的那些人家，昨晚被人放火燒了房子，有一家人還挨了打。管事的去打聽，說是盜匪幹的壞事。」

開始了。靜謐了一天，終於又有了動作。琳怡看向鞏嬤嬤。「去和外院管事的說了，從現在起，府裡的家人盡可能少出去。」

鞏嬤嬤欲言又止，半晌才道：「總不能將打人放火的事怪在我們頭上。」

怎麼不能？要知道稍微有些權勢的人家，都會放縱下人做些出格的事，康郡王府顯然算是權貴。任誰聽了這些話，都會聯想到她頭上，她讓府裡的家人去問鞏二買參的事，覺得那些人家沒有說實話，就讓人過去威逼，不肯照她說的辦就燒房子、打人，否則那些被燒了房子的百姓，怎麼不敢報官，只說是盜匪幹的壞事？

盜匪去那些貧瘠人家做什麼？能搶到什麼東西？有人故意讓那些人家這樣說。

鞏嬤嬤道：「我們怎麼可能做這種事，那不是掩耳盜鈴？」

外面人不管這個。京裡最缺的就是各種傳言，內宅婦人們聚在一起就是東家長西家短，可雖然是內宅中的事，也會傳去朝堂上，到時候就好看了。

翬嬤嬤本來是能沈得住氣，可是事態發展得越來越嚴重，又沒有法子阻止，想想最壞的結果，翬嬤嬤就汗透衣襟。

琳怡道：「先別急，真正的還在後面，現在亂了方寸，接下來只能任人擺布。」

聽到琳怡平靜的聲音，翬嬤嬤慌亂的心也漸漸穩下來。

琳怡起身回內室，接著看莊子上的帳本，吩咐翬嬤嬤。「將府裡的老管事叫來，我問問他每年中秋走親友的節禮都怎麼準備的。」

莊子上的活物除了自己用的部分，其餘的都會用來互相走動。現在雖然離過年還有幾個月的時間，中秋卻在眼下，節禮要提前盤算好，不夠的話也好去買來。

去年在福寧，小蕭氏中秋禮物就買少了，送去娘家的牲畜都是很瘦的，小蕭氏還擔心因此被娘家嫌棄。除了禮物的事，還要見見莊頭。雖然她不懂得種地，卻也要聽莊頭說說每年留多少種子，買多少牲畜，用多少戶佃戶。

任外面怎麼樣，她就是要心如止水，不能被人打亂了步子。

琳怡和管事又忙了兩個時辰，到了晚上吃飯的時候，琳怡去周老夫人那裡簡單地將莊子上的事說了。

周老夫人聽了就笑。「怎麼這麼早處理莊子上的事？」

琳怡端起茶來喝。「我是頭一回，處理起來就慢些，提早安排也有好處。京裡的兩個莊子臨山，我想讓人種些快速收穫的中草藥。等安排妥當，京外的莊頭也該來府裡對帳了。」

「怎麼想起要種中草藥了？」

聽到周老夫人問，琳怡目光迎過去。「京裡的氣候適合不少草藥生長。」

琳怡話說到這裡，申嬤嬤拿了帖子進門，走到周老夫人身邊恭謹地遞過去，周老夫人看是宗室營的帖子，笑著擺手。「我眼睛花，還是拿給郡王妃瞧吧。」

申嬤嬤忙將帖子送去給琳怡。

琳怡打開一瞧，笑著道：「眼見就要辦中秋宴了，宗室營那邊請我們過去商議呢。」除了除夕，中秋宴是宗室營大聚的日子，宗室的長輩要領著小輩祭月。

周老夫人提到這個就笑起來。「我看就中秋節最有趣，宗室那邊的長輩帶著十三歲以下的小孩子拜月，小孩子抬著頭就問大人嫦娥什麼時候會出來。」

小孩子總是將故事信以為真。她和齊重軒有私的事，豈不是比故事還容易讓人相信？琳怡微微一笑。「我去準備，明日一大早就過去。」

周老夫人頷首，轉頭看了一眼內室裡的老太爺，吩咐申嬤嬤。「我不去也不好，妳去老宅子送信，明日讓二太太過來一趟。」

琳怡從周老夫人屋裡出來，讓鞏嬤嬤去準備些小禮物送給未出閣的小姐們。

第二天一大早，宗室營裡就熱鬧起來，宗室們紛紛坐了馬車到祖宅裡聚齊，轆轆的車輪聲響讓街上的人敬而遠之。天氣格外地好，比前幾日暖和了許多，琳怡撩開簾子看到街邊低垂的柳枝，有娃娃在街邊玩泥巴，粗手粗腳的婦人旁邊護著，不時地低聲呵斥。婦人抬起頭，豔羨地瞧過來，然後垂下手摸了摸身上破舊的衣裙。

在別人眼中，出身勛貴讓人羨慕，其實這一路走來遍地荊棘，一不小心就要被扎得血肉模糊。琳怡始終喜歡在福寧時簡單平淡的生活。

馬車停下來，立即有人上前侍奉。

周老夫人先下車，被大家迎著進了門。

琳怡出了馬車，正好看到挺著肚子的琳婉。琳婉已經懷孕六個多月了，肚子顯眼地隆起來，腰肢卻仍舊纖細，轉過身去根本看不出是懷了孩子，來往女眷目光都要在琳婉肚子上打轉，彷彿要看出裡面懷的是男是女。

琳婉先上前一步拉起琳怡的手。「我估摸著妳要來了，轉頭一看果然是。」

琳怡也應景地和琳婉說起話。「身子怎麼樣？」

琳婉低頭一笑。「挺好的，能吃能睡，長輩們都說過幾個月才是真正難受，到時候就真的不能出門了。」

往後的節日是重陽、冬至和除夕。琳婉肚子越來越大，行動不便，不能再參加這種宴席。

琳婉突然想起來。「郡王爺還能趕在中秋節回京嗎？」

「還不知道。」琳怡和琳婉慢慢向宅子裡走過去。「現在還沒消息回來。」

琳婉一臉擔心。「我聽說了三叔的事，向元廣打聽了一下，說是文官的事，怎麼就牽扯到了郡王爺？」

要不是這層姻親關係，周十九自然是不能插手政事。

琳怡不想繼續這個話題，旁邊也有夫人來關心琳婉的肚子，放眼望去，宗室裡懷孕的婦人還真不少。

琳婉和琳怡進門，大家去給宗室裡的長輩行禮。

信親王妃穿著丁香色孔雀尾褙子，看起來富貴又親和，正被人圍著說笑，琳怡行過禮後坐到旁邊，信親王妃就看向琳怡。「康郡王能不能回來過中秋節？」

人人都問這個，琳怡道：「還說不準。」

信親王妃道：「春節、端午、中秋都是大節日，朝廷裡都放假，他們卻還都忙著，也不知道是不是真的有那麼多事。」

大家就笑起來。

信親王妃趁著這個機會看向周老夫人，周老夫人好像沒有發覺似的，慢慢地品茶喝。

周大太太甄氏也同人說笑著進門，率先給信親王妃和眾位長輩行了禮，笑聲清脆。「幾個姊兒圍著問嫦娥的事呢，去年我被她們圍著胡講了一篇，說嫦娥是天底下一等一的美人，她懷裡有個粉團的玉兔，是天下靈物之最，每當中秋月圓的時候，嫦娥帶著玉兔都要來下界走一圈，看到哪家院子裡亮就會奔哪家來，誰知這幾個孩子去年不睡覺，在屋子裡點了許多蠟燭，差點就燒了屋子。」

周老夫人埋怨地看著甄氏。「憑空給信親王府添了麻煩。」

甄氏臉上一臊。「今年他們還記著呢，問我是不是蠟燭點得不夠。現在的孩子真是不能敷衍，一個比一個精。」

信親王妃看著甄氏的模樣就忍不住笑。「就讓他們點蠟燭去，看看能不能招來嫦娥，我們也好跟著借光瞧瞧天人什麼模樣。」

琳怡看一眼甄氏，甄氏正好回望過來，一雙眼睛裡閃動著幽幽的光。

大家說了會兒話，就分開行事。

信親王是太祖長子那支，當年建了大周朝，信親王就得了這座府邸，往後不論哪個王爺府都沒有信親王府大。信親王一早就將花園一分為二，東邊的花園專門用來宗親宴席，凡是宗親聚會都會到這裡來。

信親王妃將中秋節佈置花園的事交給了琳怡這些新進門的媳婦，琳怡和蔣氏幾個湊在一起商量在花園裡佈置燈塔。

甄氏則跟在周老夫人身邊和信親王妃說話。

大家各自去忙，屋子裡一時安靜下來，信親王妃看一眼身邊的婆子，那婆子忙去門上看著，信親王妃這才問起。「這幾日聽說康郡王妃的陪房鬧得厲害，也不知到底是怎麼一回事。」

終於問到這個。若不是在信親王府，甄氏一定笑起來。

周老夫人臉色不變。「我聽說只是私自買賣草藥，郡王妃已經撤了他的差事。」

明知道周老夫人是故意不說，甄氏心裡還是暗暗著急，生怕信親王妃就不問了。

信親王妃皺起眉頭。「我可是聽到不好的話，說是和國子監司業齊家有關。」

甄氏的心如同躍出水面的魚兒。

第二百一十九章

信親王妃說著就看向周大太太甄氏。

甄氏目光閃爍，卻為難地不敢開口。

信親王妃頗有深意地嘆口氣。「到底是年紀小，哪家媳婦不是進門之後先跟著長輩學管家，在閨房裡做小姐，衣來伸手飯來張口，不懂得這裡面的道理，偌大一個康郡王府上上下下幾百口人，就是有人幫襯協管也是不易的，滿京城顯貴也沒有這麼大年紀的當家主母。」

甄氏想起自己才進門的時候，對老夫人伏首貼耳，好不容易才一點點地得到管家的權力，陳氏憑什麼一進門就無法無天、任性妄為？多年的媳婦熬成婆，一個新媳婦就能在府裡呼風喚雨，不但不恭尊長不說，還用壞心給她們尋麻煩，她從來就沒見過這樣毒辣的女人。

甄氏想到這裡，信親王妃正好看過來。「若論管家，到底大奶奶是最好的，上上下下誰不稱讚，老的小的都能稱心。」說著似是埋怨甄氏。「妳啊，也該幫幫康郡王妃。」

輪到甄氏說話，甄氏露出為難的表情。「其實郡王妃挺會管家的，又出身勛貴，陳氏在通州府是很有名的大族。」

信親王妃聽到這裡皺起眉頭。不止一個人在她耳邊提起陳氏在通州府三河縣幫著葛家打壓宗室的事，現在甄氏又提起這一齣，信親王妃心中難免牴觸，出身勛貴就能做出與人私下來往又威逼百姓的事來？

眼看著信親王妃的神情變化，甄氏看向窗外，天時地利人和她都占盡了，這次不怕陳氏再毫髮無傷地溜走。

信親王妃屋裡說著話，琳怡那邊也迎來了不速之客。

敬郡王妃笑著坐下來喝茶。「我也聽聽妳們怎麼安排中秋節上的宴席，妳們幾個別嫌我礙事。」

敬郡王哥哥在山東收土地碰了一鼻子灰，敬郡王一家對陳家和葛家心中積怨，正尋機會發放，這時候敬郡王妃湊上來定沒有好事。

琳婉忙溫婉一笑。「我們是求之不得，敬郡王妃去年也安排過中秋宴，倘或聽到有料理不到的也好與我們說說。」

旁邊的婦人也道：「這宗室營裡，不說男人們，姊姊、妹妹、嫂嫂、弟媳就不少，還有老夫人們，單說玩的，誰喜歡這個，誰又好那個，一個不周全都要說偏心呢，妳親了她或是遠了她，等著有人跟妳尋死覓活去吧！」

大家被這婦人逗笑了。

敬郡王妃也聽著很受用，乾脆安下心來和大家說笑。說話間，丫鬟拿出筆墨紙硯，琳怡提筆將大家的想法都記下來。

主子們在一起玩笑，下人們也放開心防肆無忌憚起來，不知是誰說了句，燒了一把火也不知道有沒有死人，敬郡王妃立即將蓋碗重重地扔在茶杯上，皺起眉頭呵斥。「說什麼呢?!」

「哐」地一聲響，又一聲尖利的斥責，琳婉嚇了一跳，差點將手裡的茶碗扔了。

門口的小丫鬟聽到這話跪了一地，其中膽子稍大的磕磕巴巴地道：「沒……沒說什麼。」

敬郡王妃揚聲道：「真是平日裡縱了妳們，妳們話也說到這裡來了，再這般沒規矩，仔細妳們的皮！」說著看向琳怡。

敬郡王妃目光爍爍，屋子裡的眾人都看出端倪來，大家的視線多多少少都掃向琳怡。

琳怡放下手裡記事的毛筆。敬郡王妃這樣一鬧，在場的人大多明白了七、八分。就算此時她不出聲，在人眼裡也已經成了笑話。敬郡王妃卻還沒有挪開視線的意思。

敬郡王妃是有備而來，藉著鞏二的事給她好看。她不解釋就算默認了，解釋又有遮掩之嫌，怎麼做都不對。

若是她連敬郡王妃都怕，也就不會來宗室營了。琳怡收起臉上的笑容，表情異常鄭重，旁邊的琳婉見了，忍不住伸出手扯扯琳怡的衣角。

現在是在宗室營，敬郡王妃又比她們年長，真正鬧起來，長輩只會向著敬郡王妃。

琳怡像是沒感覺到一般，旁邊的婦人想要將話題岔開，卻被周元祈的正室蔣氏擋住了去路。丫鬟們跪了一地，女眷們面面相覷，彷彿能聽到心跳的聲音。

敬郡王妃半含著笑容，琳婉顯得十分緊張。

琳怡似是猶豫了片刻，卻終究沒有忍住。「外面人都說敬郡王妃因山東土地的事對我娘家耿耿於懷，所以但凡宗親女眷聚在一起，敬郡王妃不會和我真正親近。」

敬郡王妃臉色一變。沒想到陳氏這樣蠢，會在這時候直接說出來，剛要冷笑著開口。

琳怡話鋒一轉。「可我從來不相信。京裡都愛傳宗室的閒話，山東的土地怎麼回事還是我聽旁人說起的，這件事我娘家又沒插手過，若說是因葛家和周永昌的那段案子，那時候我家也沒參與其中，土地之爭是贏是輸跟我娘家也沒有半點牽連，於情於理都不可能怪在我頭上。」

陳氏說這番話，表面上的意思是，一個沒有錯的人還要怎麼責怪？實際是在說，若是她在這時候發難，就跟土地之爭有關，而陳氏再委屈不過。

「敬郡王妃一定會覺得很委屈，我又何嘗不是，大家都好好地在一起，哪有許多事？偏偏有些人就是無事生非，咱們宗室營的傳聞若都當作真的，恐怕大家都不要過日子了，只要日日出去辯解好了。所以有些話不去理睬也就罷了。身正不怕影子斜，好事之人願意生事就讓她們生事去，黑白對錯最終會有個結果。小小不言的事也就罷了，事關名譽，除非有根有據，否則誰敢胡亂嚼舌？就像敬郡王妃說的那樣，扒皮倒是嚇人的話，但一定饒她不過。」最後幾句話擲地有聲，神情沒有半點退縮。

琳怡說完話，對敬郡王妃露出些笑容來。「藉著今天我就將心事都說出來了，心裡倒也痛快許多，大家都是自家人，再也不用小心翼翼……」

蔣氏這時候拿起帕子不停地撫胸口，彷彿是驚魂未定。「嚇死我了，我還真以為妳們兩個被人挑撥得生了氣，若是這樣，我們還要想著站在哪邊。好歹我也要準備一套話將兩位郡王妃都說服了才好。」

旁邊的一個和蔣氏相識的婦人也笑道：「這樣說，兩位郡王妃還讓她少了機會。」說著提起帕子遮嘴笑起來。「不過我知道院子東北角上有個樹洞，若是心裡有話說不出來，只要跟樹洞講，保妳心裡順暢。」

蔣氏乜了那婦人一眼。「我這弟媳婦就好嘴俏，果真有本事就將火樹銀花說道說道，佈置好了讓老祖宗們有銀錢賞妳。」

大家都被蔣氏逗笑了。

琳怡看向蔣氏，蔣氏眼睛微眨。

甄氏那邊被信親王妃誇獎了幾句，神態越來越得意。「宗室族裡的事我是沒少幫的，只不過這樣的大事，我是怕料理不當……」不是她不能幫陳氏，是陳氏不願意讓她幫忙，她也沒有法子。

信親王妃怎麼能聽不出這話的意思。「這事怎麼辦？還是要等到康郡王回京？」恐怕過不了兩日傳得沸沸揚揚，誰的臉皮都要掛不住。

周老夫人也聽出些端倪來，抬眼看向信親王妃。「王妃是不是聽說了什麼？怎麼會這樣說？」

周老夫人話音剛落，段二家的來敲門。依照之前的佈置，敬郡王妃在那邊故意挑起爭端，陳氏和敬郡王妃鬧起來，到時候段二家的來傳消息，信親王妃定會動氣。

甄氏將段二家的叫進來。

段二家的目光閃動，臉色頗為難看，想要低聲和甄氏說話。

甄氏笑道：「這裡沒有外人。」

段二家的仍舊沒有說出口，走上前幾步，在甄氏耳邊道：「沈管事找到了。」

甄氏頷首，示意讓段二家的先退下去。

段二家的沒有挪步。「沈管事讓人殺了。」

甄氏一怔，睜大了眼睛。昨天沒有找到沈管事，她還以為才發了月銀，沈管事說不得去哪裡胡作非為了，昨天她才將沈管事家的叫來訓斥了一頓，別看是家裡的老人，若是做了錯事別怪她不顧臉面。

怎麼今天就……讓人殺了……甄氏想著脊背上一陣寒意。

段二家的接著道：「官府的人去家裡問話了，家裡管事請太太回去呢。」出了人命，官府當然要派人上門詢問，甄氏好不容易抿住哆嗦的嘴唇，轉頭看向周老夫人。

信親王妃和周老夫人顯然已經看出了端倪。

甄氏緊張又拘束地道：「家裡……有些事……我想回去看看……」臉上全然沒有了剛才得意洋洋的表情。

信親王妃驚訝地抬起眉眼。「這是怎麼說的？有什麼事要我幫襯就開口。」

就算她現在不說，信親王妃也會打聽清楚。甄氏攥緊了帕子，這事是遮掩不過去了。

「是……家裡管事……昨兒一天沒回來，好像是遭了禍事。」

聽到甄氏原原本本地說了，那邊段二家的臉上的血色一下子褪了乾淨。

第二百二十章

甄氏還不明白整件事的原委，就將話和信親王妃說了。段二家的慌張地看了眼周老夫人。

周老夫人微抬眼睛。「好了，大好的日子，妳下去安排就是，別鬧得大家都心驚肉跳。」

甄氏急忙稱是，帶著段二家的退了下去。

主僕兩個走出抄手走廊，甄氏停下來問段二家的。「有沒有打聽出什麼？官府怎麼說法？」

「太太，」段二家的滿面焦色。「這下糟了，官府說從沈管事身上搜出了借券！」

提到借券，甄氏心裡一慌。她可不是讓沈管事出去放過借券，可是那些票據都在她房裡封著，如何會在沈管事那裡搜到？

官府明令禁止私下行高利借券，甄氏這些年克扣公中銀子，悄悄放出去不少，現在在沈管事懷裡搜出來，沈管事當然沒有那麼多銀錢放出去，大家順著藤就會摸到她身上。甄氏打了個冷顫。「有多少借券？」

段二家的道：「奴婢也沒敢問，那些官爺著實可怕。」

甄氏忙道：「老爺呢？有沒有告訴老爺？」周元景不知道她放借券的事。

「沒敢說。」段二家的手腳冰涼。「奴婢聽說了，連忙來找太太。」

現下這樣的情形，甄氏已經顧不得旁的，只吩咐段二家的。「快去準備馬車來，我趕回去看看。」

段二家的讓小廝去準備馬車，甄氏慌張地要出門，正巧琳怡和蔣氏等人去迎獻郡王妃，看到了甄氏，琳怡和蔣氏等人互相看了看，這才上去道：「大嫂這是要做什麼？宴席一會兒就開了。」

陳氏臉上滿是笑意，不像是和人剛起過爭執，甄氏目光有些幽怨地在人群裡尋敬郡王妃，卻沒有看到。「家裡有事……我回去一趟。」

「什麼事這樣急？」琳怡彷彿看出了什麼，上前低聲問。

甄氏目光閃躲。「也不是什麼大事。」明顯是有防備。

從來甄氏在人前對她都十分親近，什麼時候這樣疏遠起來？

「若不然我跟著大嫂回去。」琳怡臉上一緊，將手裡剛剪的花樣遞給橘紅。

甄氏本就著急，被琳怡一攔心中已有火氣，她又故意這樣軟磨，甄氏覺得自己的頭髮也豎立起來，臉上表情僵硬，不知是笑是怒，一陣扭曲。

看到周圍人奇怪的目光，甄氏這才發現自己的失態。「不用了，一點小事犯不著勞駕這麼多人。」

看著甄氏匆匆忙忙離開，蔣氏奇怪地道：「這是怎麼了？」

定是有事，大家都心照不宣，不在這時候說道，也會私下裡打聽。說話間，獻郡王妃來了，見到琳怡和蔣氏就笑起來。「不會是有意在這裡等我的吧？」

琳怡笑道：「郡王妃一會兒開了宴要自罰三杯，我們大家可都要盯著。」

旁邊的婦人道：「那是自然。」

獻郡王妃說到這裡，面露奇怪的表情，問琳怡：「妳家大太太怎麼了？剛才在門口摔了個跟頭，我問她這時候怎麼走了，她也沒說話。」

琳怡搖頭。「也不知道有什麼急事，說是先回去老宅子了。」

獻郡王妃臉色一變。「總不會是……」說著聲音戛然而止。在這麼多人面前，有些話是不方便說出來的。

大家一起往園子裡走，琳怡和獻郡王妃特意從翠竹夾道過去。

左右少了人，獻郡王妃這才拉著琳怡低聲道：「剛才我過來時聽說官府四處讓人認屍，現在找到了妳大伯家裡。」

認屍？家裡死人了？這個琳怡還真的沒聽說。

獻郡王妃道：「看妳，還不知情，不過也不急，想來宴席散之前大家也就都知道了。」消息向來是掖不住的，更何況是死了人。琳怡笑著頷首。「獻郡王妃怎麼現在才來？」

說到這個，獻郡王妃臉上一片黯然。「府裡有個通房懷了身孕，我就要好吃好喝地供起來。妳說也是奇怪了，她們怎麼就那般容易有孕，我是又食素齋又給菩薩塑金身，吃了那麼多補身的藥，就是沒有動靜，我聽到的主母也有許多是吃力的，倒是這些……我們家的庶長子都已經五歲了。」說著又歉意地看琳怡。「妳還年紀小，日後有的是時間，不像我已經進門這麼多年，長輩只要見到我，眼睛就往我肚子上掃，有時候我恨不得肚子上長出朵花來。」

說到最後已經無可奈何，和琳怡相視一笑。

琳怡道：「我問問姻語秋先生，若是有機會請姻語秋先生給郡王妃看看脈。」做正妻的總是要生下嫡子，心裡難免有負擔，更不容易懷上孩子。

獻郡王妃說著笑道：「妳那個種草藥的主意很好，也算上我一份，我們兩個選個地方開個藥鋪就更好了。」

那得要坐堂的郎中，還要審藥抓藥的夥計，不是那麼好開的。琳怡雖然懂些草藥畢竟沒有經驗。「我正準備兩個鋪子，只怕沒有精力再做草藥生意……」

獻郡王妃道：「也不急，等過段日子看看也好。」

兩個人說著話往花廳裡走，蔣氏幾個從另一條路已經到了花廳。

獻郡王妃進門給長輩們行禮，信親王妃笑著讓獻郡王妃旁邊坐了，大家又吃茶說笑，片刻工夫說宴席已經備好了，大家這才去敞廳圍坐了幾桌。

琳怡和獻郡王妃、蔣氏等人坐在一起，說話間，丫鬟已經倒上了桂花酒，支起屏風要擊鼓傳花，鼓聲一起，大家互相傳遞拉扯，笑成一團。

一番過後，信親王妃提了酒，祝宗室人丁興旺，懷著身孕的婦人眉眼含笑，身下無子的笑容中也有些黯然。蔣氏在旁邊拽了一下琳怡的衣角。「一會兒我們去拜花園裡的送子石，妳知道信親王這一支為什麼人丁興旺？那是因為老信親王妃生了八個嫡子，三個嫡女。」

旁邊的獻郡王妃聽了不由得笑，差點就嗆了酒，安穩了半晌才道：「宗室營裡每年都有新婦去拜送子石，等宴席過後，信親王府就會準備丫鬟和燈籠，引想去的人過去。我才嫁進來時自以為聰明，抓到一個伶俐的丫鬟領路，後來才知曉，那丫鬟是早就安排好的，長輩們裝作不知曉是怕我們臊得慌。」

獻郡王妃話音剛落，就有婦人湊過來問：「要去拜送子石，帶上我們一起吧！」琳怡幾個掩袖笑。

比起琳怡這邊的輕鬆，周老夫人那邊雖然看似平靜，卻終究氣氛有些壓抑。信親王妃刻意和周老夫人拉開距離，方便周老夫人身邊的人傳遞消息。

申嬤嬤輕聲道：「是沈管事，聽說死得慘，身上的東西都被人拿走了，只剩下幾張破損的借據……其中有一張借據完整能看出金額，足有五百兩銀子。」

金額不小，五百兩銀子。雖然是管事哪有那麼多銀錢，定是為大太太辦事，不管沈管事是被誰殺的，大太太私自將銀錢放出去是查實了。

申嬤嬤道：「官府已經立案，正問府裡相識的下人，沈管事家的也被叫走了。」

沈管事家的在甄氏身邊伺候，這樣就被官府的人叫走，萬一說錯了話，那是後患無窮。周老夫人看一眼琳怡那桌，新婦們都圍著琳怡說話，一群年輕人笑得面頰緋紅。

信親王妃看得目光閃爍，不時地笑著指點。「倒是她們年輕，比起我們這些老傢伙有趣多了。」

信親王妃這麼快就轉了方向。周老夫人不動聲色地喝茶，本以為抓住了陳氏的把柄，誰知道最後出事的反而是大太太。信親王妃才誇了甄氏能管家，立即就查出了重利欠票。「大老爺呢？有沒有回老宅子？」

申嬤嬤道：「還沒有。沒有在信親王那邊，也沒回老宅子。」

周老夫人抬起眼睛，目光爍爍。「叫人再去找，幾時卸了差事，又和誰同行的，順藤去查還怕找不到？」

申嬤嬤忙道：「已經去找了，再等等就會有消息。」

周元景平常只要宗室聚會，他必然要來喝得醉醺醺，偏今天不見蹤影，家裡又出了那麼大的事……這裡面一定是有人暗中安排。

琳怡這邊也聽到消息。

蔣氏低聲道：「那邊都在說大太太家裡的管事讓人殺了，大太太在外放重利，大約是和這個有關。官府帶走了不少家人去問，怪不得大太太吞吞吐吐不肯說。」

重利欠票那是朝廷明令禁止的，大太太當然不會說。

女眷們說話間不停地張望。

蔣氏道：「這下子大太太要喊冤了。」

大太太在外放借券是冤屈，那麼陷害她威脅那些窮苦人家，又合該怎麼算？她以為今天的陣勢，她定要在信親王妃面前多費口舌，沒想到這個沈管家死得蹊蹺。

若說誤打誤撞就解了她的圍，她怎麼也不信。

第二百二十一章

信親王妃一會兒覺得倦了，就去內室暖閣裡歇著，琳怡和獻郡王妃、蔣氏和幾個婦人一起說中秋節兔爺燈的事，蔣氏道：「光是供兔爺也太單調了些。」

獻郡王妃想起來。「去年還供了兩只蟠桃燈。」

旁邊的婦人也道：「若是瓜果梨桃都有了，那才齊全。」

秋天本就是豐收的季節，全擺出來倒也是應景，琳怡道：「不如再做幾個麥穗燈，看起來就更熱鬧了。」

那婦人覺得好，琳怡幾個推舉獻郡王妃去信親王妃跟前說說試試。

獻郡王妃笑著推託。「這麼好的主意，妳們自去報功，不必算上我。」

琳怡拉著獻郡王妃。「郡王妃自去說了，有功我們大家就分妳一份，有過妳就說只是跑腿來的，免得我們大家當面就沒了臉。」

大家都贊成，獻郡王妃只好勉為其難地去內室裡見信親王妃。

獻郡王妃走過長廊到了屋簷下，經過窗子，正好聽到裡面說話的聲音。

信親王妃道：「元景媳婦怎麼回事？打理內宅不是一日、兩日了，怎麼在這時候出了差錯？還跟我說康郡王妃的不是，如今這樣讓我說她什麼才好。」

獻郡王妃停下腳步，立在窗口聽。

旁邊就有人勸說，獻郡王妃聽出是端郡王妃的聲音。端郡王妃喜歡清靜，很少插手族裡的事，因此一旦說話才讓人覺得可信。「我看您別管這件事了，別說康郡王妃的事沒有憑據，就是有苗頭在裡面，該管的也不是您。這種事誰敢先說呢，萬一錯怪了人，康郡王哪肯依了？這可不是尋常，廣平侯一家人的臉面在哪裡，您這一開口得罪的可是兩大家子，就是您不在意這個，上面還有皇后娘娘呢，您沒瞧著康郡王的嬸娘都裝作一無所知呢！再說，我聽說康郡王和康郡王妃的感情好著，我來的時候聽人說康郡王妃給康郡王的袍子十分別致，這次家宴不少女眷都想和康郡王妃學呢。」

信親王妃嘆口氣。「妳以為我耳根軟，就聽旁人挑唆？宗室營誰有了事都來找我們家裡，所以康郡王妃的閒話早就傳到我耳朵裡，開始我聽了嚇一跳，只想著要私下裡打聽清楚，沒想到我這一開口問就有水漲船高的情勢。」

獻郡王妃將手上的扇子壓在身側。信親王妃是長輩，只要長輩過問這件事，下面的人就會猜測更甚，信親王妃不可能不知曉，現在這樣說只是想要下臺罷了。說起來還不是和政局有關，廣平侯和康郡王在朝中處境尷尬，誰都想上來踩上一腳，信親王妃經常去太后娘娘的慈寧宮，自然要站在太后娘娘那邊。

信親王一脈能歷經幾朝不倒，也是很有眼色，眼見康郡王的嬸娘和大嫂甄氏失了利，立即就扭轉了態度。

獻郡王妃向前走，門口的丫鬟看到立即福身行禮，上前打簾。

獻郡王妃笑著跨進內室，裡面一片安靜，信親王妃又恢復了常態，獻郡王妃坐下來將琳怡幾個的意思說了。「從前還沒有過這樣的，辦起來定是熱鬧。」

信親王妃仔細地聽了，笑著點頭。「每年都是一樣的也沒意思。這次就任由妳們來做。」

獻郡王妃笑著回到花廳，坐在椅子上半天也沒說話。

蔣氏笑道：「郡王妃別吊著我們了，還是給我個痛快話，是死是活都等您這一句了。」

獻郡王妃喝口茶，醞釀足了氣勢。「已經說成了，隨妳們胡鬧。」

眾人皆是滿面喜色。

大家又在一起說了會兒話，丫鬟來道：「門房已經備了馬車。」

獻郡王妃和琳怡邊往外走邊道：「看來周元景家裡的事不小，妳可以清靜一陣了，等到康郡王那邊有了消息，這一關也算過去了。」

看樣子還不只是這樣，要知道死的沈管事是甄氏身邊一等的紅人，拿對牌都是甲等的，沈管事這樣一死，甄氏定會急得火燒眉毛，借券的事被揭出來，已經夠甄氏難受的了，如今沈管事家的也被帶去衙門問話，不知還有什麼事等在後面。

不要說宗室營裡沒聽說誰家管事的讓人殺死在外面，就算京裡的大小官員都算上，出了這種事的也屈指可數。獻郡王妃道：「甄氏向來想出鋒頭，這次總算是讓她如意了。」

獻郡王妃先上了馬車，琳怡等了會兒周老夫人，然後一起回到康郡王府。

周老夫人回去歇著，琳怡進套間裡換好衣服，坐在臨窗的大炕上，才拿出針線來，鞏嬤嬤端著茶走到琳怡跟前。「大老爺回去宗室營了，」說著微微一頓。「不過不大好看。」

琳怡抬起頭。

鞏嬤嬤接著道：「聽說是在花船上找到的，大老爺帶著人正要回家取銀子。」

回家取銀子？難不成是喝花酒的銀子？

「聽說大老爺請了不少京裡的紈袴子弟，一共是十條花船，要幾千兩銀子。」

要這麼多，無論是誰聽起來都會驚訝。周元景既然沒有拿銀子，為什麼要請這麼多人吃花酒？

一波未平一波又起。甄氏死了個管事，又要一下子拿出幾千兩銀子花銷，今晚祖宅那邊大約要徹夜難眠。

周元景黑著臉坐在椅子上，甄氏邊抹淚邊吩咐人去湊銀票，好不容易才將門口來的人打發出去。家裡出了這麼大的事，周元景卻在外面喝花酒，早知道她不應該讓人去找周元景回來幫忙，這樣一來，反而讓所有人都看了笑話。

因要看琳怡的笑話，甄氏今日是特意裝扮，戴了一套赤金的頭面，五彩的寶石垂在臉頰邊，走起路來，步搖碰撞出清脆的響聲，富貴又端莊。如今她只覺得頭上的首飾壓得自己喘不過氣來。

將屋子裡的下人遣下去，甄氏帶著滿腹的怒氣和委屈走到周元景面前指責。「老爺，不是說再也不去花船，怎麼還請了那麼多人喝花酒？三千兩銀子，那要置辦多少土地——」

甄氏的話還沒說完，周元景霍然站起身，伸出蒲扇大的手一下子就捏在甄氏喉嚨上，甄氏睜大了眼睛，伸手去抓周元景。

周元景滿面凶狠，眼底一片血紅。「都是妳這個賤人！讓爺丟盡了臉面……有銀子借出去，卻整日在我跟前說沒有家用，將爺身上刮得乾乾淨淨！」每次上花船都是京裡紈袴子弟輪流請客，誰也沒有讓他掏過銀錢，他喜歡和這些人廝混就是因他們會玩，又有的是銀錢揮霍。如今他有了差事，他還以為那些人更要巴結，就安心享受起來，誰知道家裡管事死了又搜出重利欠票，不知道是誰說了句，既然有銀錢出去放借券，這一次就由周元景來請。

他身上哪裡有那麼多銀錢？老鴇讓他拿出一千兩銀子，剩下的日後再算，他也拿不出。眾目睽睽之下，他就成了大家的笑柄。

甄氏掙扎著將矮桌上的茶碗掃落在地，外面段二家的覺得聲音不對，忙推開門向裡張望，這一看，頓時嚇得魂飛魄散，大叫一聲。「太太！太太？」跌跌撞撞地闖進來，外間的丫鬟、婆子聽了，也急忙趕過來瞧。

「老爺、老爺，您可不能這樣——」段二家的幾乎不能說話，只上去拉扯周元景的手臂，婆子、丫鬟見到這種情景也是一哄而上，好不容易才讓周元景鬆了手。

甄氏卻已經翻了白眼。

眾人不敢耽擱，各種手段都使用出來，這才讓甄氏又有了氣。甄氏驚懼之中什麼話也說不出來，周元景見她沒事，仍舊要掄拳頭，幾個婆子忙架起甄氏逃出了屋。

甄氏去了西院坐在大炕上，還沒緩過神來，周元景那雙手彷彿還在脖子上，她想到這裡，用手指護住脖頸，不停地向外張望。

段二家的氣喘吁吁地寬解甄氏。「沒事了、沒事了……老爺是喝醉了一時失手，明日酒醒也就好了，太太……太太……不要放在心上。」

不要放在心上？周元景分明是要掐死她。喝了幾千兩銀子的花酒，回來還都怪在她頭上，甄氏想到這個，再也忍不住，頓時痛哭起來。

琳怡好好睡了一覺，第二天吃過早飯，就聽到甄氏差點被周元景掐死的消息。

周元景鬧到一晚，酒醒之後也沒去安撫甄氏，甄氏又驚又嚇病倒了，二太太郭氏一早就趕回去幫忙料理家中的事。

說是幫忙料理中饋，實則是周老夫人不放心長媳。琳怡向來覺得周老夫人薑是老的辣。很快地，周老夫人的擔憂就成了事實。

對周大太太甄氏的懲罰還沒有結束。

第二百二十二章

琳怡去了第三進院子，申嬤嬤立即迎上來道：「老夫人早晨起來就得了頭風，奴婢正要去請御醫過來。」

周老夫人是要躲開人才會說病了。琳怡吩咐鞏嬤嬤去拿府裡的腰牌。「這樣去請御醫也方便些。」

不當值進宮的御醫要照顧滿京的勛貴，雖哪個也不能得罪，終究還要分薄厚。這是在提點大家，莫忘了這裡是康郡王府。申嬤嬤低頭恭謹地道：「還是郡王妃想得周全。」

琳怡不去打擾周老夫人休息，申嬤嬤將對牌交給小廝，回去房裡侍奉周老夫人。到了晚上，周元景下衙來看周老夫人。

周老夫人穿了件秋香小襖，半靠在床邊，厲眼看向周元景。

周元景跪下來。「母親不要生氣，家裡的事我自有計較。」

「自有計較？」周老夫人冷笑起來。「你準備怎麼做？當著那麼多人的面殺妻？你以為殺了甄氏，你會安然無事？不過是一個管事死了，你們就亂成一團，將來遇到大事又將如何？」

周元景的臉「騰」地一下紅了。「都怪那個賤人，竟然敢在外面行重利盤剝之事，才給人落下把柄！如今我去衙門都要低頭走路，不知道多少人等著看笑話，既然她沒有管家的能耐，不如就將她休了，我也好再娶賢妻。」

周老夫人臉色難看，譏誚地道：「你是沒有臉面，不過不是因在管家身上搜出借券，而是你喝花酒又拿不出銀子——」說著一掌拍在矮桌上。「既然有本事和那些紈袴子弟混在一起，也就有本事擺平這些事，回到家裡打老婆更教人笑話。我叫你不要出去胡作非為，你就是不肯聽，如今失德失禮，差事能不能保住也不一定，你倒有本事將家裡攪得天翻地覆。」那些有名的紈袴子弟向來是天不怕地不怕的，不會輕易做些違法的事，也不將一般的官員放在眼裡，元景自以為做了護衛就能得那些人巴結，就去和他們胡混，這才輕易就著了道。她使人去打聽，和元景在一起的紈袴子弟，雖然整日無所事事嘴卻是極嚴的。也就是說，就連誰害的元景都打聽不出。

要是平日，周元景早已受教，可想想被人嘲笑的情形，咬牙道：「母親不用嚇唬我，宗室子弟哪個不去喝花酒，我又沒有宿妓，怕什麼？若是有責罰下來，先要懲治護衛中包養戲子的，扯不到我頭上來。」周元景眼睛一瞪，怒氣中透出幾分凶狠。

周老夫人只覺得胸口一熱，氣得咳嗽起來。

周元景這才害怕了。

周老夫人半晌才喘過氣來。「我是管不得你了，你回去吧，日後也不用再來。」

周元景服軟。「母親，是我錯了。」

周老夫人半合上眼睛不去看周元景。

周元景道：「是兒子一時亂了方寸，她也實在可惡，每日在家裡拈酸吃醋、容不下人，幾個通房都看得死死的，整天向我抱怨銀子，誰知道她是將銀子拿出去放了借券。爺們在外面不得銀子花銷，她倒是穿金戴銀隨意揮霍，哪家有這樣的道理？我哪裡敢殺她，不過是嚇唬、嚇唬，讓她從此收斂了。」

申嬤嬤垂頭站在旁邊，偶爾看向周老夫人。老夫人臉上失望的神色漸重。大太太甄氏那邊也讓人捎了信，說是不知得罪了什麼人，沈管事和借券都是被人嫁禍，本要向大老爺問問清楚，誰知道大老爺醉酒不能好生言語。沒有直說大老爺的不是，卻也將沈管事的死有意無意地推到外宅。大老爺如今又將所有過錯一概推到大太太頭上，兩口子這樣互相指責，沒有想想應該如何度過難關，平日裡為了謀利益倒是同仇敵愾。

周元景以為自己說對了，又罵了甄氏幾句，然後才俯首認錯。

周老夫人不想在家事上糾纏。「沈管事的事你可查到了些許端倪？」

周元景忙道：「兒子聽到些閒言碎語，沈管事是在外與人結怨，才遭殺身之禍，和咱們府裡無關。」

不過是一個下人，遠遠地避開固然是個好法子，可是……真的以為就能撇清？

「你有沒有想過，這件事就是衝著你來的？」

周元景強辯。「只是一個下人。」

周老夫人乜了一眼周元景。「下人卻牽扯出了大媳婦重利盤剝。」

周元景垂下頭，沒了話。

琳怡坐在房中看姻語秋先生的信。

姻語秋昨日進了宮，向皇后娘娘說了琳怡要種植草藥的事，皇后娘娘覺得挺有意思，還讓人明年在景仁宮裡種些忍冬。

琳怡就準備明年春天先種忍冬，等到忍冬藤長起來遮住陽光，再種喜陰的半夏，若是能在西北找到合適的田地，可以培植甘草。

琳怡收起信，白芍進門來道：「大老爺匆匆忙忙離府去了。」

意料之中。祖宅那邊亂成一團，周老夫人定會將周元景叫來點撥，免得真的鬧出人命來。若是周元景和甄氏真的那麼受教，周老夫人早就不用操心了。

琳怡吩咐白芍。「明日讓那兩處莊子的管事進府。」她要交代下去種植草藥的事，等她這邊佈置妥當，還要去幫忙獻郡王妃。

白芍退下去，琳怡拿起醫書來看。

周琅嬛心神不寧地喝茶。這段日子，她和齊重軒很少說話，她怕齊重軒聽到外面的傳言會問起她和琳怡的事，於是每日除了服侍他起臥之外，總是推說頭疼在房裡歇著，他也是公事繁忙，總在書房裡歇下。

齊重軒不可能對整件事沒有一點耳聞，不說出來是不願意面對她，還是等著她提起？

「奶奶，二爺回來了。」桂兒低聲道。

周琅嬛這才回過神，起身去迎齊重軒。

兩個人走進套間裡，她將家常的長袍拿來給齊重軒換了。屋子裡靜寂無聲，兩個人相視無語。

錯。

周琅嬛覺得這一刻極為漫長，就像是有一把鋸子，不停地在她心裡磨著，不會一下子讓她痛不欲生，卻也能讓她血肉模糊。這樣的生活最為煎熬，煎熬得讓她喘不過氣來。無論怎麼做都是錯。

齊重軒眼睛微顫，最終還是沒說話。

外面的丫鬟來道：「大廚房飯菜已經準備好了，太太等著二爺和二奶奶過去呢。」

周琅嬛應了一聲，和齊重軒兩個人往齊二太太房裡去。齊重軒的步子不算大，可是她就是跟不上，兩個人一先一後總是有兩步的距離。

本來離齊重軒這麼近，可是讓周琅嬛覺得遙不可及。她聽著風吹過樹葉沙沙的聲音，一時思緒飄到很遠。

進到齊二太太房裡，齊二太太正和齊五小姐說話，說的是周元景的事。「原來是放借券出去，怪不得能去花船上喝花酒。花船也是一般人能上得的？」

齊五小姐道：「那……」瞧見齊重軒和周琅嬛卻住了嘴，齊二太太也抬起頭。

齊重軒和周琅嬛給齊二太太行了禮。

齊二太太讓兒子、媳婦身邊坐了，吩咐下人去擺箸。

齊重軒道：「父親呢？」

齊二太太道：「老爺身子不舒服，在屋裡躺下了。」

齊重軒起身。「那我去看看父親。」

齊二太太臉上一緊，忙叫住齊重軒。「老爺好不容易歇下，明日你再過去請安。」

齊重軒微微皺起眉頭，周琅嬛看向齊五小姐，齊五小姐表情也有些不自然。老爺只怕不是病倒的，可是聽了外面的傳言氣倒了。太太沒有問她是礙於臉面。周琅嬛微抿乾燥的嘴唇。吃過飯，周琅嬛留下來和齊二太太說了會兒話，沒有人提起康郡王府。越是避諱就越是放在心上。要不是齊二太太攔著，說不得老爺已經將她叫去問。

齊重軒去書房看書，周琅嬛和齊二太太、齊五小姐說話。「明日我想去康郡王府一趟。」她不等齊二太太說話。「我也讓人去打聽了，那些去山上挖參的人家大約是為了逃丁稅，因此不肯承認賣參。」

齊二太太懸著的心彷彿一下子落了下來。這麼說傳言不實，二媳婦早已經知曉了。

周琅嬛道：「常望也是聽別人說起才去買賣草藥……若說這件事與我們無關，也是有外人要陷害康郡王和我們家，還是弄個清清楚楚的好。」

齊五小姐眼睛裡露出贊同的表情，等到周琅嬛看過來，她輕輕頷首。哥哥和康郡王妃不可能私下來往，她聽到這個消息就知道是有人陷害。康郡王妃的品性她們也是十分清楚的，想必嫂嫂也是因此沒有絲毫懷疑。

齊二太太嘆口氣。「京裡就是這樣，總要防備著，不知什麼時候就被人陷害。」

周琅嬛頷首。「娘放心，清者自清。」

她若是能早些看透這一點，也就不會和琳怡生分了。

第二百二十三章

晚上，周琅嬛在屋裡鋪好了床，吩咐書香去看看齊重軒什麼時候回來。

一會兒工夫，書香打著燈籠回來稟告。「二爺說公事忙，讓人在書房鋪床，晚上就不過來了。」

周琅嬛頷首，吩咐丫鬟打水沐梳。

桂兒鋪好了床，服侍周琅嬛躺下然後去端燈，又看到周琅嬛看著帳頂沒有睡意，桂兒咬咬嘴唇低聲道：「奶奶，這樣下去也不是辦法，二爺不回來，您也可以過去書房看看。」

看有什麼用，齊重軒定是心裡怨她。她做錯事在前，就要接受現在的後果。

桂兒道：「都是奴婢不好，奴婢不該傳那些閒話。」

下人會有閒話，還是她沒有管好內宅。從前在娘家，母親打點好一切，沒有人敢亂傳什麼，現在齊家到底是不一樣，連她身邊的人也不適應起來，無論聽到什麼都忍不住氣。

「妳是我身邊的大丫鬟，凡事該有多一分思量，不光是妳要學著些，我也一樣。」

桂兒應了拿著燈退了下去。周琅嬛躺在床上，只覺得憋悶得喘不過氣來。她不是不想和齊重軒說，只怕是一層窗戶紙捅破之後，不知道是什麼情形。

周琅嬛睜開酸澀的眼睛，一夜無眠，第二天早晨，梳洗好了坐上馬車去了康郡王府。

琳怡迎出屋子，看到臉色蒼白、眼底血紅的周琅嬛。她消瘦了許多，見到琳怡眼睛裡一片黯然。

兩個人在內室裡落坐，丫鬟端茶上來，用的仍舊是琳怡親手做的花茶。周琅嬛輕捏著茶蓋，想起往日的歡笑，心裡不由得一酸，長喘一口氣，說起正事。「我讓人看著那些採藥草的人家，白天倒是無事，到了晚上就看到有人趁夜裡摸回去。那附近的人家都隱瞞了丁額，所以才會統一口徑，互相遮掩。」

琳怡點頭，和她打聽到的消息一樣。

周琅嬛道：「我從常望那裡往下查，引常望去買賣草藥的人雖沒有找到，卻發現有幾家格外注意我們家裡的動靜。」

琳怡迎上她的目光。陳二老太太一家不用說，周老夫人那裡也必然回去聽消息，周琅嬛的意思是還有旁人。

周琅嬛壓低聲音。「是陳四小姐嫁的林家。林大爺和我家二爺同在翰林院，陳四小姐又是郡王妃的姊姊，對齊家和陳家多少有些瞭解，常望跟著我家二爺，與林大爺身邊的小廝也經常碰到一起……」

琳怡望著周琅嬛小心翼翼的表情。不光是周琅嬛這樣想，她比誰都更清楚林正青的狡猾和無恥。陷害她會牽連康郡王府和陳家，連帶齊家也不會好過。

周琅嬛道：「陳二老太太向來和妳們陳家長房失和，林大爺是二房的姑爺，自然和二房沆瀣一氣。」

林正青不是一個甘心被人驅使的人，琳芳這個林家長媳好像做得也並不是很舒服。林正青心裡到底是怎麼盤算的？為什麼偏要對付她？這是琳怡始終不能明白的，她若是被夫家休棄，又有林正青什麼好處？

她尚在思量，周琅嬛道：「那些人逃避丁稅的事，妳不方便出面，不如由我們來說……」既然一起被陷害，當然要一起度過難關，這樣在外面人看來更加順理成章。

琳怡點頭。「也好，不過可以再等一、兩日，我們也要有真憑實據才行。逃避丁稅的罪過不小，我們要洗刷清白，也不能將旁人逼得無路可退。」上有京畿父母官和衙門，下有那些窮苦的百姓，人嘴固然開合容易，說出去的話卻不能收回。

周琅嬛這時候才露出微微笑容。「我以為我思量就已經很重了，原來妳比我想得更仔細。」

兩個人目光相接，周琅嬛避免去提之前的事，可是到了這時候，難免氣勢一軟，露出了軟肋。「琳怡，我知道妳肯定還在氣我。我也不想多做解釋，是我對不起妳，妳凡事不避諱我，就是對我放心，我卻將那些事就告訴了太后娘娘，這才鬧出今天的結果，廣平侯府和康郡王府這樣不得安生。」心裡的話只要一開口，就源源不斷地湧出來。「這全都是我的不是，我只是……不知道該怎麼樣才好……在那種情形下……」

不必說周琅嬛，整個國姓爺家的女眷在面對太后娘娘時，心中大約就只有一個太后娘娘。太后娘娘的威儀不必說，太后娘娘的母家自然是站在太后娘娘那邊的。

可是自從出了事之後，周琅嬛都是在儘量彌補。

舊事重提就像是掀開舊時的傷口，周琅嬛能說出來，心裡做了不小的努力。從前兩個人是無話不談的手帕交，現在出了事，互相也沒想著就要鬧得徹底決裂。逢年過節大家還會在一起聚聚，只是經過這次之後，遇到政局，大家都會避開。

周琅嬛坐了一會兒就告辭，琳怡將她送去垂花門。

周琅嬛欲言又止，眉眼中藏著濃濃的憂愁。若是往常，一定會將心事向她傾訴，可就算換作之前，她也不會幫周琅嬛出主意。

琳怡看向周琅嬛。「有些事只有靠妳自己，旁人幫不上忙。」尤其是周琅嬛和齊重軒，他們之間要如何相處，外人不好參與，因為誰也不是周琅嬛。夫妻之間是最私密的事，就算關係再密切也不該插手。

琳怡對周琅嬛和齊重軒的事敬而遠之，從來不是因和齊家提過親事。

周琅嬛上了馬車，心中仔細思量琳怡的話。原來不是因琳怡不夠坦然，是她心中始終有陰暗的一面。

回到齊家，周琅嬛換了件衣服，去齊二太太房裡將去康郡王府的種種說清楚。「娘放心，別人就是要陷害我們也沒那麼容易。」

什麼都沒有兒媳婦這句話來得讓她安心，齊二太太笑著道：「妳病剛好，也不要太操勞。」這樣最好，免得老爺怒氣沖沖地去問軒哥。

周琅嬛從齊二太太房裡出來，徑直去大廚房讓廚娘準備了齊重軒愛吃的點心。晚上等齊重軒下衙，大家在齊二太太房裡吃了飯。

齊重軒換了衣服要去書房，周琅嬛將他攔住。「今晚二爺能不能在房裡看書？」

齊重軒斂下眼睛稍作沈默，吩咐丫鬟讓常望將他的幾本書取來。

丫鬟很快取來了書，齊重軒將公文放在旁邊。

屋子裡的下人陸續退下去，周琅嬛拿起墨條慢慢地磨墨。周圍一下子靜了下來，周琅嬛看向齊重軒。

他垂著眼，彷彿什麼話也不準備說。

這樣的沈默就像一堵牆壓下來，讓人透不過氣。

她抬眼去看齊重軒。「我先知道常望和康郡王妃的陪房經常見面。」

「妳沒問我，是因為懷疑是我讓常望去見康郡王妃的陪房。」齊重軒面前的蠟燭突然爆出個燈花來。「我是妳的夫君，康郡王妃是妳的手帕交，信不過我，妳也信不過康郡王妃。」

終於說出來。既然清楚整件事，卻不在她面前表露一個字，他是心如磐石，她卻沒有水滴石穿的本事。

周琅嬛的聲音有了絲顫抖。「太后娘娘傳我進宮，我還將康郡王妃和皇后娘娘的事原原本本講了出來。後來我才知道，皇上也在慈寧宮。」

從那日起，她戰戰兢兢地聽著宮裡的消息，沒想到很快廣平侯就出了事。意料之外，同時也是意料之中，她將那些話說出時就該知曉後果會如何。齊重軒會如何看她？心裡會覺得她是個陰險狡詐的小人。

他在牢中受過百般折磨卻都不肯屈從認罪，這樣的品性她是及不上半點。

齊重軒道：「妳將在康郡王妃那裡聽到的所有事都說了？」

周琅嬛搖搖頭。「沒有。」但是也沒什麼分別，換作琳怡一個字也不會說。

「如果太后娘娘問的不是康郡王妃，妳會不會將所知曉的都說出來？」

「大約……會……」周琅嬛長長地喘口氣。「太后娘娘一直對我恩寵有加，我的名字也是太后娘娘取的。」母親常拿出來說，太后娘娘覺得她有靈氣，才取名琅嬛。每年她生辰，太后娘娘都會有賞賜。

「康郡王妃在妳心裡和旁人仍舊不一樣。」齊重軒側著臉，臉上神色不明。「只是如果是我，我依舊不會像妳這樣做，兩難選擇，不如就遠遠站開，即便當時情勢再不一般，也不能去傷害信任妳的人。當著太后娘娘的面，是該撇開和康郡王妃的情誼，可既然撇開了這份情誼，那些因情誼深厚才會聽到的話，也應放在一旁，不該提起。」

第二百二十四章

齊重軒說得沒錯，周琅嬛從心底認同，卻免不了周身泛起寒意。在這一點上，她和他相差甚遠，她沒能想清楚的，齊重軒就能看個明明白白，怪不得祖父會說他心正口直。她家中之人都是長袖善舞，利益為先，言傳身教的都是如何自保，祖父替她尋齊重軒這樣書香門第出身的夫婿，是想要改變家裡長久以往的情形。

她聽慣了紈袴子弟的劣行，在家中安排下見過了端坐在椅子上、一絲不苟的齊重軒，心裡也覺得大約是門好親事。誰知道相處起來大不一樣，兩個人不但生了嫌隙，她還因此失去了琳怡這樣的手帕交。

反過來看齊重軒，或許本應得一知心。

或者一開始祖父就錯了，但是她錯得最離譜。從小到大，她就知道因家中是太后娘娘的母家，表面看著風光，其實小心翼翼，不敢走錯一步。外戚在政局上敏感，只要犯了錯就是大事，母親常說族中叔父狂悖犯錯被流放的事，換作尋常人家上下打點也就過去了，可是太后娘娘偏是要大義滅親給所有外戚提了醒。家中所有人只要提起這個都是心有戚戚，大家事事都聽從太后娘娘的意思，生怕哪日被太后娘娘厭棄，也像族中叔父一樣。

這些都是她自己找的藉口，她天生就自私自利。

齊重軒準備怎麼樣？之前就遠離她，從此之後對她只會更加冷落。

周琅嬛靜靜地等著他接下來的話。

齊重軒道：「我給常望銀錢讓他買紙筆，是因常望家裡的弟弟是塊讀書的料子。常望出去買賣草藥，大約也是要攢些銀錢貼補家裡。妳才進齊家，並不知道這些。」

齊重軒從來沒有在她面前提起過這些事，她如何能知曉……

周琅嬛吸口氣。「我應該問你的，我曾試著和你說話，只是你並不多理睬，什麼話也不願意多說，寧願晚上起身坐在廊上吹風，也不肯將心裡的事說給我聽。」

齊重軒轉頭看向周琅嬛。「妳嫁進來前就該知道的，我就是這樣，我的性子一直沒有變。」

這大約是她的錯，她將一切想得太好。

兩個人靜謐地站了一會兒。

齊重軒伸出手去擦周琅嬛臉頰邊的淚水。「就像我知曉，妳溫婉善良，待人接物大方得體。我娶妳不是因妳出自國姓爺家。婚姻豈是兒戲，日後兩個人要相對很多年。」

周琅嬛詫異地看齊重軒。

他道：「不光是妳一個人的錯，我也對妳不聞不問。若是我們試著商量，不一定會有今天。」

周琅嬛搖頭。「不怪你，哪家的新媳婦不是小心翼翼揣摩夫君的心思，是我妒忌之心作祟。」

「現在說這些也是徒勞，想法子補救才是真的。」

齊重軒轉身去拿案上的書本看。

周琅嬛倒有些不知所措了，半晌才想起來拿墨條磨墨。

齊重軒在燈光下沈默了片刻。「廣平侯是對的，天津知府沒有貪墨那十萬石糧食，從前幾個朝代開始有了丁稅，那時候丁額就開始每年削減，每朝每代都有過幾十年甚至上百年的太平盛世，丁額卻從來沒有漲過，依舊遞減。大周朝建國時丁額兩千多萬，經過了太祖、成祖、高宗，丁額還沒有超過三千萬，大戰過後休養生息這麼多年，何以丁額漲不上去？因為要收人丁稅，有人交不起丁稅，只能藏起來不出來見人。我聽父親整日說整改吏治，官員貪墨尚有御史敢參奏，涉及到國策，誰也不敢開口，可是現在有人坐不住了。」說著抬起頭。「我不是因齊家和廣平侯有些交情要幫忙，我是覺得廣平侯是對的，就像之前替姻家說話，只是我一心想如此，和旁人無關。」

他不再多言，將目光放到書上去。

周琅嬛也拿起墨條來繼續磨墨，待到磨好了，才垂下眼睛走出去。聽到齊重軒說這些，她心裡輕快了不少，至少齊重軒沒有一味地指責她。周琅嬛深吸一口氣。琳怡說得對，她和齊重軒之間的事，只有他們自己能解決。

屋子裡又安靜下來，只能聽到他自己的心跳聲，齊重軒抬起頭來看向窗外。他從小就羨慕祖父，因祖父是一位正士，他想過將來長大以後也要平心持正，可是他現在才知曉，人不會沒有半點的私心。

他能正「行」，卻不易正「心」，所以才會惹得周琅嬛猜忌。

齊重軒皺起眉頭，拋開心緒繼續翻書。這段時間的事讓他心煩意亂，林正青不停地暗示他，康郡王和廣平侯結親是想要利用廣平侯陳家。他從旁小心看著，看到康郡王利用陳家和姻家的關係換來前程，現在身為武將，卻因廣平侯陳家插手政事。康郡王這樣縝密的心思和算計，能掌控一切又讓人看不透。

可是他不得不佩服康郡王。

前幾日他從衙門回來，在路上瞧見一個人。那人含笑騎在馬背上，整個人看起來狂妄、無所畏懼。

康郡王本應該在天津府，卻敢悄悄進京。

即便是康郡王利用廣平侯插手政事，可誰又有這個膽量？就像他說的那樣，官員貪墨尚有御史敢參奏，涉及到國策，誰也不敢開口。天津知府敢擅用十萬石糧食卻不敢提丁稅。

齊重軒這樣一邊看書一邊思量，到了很晚才回屋裡歇下。

第二天，獻郡王妃來康郡王府作客，琳怡陪著獻郡王妃先去了周老夫人房裡。

獻郡王妃就說起種藥材的事。「我們都算好了，明年說什麼也要試試。」

周老夫人臉色不太好，偶爾還要咳嗽兩聲。「妳們年輕人多折騰折騰總沒有壞事。」

獻郡王妃關切地看周老夫人。「您要好好調養身子，天是眼見越來越冷了，反而不得養。」

周老夫人笑著道：「人老了，不像妳們年輕人，就是有個不舒服好得也快些。」說著頓了頓看向琳怡。「若是人手、銀子有一時湊不上來的，就開口和我說。」

琳怡笑道：「真有了困難，自然少不了來煩嬸娘。」

琳怡和獻郡王妃從周老夫人房裡出來，在院子裡看到臉色紅潤、穿著銀紅褙子的大太太甄氏。甄氏被周元景打了，一直不敢出門，今天是第一次露面。

甄氏上來給琳怡和獻郡王妃行了禮，捏著鮫紗的牡丹帕子，長長的蔻丹指甲十分惹人眼，看起來竟然比平日裡更光鮮些。

甄氏要在外人面前裝作若無其事，可是這樣刻意的裝扮反而讓人覺得是在遮掩。

「我來看看娘。」甄氏道。

琳怡微微一笑。「大嫂快過去吧！」是有事不能解決，來尋老夫人幫忙的吧！

甄氏也不多說話，轉身就去了老夫人房裡。

第二百二十五章

琳怡和獻郡王妃到第二進院子內室裡。

獻郡王妃道：「妳聽說沒有？沈管事出門那天彷彿是找了京裡的肖婆子，那肖婆子是有名的長嘴巴，專講京裡權貴的閒話。」

京裡傳消息就少不了這樣的人。

沈管事去找肖婆子是要傳什麼？可想而知不是什麼好話。

獻郡王妃看向窗外。「大家都在猜呢，照著樣子不出一、兩日也該有結果了。」

甄氏已經亂了陣腳，紙包不住火，周老夫人也回天乏術。

琳怡微微一笑，獻郡王妃拿起笸籮裡的針線來。「這針腳細緻，是妳親手繡的？快來教教我，我家裡也該換臘梅圖了。」

獻郡王妃又坐了一會兒，提起宮裡的消息。「皇后娘娘不搬去坤寧宮了。」之前說要中秋節搬進去，這是一個信號，皇上雖然常去景仁宮，可是和皇后娘娘的感情已經不復從前。人是會變的，更別提君主。

對於親皇后這派不是件好事。皇后娘娘無子，現在年紀又大了，幾乎不可能會再生下嫡子，這樣一來，和皇上之間僅靠年輕時的那份情義，皇后娘娘已經主動打開景仁宮的大門，就是走了手裡唯一的一步棋，這步棋卻並不能救回全局。

若是皇后娘娘得寵，皇上看在皇后娘娘的面子上或許輕判天津知府，現在看來，這個可能微乎其微。

哪家的內宅都一樣，媳婦要孝敬公婆長輩，皇后娘娘這個主母比尋常人家的不知難做多少。身在權力的中心就不可能不觸及朝政，卻還要整日面對「後宮不得干政」的牌匾，高高在上的同時，距離跌下深淵也只有一步之遙。

獻郡王妃道：「讓康郡王小心著些，實在不行就換換政見，總比撞南牆要好多了。」

這是故意逗她開心，琳怡笑道：「說得是。」

兩個人笑了笑，彷彿讓屋子裡的氣氛也舒緩下來。

獻郡王妃低聲道：「可惜我們郡王爺不在朝中任職，不能幫上多大忙。」

「千萬別這麼說。」琳怡笑著。「光是郡王妃時常讓人送書過來，我就不知怎麼報答，那些書我是看了就不想撒手。」

獻郡王妃掩嘴笑。「好在妳是喜歡那些東西，否則要別的我還沒有呢！」說著頓了頓。「你們兩口子都是好人。」獻郡王妃目光柔和。「我不懂政局，只是看人，再說，反正我們郡王爺整日裡就是躲在書樓裡，外面政局再變也牽連不到我們頭上。」

誰若是牽連上獻郡王，那真是不怕擔了故意誣陷的罪名。要知道獻郡王一聽政事就會不由自主地眼皮發沈。

送走了獻郡王妃，琳怡回到內室裡聽第三院子的情形。

周大太太甄氏在周老夫人屋裡始終沒有出來，去第三進院子的丫鬟聽到周老夫人屋子裡傳來抽抽噎噎的哭聲。

犟嬤嬤道：「這就是害人不成終害己。」

若不是沈管事出了事，敬郡王妃沒能拿住她，現在手足無措的就是她。琳怡想到這裡，門房來道：「廣平侯府來人了。」

來的是白嬤嬤。

橘紅打簾讓白嬤嬤進了屋，胡桃端來了小杌子讓白嬤嬤坐下。

琳怡怕是長房老太太的事，急忙問：「祖母怎麼樣？」

白嬤嬤道：「老太太的身子還好，上次郡王妃回去說了一次，老太太最近都肯好好休養。」白嬤嬤向周圍看看。「老太太只是擔心郡王妃這邊，剛剛侯爺讓管事的傳消息回府，說是郡王爺讓人送了奏摺進京。」

等了好幾日，終於有了結果。琳怡道：「父親有沒有說奏摺裡大約是怎麼寫的？」

白嬤嬤搖頭。「奏摺才進京，侯爺大約是怕過一會兒宮裡情勢會有變化，萬一緊起來，也就打聽不出消息了。」

這件事首先涉及的是父親，真的緊起來，父親還不知道會怎麼樣。

長房老太太屋裡少不了白嬤嬤，白嬤嬤稍坐了一會兒就要回去，琳怡放心不下祖母，讓人將內務府送來的上好藥材包去給白嬤嬤拿走。

白嬤嬤笑道：「您瞧瞧，我就是將廣平侯府的東西拿來康郡王府，再將康郡王府的東西拿回廣平侯府，其實兩府什麼也少不了，就是長房老太太和您互相放心不下。」

沒嫁人之前，琳怡整日膩在長房老太太身邊，嫁了人，雖然都在京裡，卻始終不太方便，回去娘家多了也會惹人非議。

鞏嬤嬤將白嬤嬤送出去。

白嬤嬤臨走之前往第三進院子看了一眼，低聲道：「老太太還擔心……那邊會怎麼樣。」

「沒事。」鞏嬤嬤臉上帶著些笑容。「自作孽不可活，說不定還弄巧成拙。」周老夫人一家這段日子有得愁了。

白嬤嬤鬆口氣。「著實可恨，竟然想到這樣的手段。」女人最重要的就是名聲。「老太太知曉十分後悔，早知今日，當時就不該和齊家談婚事。」

康郡王妃生怕廣平侯府那邊知道，沒想到長房老太太到底是聽到了閒話。

白嬤嬤出了園子，大太太甄氏仍舊在周老夫人跟前哭。

「娘，您可不能不管，放任官府這樣查下去，就算查出沈管事果然沒事，不能牽扯到媳婦，可是難免……」保不齊肖婆子為了脫罪會將所有的事全盤托出。是她讓沈管事出去透露消息，沒想到沈管事會找到那個長舌婦。

周老夫人如入定一般，半晌才看一眼甄氏。「讓人出去說這樣的閒話，妳也想得出來。」

甄氏臉色難看。「娘，不是媳婦吩咐的，媳婦再糊塗也不會做出這種事來，這是要落人口實的，別說是肖婆子，就是那些借券也不知道哪裡來的。」

周老夫人不動聲色地看了甄氏一眼。

甄氏嚇得不敢再說話。

甄氏這些年管家從公中拿了多少銀子，周老夫人豈會不知曉？不過是睜隻眼閉隻眼罷了。以甄氏圖利的性子，會將銀子換作了借券也不奇怪。

平日裡，甄氏仗著一手操持家中中饋從不在意，現在一下子被人捏在手心裡，本是要害陳氏，現在反過來自顧不暇。

要知道攘外必先安內，如今自己尚且一片混亂，如何對付外人？

屋子裡一時安靜，甄氏等著聽周老夫人訓斥。

申嬤嬤進屋來道：「大爺下衙來了。」

聽到周元景來了，甄氏眼睛裡透出幾分怨恨，眼看著周元景進門，甄氏向周老夫人身後縮了縮。

周老夫人皺起眉頭。「我看當著我的面，他還敢不敢動手。」

甄氏想及那晚的情景，忍不住又掉下眼淚。

周元景本是氣憤難消，當著周老夫人的面卻不好發作，只是冷冷地瞧了甄氏一眼，想及還有重要的話要說，他看看周圍，上前幾步低聲道：「娘，康郡王出事了，不知上了一份什麼奏摺，讓皇上龍顏大怒，已經命人將康郡王和天津知府一併拿回京中。」

甄氏滿腹的愁緒這時一下子打開了。

周老夫人看向周元景。「從哪裡聽來的消息？」

周元景有幾分得意。「外面都鬧開了，娘在家中所以不知曉。」

周老夫人微皺眉頭。「朝廷的事不可隨便下結論，尤其是聖意難測，就像之前的姻家，大家都以為姻家必死無疑……」

周元景笑道：「還是一樣的，不過是早一天晚一天罷了，現在牽連的人更多，皇后娘娘在宮裡待得也不舒坦，聽說在景仁宮日日流淚，皇上也不曾過去勸慰，而是常常去惠妃那裡。」皇后娘娘年紀畢竟大了，後宮粉黛靠的都是漂亮的顏面，皇上去後宮圖的是個開心，去皇后娘娘的景仁宮，帝后兩個回想往事，感懷一次也就罷了，次次這樣，誰都會膩煩。

周元景說完又道出一件好事。「中秋前狩獵，兒子隨行三王爺。」

這時候點隨行的都是身邊信得過的護衛，怪不得周元景會這樣高興。周老夫人道：「你才去王爺府，要事事小心，狩獵時只要盡好本分，王爺面前少說話。」

周元景信心十足，眼睛發亮。「娘放心吧，每年宗室都聚在一起狩獵，兒子見多了，不過是隨行，哪裡會出錯呢。」

周老夫人更關心的是都有哪個宗室隨行。

周元景說了一串名字，點到了鎮國公世子周元廣。

那年狩獵是康郡王讓皇上讚賞武功騎射，之後康郡王才有了好前程，這次康郡王膽大狂悖，在皇上心中分量大減。皇上信任的臣子和後宮粉黛沒什麼兩樣，今天得勢，明日就難免失勢，等著代替的卻大有人在。但願這次鎮國公為兒子鋪好了路。

聽到周元景有了好前程，甄氏固然高興，只是周元景再風光卻也壓不住外面關於她的閒言碎語，甄氏終究忍不住開口。

「娘，我的事怎麼辦？」

第二百二十六章

琳怡在房裡帶著玲瓏、胡桃兩個做紗花，紗花串在一起做成簾子，既好看又新奇。橘紅站在一旁直道：「郡王妃怎麼想出來的呢？」

冬天裡暖房出來的花雖然不少，可仍舊有些單調，琳怡看到玲瓏拿著裁剩下的布料不願意扔掉，就想了這樣的主意。

琳怡吩咐白芍，將做好的先給鄭七小姐送去，鄭七小姐就喜歡這樣花樣百出的東西。自從長房老太太寫信給了鄭老夫人，鄭家那邊就少了動靜，鄭七小姐倒是一如既往地寫信給琳怡，不過抱怨惠和郡主嚴加管教的話少了，整日被關在府裡覺得無聊的話卻多了。

晚上，周元景和大太太甄氏在周老夫人屋裡吃飯。

席間，周元景興高采烈，好像將這幾日的不快都忘了，在周老夫人面前不好喝酒，乾脆大刀闊斧地吃肉。甄氏憂心忡忡，很少說話，就像是霜打的茄子。

吃過宴席，甄氏想要留下來侍奉老夫人，被老夫人故意板著臉說了一通，才斷了這個念想。

周元景吃著茶，破天荒地關切起周十九來。「也不知道天津府那邊怎麼樣了，天津知府的官聲始終就不好，得罪了朝中不少的大員，郡王爺若是能拔了這個毒蟲也是大功一件。」

周元景這話說出來，屋子裡登時安靜。

周老夫人微皺眉頭，甄氏試探地看向琳怡，琳怡則放下手裡的茶蓋。

「這些話也是你胡說的?!」周老夫人動了怒。

周元景略微思量彷彿才想起來，康郡王妃的娘家是支持天津知府的，他道：「這下怎麼好？這不是就兩難了？天津府的官員聯名上奏揭發天津知府這些年中飽私囊，我聽說南書房那邊已經有了消息，要將天津知府押解進京，三法司會審。」

朝廷裡動作這樣快，接到周十九的奏摺，命周十九和天津知府進京，現在又變成了押解進京，三法司會審。

這一連串的消息都是在說皇上對天津知府貪墨案的態度，進京和被押解進京是兩回事，押解進京又要三法司會審，那就是定了罪責。周元景的話不一定全然是真的，很有可能誇大其詞。

周老夫人面色不豫，半晌才問琳怡：「妳娘家那邊有什麼消息？」

琳怡搖頭。「還沒有。」

甄氏這時候瞅準時機。「按理說不應該啊……」那就是無暇顧及了。

周老夫人嘆口氣。「也別著急，瞧瞧再說。」

周元景道：「那也是，不過罪在天津知府，廣平侯雖然上過奏摺保天津知府清廉，也頂多是被天津知府蒙蔽，想來不會有什麼大錯。」

周元景這番話，但凡是聽過政事的人都不會相信。父親要是沒事，朝廷不會來抄檢文書，周十九也不會因越牆而入被牽連進去。

周元景故意這樣說是要提醒她，她娘家和周十九這次都不會有好結果。

和這件事比起來，內宅的種種都還是小事一樁。周元景從來都是以周十九的長兄自居，行動坐臥更是寬以待己、苛待旁人，現在甄氏那邊出了問題，周元景不害怕，反而挺起腰板來威脅她。

周元景的意思，琳怡聽了明白。若是父親因這次的事被牽連，她娘家不得靠，誰還會站在她這邊，到時候也莫怪周元景一家落井下石，若是這次她能替甄氏說話，就當許多事沒有發生過，周元景夫妻還會高抬貴手。

這樣的情形下，應該安內攘外，這是周元景給她選的一條路。

真是破天荒的慈悲，周元景不想想能有今日是誰向朝廷舉薦他？周十九就算吃了周老夫人一家十幾年的米糧，也該還清了。

琳怡不出聲，很尋常地起身。「我讓廚房做些小點心拿上來。」眼睛清澈，目光閃爍，當目光挪到甄氏身上時，嘴角上揚帶了抹笑容。

甄氏一怔，更看不清楚琳怡的意思。

琳怡轉身出門，周元景忍不住冷哼，揚起了濃密的眉毛。

趁著琳怡去隔間吩咐丫鬟取點心，甄氏讓桂圓叫過來。「妳去叫成婆子。」陳氏那邊態度不明，她只好用自己的手段探聽消息。成婆子在第二進院子做事，離康郡王妃陳氏近，每次都能說出些旁人不知曉的話來。她早早布下成婆子，就是為了到關鍵時刻派上用場。

康郡王府的東西兩側是一排鹿頂的房子，下人都在那邊候命。

成婆子正好做完手裡的事，正和旁邊的冬香扯閒話。冬香的丈夫給冬香買了一對翡翠耳環，引得大家羨慕地圍著看。冬香丈夫生得魁梧，有一身的好力氣，在外院幹活也極為賣力，管事的覺得他得力，常帶在身邊，不時地還賞下幾個銅錢，那男人就將銅錢都攢下來，給冬香經常買些小什物。

上次是根簪子，這次的是翡翠耳環，大家都誇冬香好福氣。冬香剛進康郡王府，成婆子就看好了，想給自己兒子說親，誰知道冬香娘已經相中了女婿，成婆子費盡口舌想將這門親事攪過來，冬香娘卻沒有答應，這件事鬧得下人房裡人盡皆知，讓成婆子丟盡了臉面。

成婆子是個記仇的，一直將這件事放在心裡，暗地裡想著哪日飛黃騰達了，定要給這些人好看，今兒看到大家捧著冬香，就冷笑著將袖子擼起來，露出藏在裡面的翡翠鐲子。

大家在郡王府做事，見過真正的好東西，一看就知道成婆子的翡翠鐲子比冬香的耳環強了百倍，冬香臉一紅，大家也四散著去做事了。

成婆子得意地一笑，剛想要再奚落冬香幾句，眼睛掃到了桂圓，忙整理好袖子迎了上去。

桂圓和成婆子沿著小路出了小院子，找了個僻靜處說話，桂圓道：「大太太問妳最近有沒有打聽到什麼。」

只要將康郡王妃的事說給大太太聽，就會得賞銀，成婆子哪裡會放掉這樣好的財路，忙點頭道：「有、有、有……姑娘不來，我還想著要怎麼去找太太呢！」

桂圓聽了這話，左右瞧了瞧，謹慎地低聲道：「跟我來吧！」

成婆子忙不迭地跟上去。

兩個人邊走邊看著周圍，躲躲閃閃地走到第三進院子，又經過寶瓶門進了東院，桂圓吩咐成婆子等著，自己去回稟甄氏。

成婆子縮著手等了一會兒，就看到大太太甄氏帶著丫鬟走了過來。

成婆子忙躬身迎上去想跟甄氏行禮，不等甄氏開口問，成婆子就很有眼色地稟告起來，這段時間府裡有什麼傳言，事無鉅細，只要她知曉的必然說一遍。「獻郡王妃最近常來常往……對了，郡王妃還要在莊子裡種草藥呢。」

甄氏皺起眉頭，成婆子話多，卻沒有一樣是她想聽的。

成婆子見勢不對，恐怕得不到賞錢。「太太要防著郡王妃，奴婢聽說郡王妃讓人打聽老宅子那邊的情形，還讓人去衙門裡打聽沈管事的事。」

這下說到了點上。

甄氏看著目光閃爍的成婆子。「說清楚點，陳氏怎麼說的？鞏二那邊又有沒有動靜？妳仔細說來，我自然有賞。」說著看向桂圓，桂圓賞給成婆子十兩銀子。

成婆子握在手裡，心裡歡喜，忙諂媚道：「奴婢在府裡就是為了替太太盯著郡王妃，大太太不說，奴婢也會盡心盡力。」

甄氏頷首，正要聽成婆子仔細說。

身後就傳來一個聲音道：「大嫂想要聽什麼，何不直接問我，她一個下人怎麼能比我說得清楚？」

第一百二十七章

甄氏只覺得脊背上一陣寒意，委實嚇了一跳，轉過頭來看到琳怡領幾個丫鬟打著燈走過來，身後還跟著幾個粗壯的婆子。

成婆子頓時變了臉色，想要乘機溜走，剛挪開兩步，就被旁邊的婆子堵了回來。

桂圓手腳冰涼，想要去周老夫人房裡報信，看著周圍凶惡的婆子又不敢挪動半步。

甄氏看向琳怡。「郡王妃，這是做什麼？」

琳怡梳著端莊的圓髻，目光清亮。「這話我該問大嫂，大嫂將成婆子安置在我身邊，都打聽到了什麼話？」

平日裡陳氏都是很好說話的樣子，即便是嘔氣也不過是逞口舌之快，沒想到今日卻擺起郡王妃的威風，甄氏捏著帕子的手一抖。

琳怡微微一笑。「天寒露重，大嫂跟我去屋子裡說話。」周元景夫妻無非是欺負她如今無依無靠，便敢在府裡肆無忌憚。

甄氏一時之間心亂如麻。「郡王妃怎麼能誣我安插下人，康郡王府的中饋，我可沒說上一句話。」

「大嫂不要將話說得太滿。」琳怡道。「這成婆子不就是早就認識大嫂的？」成婆子的表親在甄氏莊子上，這些事只要一查大家就心知肚明，若是沒有十足的把握，她怎麼會在這裡面捉個現行。

她早就提醒過成婆子和甄氏，誰若是再魑魅魍魎，就別怪她不給大家臉面。

琳怡先進了屋子，甄氏站在門口，遲疑了片刻這才進了門。

丫鬟擺上來孔雀綠釉青花瓷茶盅，蒸騰的熱氣在半空中盤旋，陳氏抬起頭，燈光下，精緻漂亮的臉孔像花瓣一樣。又年輕又聰明，一嫁進來就是郡王妃，她心裡渴求的那些老天爺一下子都給了陳氏，她熬了這麼多年，卻離這些越來越遠。人憑什麼這樣不同？她和陳氏又差在哪裡？從前都是周元景和她笑話周元澈，沒爹沒娘連個正經宗室也算不上了，誰知道周元澈會一翻身拿回了爵位，又自作主張求皇上賜了婚事，分明是忘恩負義，這些年娘作為長輩，周元景和她作為兄嫂的情誼都不顧了，是他們先不仁，她才不義！

甄氏想著坐下來。

琳怡看著甄氏怨恨的眼神。從前她還覺得奇怪，分明是二太太郭氏比大太太甄氏聰明，周老夫人為何凡事避著郭氏，讓中饋上的事都交給甄氏。

一來甄氏是長媳，二來甄氏是真的很聽話。

周老夫人利用甄氏的虛榮，將甄氏握在手心裡，表面上甄氏是有些翅膀漸硬、不服管束，其實仍舊是周老夫人手裡的提線木偶，一心一意被周老夫人差遣，只為了從周老夫人手裡得些小恩小惠。

周老夫人要操控整個康郡王府，最大的阻礙就是她。甄氏揣摩周老夫人的意圖，全力以赴地對付她，這次甚至在她的名聲上動手腳，若是果然被甄氏做成了，她將來只會是個擺設，就要將康郡王府拱手讓給周老夫人這個長輩幫忙打理。萬一甄氏辦砸了，整件事和周老夫人無關，甄氏只是替死鬼罷了。

甄氏自以為最得周老夫人歡心，其實只是井蛙。

「成婆子出手大方，經常穿金戴銀，我讓人瞧著她，是怕她在府裡做偷竊之事。」琳怡喝口茶，旁邊的婆子將成婆子上下搜了一陣，找到了十兩銀子。「沒想到是大嫂打賞她的。」

甄氏冷笑。「郡王妃一定要出言中傷我也沒法子……這銀子我是沒給過。」

琳怡詫異地看成婆子。「那就是偷盜的了？」

成婆子瑟瑟縮縮地看了甄氏一眼，結結巴巴地解釋。「奴婢沒有偷……也……也不是大太太打賞的……奴婢是正好遇到大太太……說了句話……」

甄氏聽了這話，腰板更硬起來，眼睛裡萬分委屈和失望。「早知道郡王妃這般疑神疑鬼，我就早些出府去了。」

不見棺材不掉淚。琳怡道：「大嫂沒聽外面怎麼說，大嫂身邊的沈管事出去見那肖婆子，肖婆子在官府裡什麼都交代了。」

甄氏臉色一陣青一陣白。「外面人亂傳的如何能相信？」

琳怡直看向甄氏。「我也不想相信。」有些事卻由不得不信。

甄氏想要順著琳怡的話大鬧一番，畢竟琳怡只是抓住她通過成婆子打聽琳怡身邊的消息，與出去散布敗壞琳怡名聲的事相差甚遠，誰知道琳怡卻不上當，沒有明確地將兩件事聯繫到一起。

在家裡能辯白的事，出去外面卻不能一一向別人解釋。甄氏收買琳怡身邊的婆子，又讓沈管事出去敗壞琳怡的名聲，若說是被人陷害，總不能被人陷害好幾次。

甄氏整個人都垮下來。

琳怡看向成婆子。「我再問妳一遍，銀子和首飾是從哪裡來的？若是不說，就交去衙門審個清清楚楚。」

送去衙門，是要將家事鬧去公堂？就和沈管事的事一樣，挖出許多甄氏不願意聽到的話，甄氏一下子捏住了手帕。

那成婆子也被嚇得張大了嘴巴，忘記求饒。

「多大的事就要鬧得對簿公堂……」甄氏哆哆嗦嗦地道。「沒得就讓外人看了笑話，哪家下人沒有偷偷摸摸，大不了將她攆出去也就是了。」

這樣大事化小、小事化了的確是好法子，可是甄氏忘了，這件事的起因是甄氏要害她，她可沒這樣大度。

「這是怎麼了？」門口傳來周老夫人的聲音。

接著周元景先一步跨進來，瞪著惱怒的眼睛看向琳怡。

甄氏已經慌跳不停的心臟終於稍安下來。

這下子全都到齊了。

琳怡起身將周老夫人讓到旁邊坐下。「府裡的婆子做了些偷偷摸摸的事，我的意思綁送衙門審一審。」

話說得有理有據，讓人不能駁斥，就算身為長輩也犯不著因一個下人和主母起爭執。

周老夫人看向甄氏，甄氏臉色難看。「郡王妃懷疑是我將這婆子安插在郡王府。」這時候再遮遮掩掩，她就沒有了機會向老夫人求助。

琳怡微微一笑。「大嫂別這樣說，這段時間府裡傳言多，這樣糊裡糊塗下去對誰都不好，家裡的管事早就懷疑這婆子，既然今兒捉了個現行兒，如何就能放過？」

琳怡話音一落，旁邊兩個粗壯的婆子就要將成婆子拉走。

那成婆子被人一扯，登時慌了神。進了衙門哪裡會有好事，偷盜之罪是要杖刑的，她年紀大了哪裡經得住打?!

周元景冷笑道：「不過是小事罷了，這樣蝎蝎螫螫不怕人看了笑話。」不愧是夫妻兩個，說起話來也如出一轍。

琳怡道：「怎麼是小事？」說著看向成婆子，目光一轉，露出堅定和不容置疑的氣勢。「偷竊五十兩杖六十徙一年，偷竊六十兩仗七十徙一年半，而且依我看來，這婆子偷竊已經不是一日、兩日的，更不止五、六十兩。康郡王府來來往往這麼多女眷，誰在我們家丟了東西都不好意思聲張，可我們家卻丟了臉面，不要說舉薦這婆子的人受牽連，我這個當家的主母臉面上也過不去。」

她不查清楚，她的臉往哪裡擺，現在甄氏因個成婆子就害怕起來了，她被陷害與人私通，該有多驚懼？

這是告訴她們誰在康郡王府當家，從前沒有說明白因是估計大家的情分，現在出了這種事，誰也不用再給誰留客氣，再攔著，更明白的話還等在後面。琳怡堅決地看著周元景，眼看著周元景額頭的青筋暴起，雙手攥成拳頭。

那成婆子聽說杖責還要流徙已然嚇得雙腿亂顫，再也顧不得別的，將實話也說出來。「郡王妃饒命！奴婢沒有偷東西，那些都是、都是大太太賞給奴婢的！」

琳怡詫異地看向甄氏。「那就是說我剛才看到的、聽到的都是真的了？」

成婆子一股腦兒地認下來。「是真的、是真的！」

眾人臉色俱是一變。

第二百二十八章

周元景霍然轉過身，伸手就要去抓成婆子，聲如雷霆。「不要臉的下賤貨！敢賴在我們頭上?!」

架著成婆子的粗使婆子見狀一攔，頓時被打得嘴角出血，跌到一旁。

琳怡走上前幾步。「大老爺不要動氣，是非曲直也不能光聽一個下人之言，成婆子說的是不是實話，還要細細地查。」

周元景看向琳怡。兩個人咫尺距離，十幾歲的婦人也能壓在他頭上，那纖細的脖子只消他一拳就能打斷——

周元景眼睛裡布滿了紅血絲，威風凜凜地盯著琳怡。

琳怡別開目光，接著吩咐婆子。「愣著做什麼，將她拉下去。」

成婆子頓時鬼哭狼嚎地叫起來。「是大太太賞給奴婢……大太太您倒是說一句……奴婢……真的沒有偷！」

周老夫人目光閃爍。琳怡這是揪著這件事不放，一定要較出個真來。

周元景緊鎖眉頭，正要再說話。

周老夫人道：「這些下人平日裡手腳不乾淨，又閒牙鬥齒，是要給她們些教訓。」說著看向甄氏。「時辰不早了，你們早些回去吧。」

周元景硬要攔著鬧出去了，外面人只會說元景夫妻心虛。

甄氏一臉期盼地看著周老夫人，卻不料周老夫人說完話就讓申嬤嬤扶著出了門，甄氏的心一下子沈下去。

周元景沒有得了好處，陰狠地看了琳怡一眼，也大步跨了出去。

甄氏好半天才讓桂圓扶著站起身。

桂圓摸到甄氏冰冷的手指，心裡一酸，等到琳怡轉身出了門，桂圓才低聲道：「太太別著急，定有別的法子，再說太太打賞一個奴婢能如何，去了公堂上能說出什麼青紅皂白？」

甄氏眼睛空洞地看著門外，好半天才道：「妳以為她真要分出青紅皂白？只要嚷出來大家就知曉是怎麼回事。」

桂圓咬著嘴唇，半晌才道：「郡王妃也太狠了。」

甄氏臉色蒼白。「走著瞧，她也不一定就落得好下場。」

琳怡回到房裡卸了釵釧，橘紅拿了熱熱的手爐來放在床鋪角上。

一會兒工夫，鞏嬤嬤端茶上來道：「總算是出了一口氣，大老爺走的時候都沒有等大太太。」

甄氏固然可恨，卻不過是受人指使，真正背後的是周老夫人。

鞏嬤嬤道：「聽說這幾日老夫人將名下的莊子給了大太太兩個，大太太滿心歡喜地收下了。」

鞏嬤嬤的意思是讓人知道這一切都是周老夫人的主意。

看起來周老夫人不小心留了人口實。「我看未必。」琳怡看了鞏嬤嬤一眼。「說不定老夫人正等著我們這樣鬧出去。」

鞏嬤嬤不明白，伸手去挑燈芯。

琳怡也正好拿起粉底杏花的茶杯喝了些淡茶。「嬤嬤別忘了，我手裡的莊子雖說是皇上賞給郡王爺的，從前卻是老夫人管著的。現在老夫人不但將莊子給了我們，還將之前莊子的收益一分不少地送過來。說不定大太太和我妯娌不睦就是因這兩個莊子而起，現在大太太誣陷我的事鬧起來，老夫人為了讓大太太偃旗息鼓，就將手裡的莊子給了大太太兩個。」

所以老夫人只是為了平息爭端，當然沒有參與到其中。

接下來只看周十九和父親能不能順利脫身，否則周老夫人和周元景一定不會善罷干休。

琳怡看向鞏嬤嬤。「大老爺的消息也不一定就是假的，讓陳漢也出去打聽打聽。」

鞏嬤嬤應下來，親手要扶著琳怡躺下。

琳怡笑著拒絕。「我看會兒書就歇了。」

郡王妃也是擔心得睡不著吧！鞏嬤嬤將暖爐遞給琳怡，慢慢退了下去。

第二天，等文武百官下了朝，琳怡聽到鄭家的消息。

鞏嬤嬤從廣平侯府回來道：「廣平侯那邊倒還沒事……鄭閣老致仕了。」

周十九和父親陷在天津的案子裡，鄭閣老這時候致仕了。

鄭閣老提出要回家養病已經不是一次、兩次，這回怎麼沒聽到什麼風聲就致仕了？琳怡正思量著，門上的婆子道：「袁二奶奶來了。」
袁大太太生辰，袁家宴席，陳琳嬌親自送帖子來請琳怡過去。
琳怡將琳嬌迎進內室。
琳嬌生了同哥之後，只顧得在家裡照顧孩子，很少出門。
琳怡問起同哥，琳嬌笑著道：「身子好，就是能鬧人，晚上讓奶娘帶我又不放心，聽到聲音總要過去瞧瞧。」
兩個人話了會兒家常，琳嬌道：「鄭閣老致仕了。」
琳怡頷首。「我也是才聽說。」
琳嬌嘆口氣。「是鄭閣老自己上的奏摺，皇上當日就批下來。」
這麼快批了閣老致仕，無論誰都會想到如今的政局。
「現在二王爺府的下人很少出門，二王爺也是除了去衙門就在家中。總之，現在的情勢不太好，有人故意要往爭儲上引。」
這是周十九早就想到的，所以才會和鄭家少了往來。
鄭閣老致仕是情勢所迫，也是為了自保。
琳嬌道：「鄭閣老經常進養心殿，聽到些消息還能傳過來，如今鄭閣老也致仕了，往後……就更不容易了。」
政局動蕩，鄭閣老在皇上身邊能揣摩到聖意。
「姻親裡面，也就只有林家認識的人能進南書房……」

琳怡看著炭盆裡的銀霜炭。總不能以後都向林正青去打聽，林正青正愁沒有機會算計他們。這段日子他的舉動彷彿知曉會有這個結果，所以才在一旁吹風點火。

琳怡想到這裡，腦子裡有念頭一閃而逝——萬一這些事林正青真的知道呢？

琳怡才想到這裡，鞏嬤嬤笑著進了門。「郡王爺回來了。」

終於回來了。琳怡鬆了口氣，琳嬌也道：「這樣可好了，好歹妳有了主心骨。」

第二百二十九章

琳嬌趁著這時候告辭。「我家太太宴席，妳有時間就過來，大家也好說說話，同哥整日穿著他六姨做的小衣，還沒讓他六姨好好抱抱。」

琳怡想著同哥大大的眼睛轉來轉去的模樣，就抿嘴笑起來。「好。」

將琳嬌送出院子，一盞茶的工夫，她等到了周十九。

「怎麼在這兒等著？」

周十九看起來仍舊精神奕奕，只是下巴尖了些，身上的袍子也有些寬大，靴子上落滿了塵土。

琳怡笑道：「剛送了大姊出去。」

兩個人進了屋，琳怡吩咐玲瓏去打水來。

周十九簡單梳洗了一番，換上乾淨的衣服，琳怡低頭給他繫腰帶，和平常繫的地方比一比，是瘦了些。

周十九含笑著看琳怡。「有沒有做好的飯菜？」

這時候還沒吃飯？

琳怡將滿腹的問題放下。「郡王爺想吃什麼？現在就讓廚房去做。」

周十九道：「太麻煩了，有沒有點心？」

點心當然有，琳怡最好做這些，無論什麼時候都會準備幾碟。

「拿些點心，做個湯端來吧！」

他才進京，是要趕著進宮面聖吧！琳怡頷首吩咐下去，不一會兒工夫，糕點和湯端上來，周十九坐下來，吃了整整一碟千層酥。

婆子們將盤子撤下去，他喝了杯琳怡新沏的菊花枸杞茶，和琳怡一起進了內室。「皇上去了京郊圍獵，押送天津知府的囚車還在後面，等囚車進了京，我也要進宮面聖。」

那就是還有幾個時辰準備。

琳怡道：「郡王爺要去和幕僚商議吧？」要不然怎麼會趕出時間提前進京。

周十九看著她微微一笑。「想著回來喝口熱湯，睡上一覺。」

琳怡微有些意外。

他眉眼一晃，笑道：「人食不過三餐，居不過一席，人要時時以苟安為志向。」

真是巧言令色，明明事事謀劃在前，還要說出這樣一通道理。

周十九躺在臨窗的大炕上，琳怡伸手給他蓋上薄被，被子下的手卻忽然伸出來將她捉住。

他微微一笑。「元元和我一起吧！」

琳怡臉頰一紅，旁邊的玲瓏也嚇得將手裡的茶吊放下，快步退了出去。

周十九是從來不怕人笑話，她卻沒有這樣厚的臉皮，看他風塵僕僕地回來，惱也惱不得，只有掙開他的手。這樣一掙，才發現周十九掌心粗得刺人。

看到琳怡眉毛一皺，周十九剛才怎麼也不肯鬆開的手，卻緩緩張開了。

他的手是風餐露宿又在馬上磨的吧！短短幾日，他往返天津府、京城兩次。琳怡想起他晚上進府安撫自己的事來，心裡一軟，就想要看看他的手，周十九的手卻閃躲開了。

她沒捉著，索性就不去看了，誰知周十九又反手將她一把拉進懷裡。

熟悉、有力的心跳聲在她耳邊。

周十九將琳怡緊緊地抱著，半晌才將她放開。

琳怡抬起頭，他輕緩地笑著。「我回來時，遇到妳族姊和葛慶生進京送年禮。」

琳霜來了？琳怡心裡一喜。

周十九道：「他們沒我快，妳族姊寫了封信給妳，我放在公文袋裡。」

琳怡穿鞋去桌子上拿了公文袋要遞給周十九。

他搖頭。「妳自己拿就是了。」

公文袋裡都是官府漆封過的公文，紅的藍的章印晃得人眼花，滿滿一袋子沈甸甸的，琳怡小心翼翼地翻著。好在琳霜的信壓在最上面。

琳怡用釵子將信打開，抽出來仔細瞧。琳霜跟著葛慶生進京來送年禮，陳氏族裡正巧也要這時進京，乾脆兩家聚在一起請了個鏢局壓著，路上也好圖個平安。一行人走到半路，周十九看到葛慶生眼熟就使人問。他急著趕路，幾個人湊在一起說了幾句話，琳霜本想和葛慶生多趕些路，早些見到琳怡，卻因還有宗長家的太太和子女跟著，路上諸多不便，只得作罷，就託周十九捎封信給琳怡。

琳怡看到諸多不便幾個字，就能想到琳霜是如何咬牙寫上去的。宗長的女兒琳丹和琳芳一樣素來嬌貴，路上一定是走走停停，才將行程拉慢了。

琳霜寫得清楚，宗長家的政哥是來京裡唸書的，至於琳丹這次進京，想來是要尋門好親事。

琳怡將信收好去看周十九。

他合著眼睛，呼吸平穩綿長，已經睡著了。琳怡就想起他剛才的話來。人要時時以苟安為志向，他這個模樣，倒是有幾分讓人相信了。想到這裡，她眉眼中溢出淺淺的笑意。

鞏嬤嬤在外面候命，聽玲瓏出來道：「郡王爺睡了，郡王妃在看信呢。」

周老夫人都使人來打聽消息，兩口子在熱鍋上卻還這樣安穩，也不知道是她老了經不得事了，還是這兩個主子實在太鎮定。鞏嬤嬤嘆口氣，將門口的丫鬟撤下一些。「一會兒有吩咐再叫妳們。」

琳怡讓廚房做了八寶湯，周十九沒來得及喝就有人來傳話，皇上要召見周十九，讓周十九迎車輦去回話。

皇上連進宮都等不及了，這樣地急躁，這件案子恐怕是要速辦速決。這樣對天津知府恐怕不好，畢竟朝中參奏天津知府的摺子源源不斷，就算不是貪墨了十萬石糧食，也有擅動糧庫、欺瞞朝廷的重罪。琳怡看向周十九。

他目光清亮平靜，看不出什麼多餘的神情。

無論什麼時候，周十九都是這樣冷靜。

琳怡將周十九送出院子，桐寧和陳漢都跟了上去。

吃過晚飯，周元景讓人送來幾對野雞、幾對野兔孝敬周老夫人，帶話的管事笑道：「是大老爺打來的，圍場的獵物總是比咱們平日看到的肥些。」

周老夫人頷首。

那管事的仍舊滔滔不絕。「皇上還誇了大爺騎射呢。」

琳怡在旁邊慢慢地倒著茶，不為所動。

周老夫人倒有些驚訝。「那是好事。大老爺現在在哪裡？」

管事的道：「跟著幾位宗室去吃酒了。您放心，大老爺一會兒就會回家，」說著看到琳怡。

「大老爺說，看到郡王爺跟著皇上車輦走了，別的消息也沒打聽到。」

周老夫人點點頭，賞了管事五兩銀子。「讓他早些回去，現在家裡有事，他也要收斂點。」

管事應了一聲，慢慢退了下去。

周老夫人看向琳怡安慰。「別急，這樣的大事一時半刻也不會有結果。」

周老夫人的話音剛落，門房來道：「二老爺和二太太來了。」

周元貴和郭氏進了門。

周元貴扶著郭氏在旁邊坐下，就低聲道：「我們去岳丈家吃宴，聽說郡王爺回來了，就過來問問情況。」

郭氏看向琳怡。「家裡有什麼要我幫忙的就說一聲，反正我們也是閒著。」

琳怡頷首。周元貴和郭氏除了順道來聽聽周十九的消息，還是為了甄氏的事。

大家都心知肚明，琳怡坐了一會兒就回去第二進院子。

周老夫人將郭氏叫到一旁。「妳大嫂身上不自在，家裡的中饋還是妳幫著管。」

郭氏驚訝起來。「可是……這……能行嗎？還是大嫂管著順手。」

周老夫人拿起茶來喝。「妳先幫襯著，等妳大嫂那邊穩當下來再說。」

郭氏這才惴惴不安地答應了。

琳怡在房裡做針線，白芍多拿了一盞燈過來，讓她看著舒服些。

白芍道：「大家都在說，祖宅那邊要交給二太太管了。」

甄氏做了那麼多事，自然是不能再管家。周元景還尚不自知，為了打幾隻兔子和山雞高興。

琳怡看向白芍。

白芍道：「都說二太太管家比大太太強，至少二太太不會處處針對郡王妃，大家相處起來也自在些，也算殺殺大太太的氣勢。」

琳怡笑著看白芍。「妳覺得呢？」

白芍搖搖頭。「二太太看起來親厚，可是更聰明，讓人看不透。若是她沒有害人之心當然是好事，若是有……那可比大太太更難對付。」

明槍易躲暗箭難防。甄氏凡事做在明處，郭氏就不一定了。

琳怡向白芍讚許地頷首。「所以以後，妳就多注意二太太。」

白芍臉一紅。「我也是向鞏嬤嬤學的，鞏嬤嬤時常和我講這些。」

鞏嬤嬤看人還是很準的，琳怡也時時防著郭氏，只不過郭氏沒有錯處露出來。

門禁前，周十九從宮中回來。

琳怡和周十九去套間裡換衣服。

「怎麼樣？」琳怡低聲問。

周十九低下頭目光閃動，表情溫和，伸手抱住琳怡的腰身。「三法司會審，五王爺主辦此案。」

讓五王爺來辦，那不是死路一條？

第二百三十章

周十九道：「朝官舉薦五王爺，因五王爺最是公正，定能不偏不倚。」說是不偏不倚，不過是看到了現在的政局，皇上有意壓制皇后娘娘，抬舉五王爺，否則立長子該是二王爺，將二王爺過繼到皇后娘娘身下，也能為將來晉儲君之位鋪墊。

朝官哪個不會見風使舵？

周十九道：「皇上本就喜歡五王爺，這是人人知曉的。五王爺從小就仁孝，讀書用功也比其他皇子多些，有一次宮裡流行時疫，許多宮人病倒了，皇上也略有微恙，五皇子身上不舒服仍舊帶病去讀書，皇上知曉了誇他能吃苦，五王爺就說皇上如今也染病，他這點小病若是養起來，反而要讓皇上擔心。」

若是大人說出這番話像是別有用心，從一個孩子嘴裡說出來，就讓人覺得異常地懂事。

「五王爺是最聰慧的，四歲能跟著年長的皇子讀書，真正在皇子所學習時明顯優於旁人，幾個皇子都遠遠不能及。當時大皇子還活著，時時在皇上面前誇獎五王爺。」

琳怡道：「第一個孩子父母最疼，大皇子是德妃娘娘所出，雖也不是嫡子，但是身分也算尊貴，夭折了皇上一定非常痛心。」

周十九微微一笑。「如果大皇子活著，誰也不用再爭儲君之位，而且很有可能德妃娘娘已經晉了皇貴妃。」子憑母貴，反過來也可以母憑子貴。

於是五王爺和大皇子有些相像，皇上很有可能會因此移情。

這樣看來是輸定了。

怪不得許多臣工一早就看好了五王爺。現在皇上將差事給五王爺，就像是在手把手教五王爺政事，對五王爺是個歷練，對皇上來說，是更好地考慮五王爺能否成為儲君，乃至於將來的皇帝。

琳怡給周十九扣好盤扣，整理好腰帶，兩個人從套間裡出來。

橘紅來道：「澡水已經準備好了。」

琳怡陪著周十九去後面的暖閣洗澡。

熱騰騰的水泡著琳怡自己配的藥包，屋子裡有淡淡的草藥和柑橘的香氣。周十九泡在水裡，不一會兒，鬢角就被汗濡濕了。

琳怡拿出帕子給他擦背，不知是不是被水蒸騰著，眼睛裡都泛著水光，說不出地動人。

周十九含笑著，索性一動不動任她折騰。

這男人，在家裡時像一個肩不能擔、手不能提籃的文弱書生。

她順著周十九剛才的話細細地想。「這個差事，無論怎麼辦都是錯。郡王爺早就知曉，才會沒有真正阻攔我父親替天津知府辯白。」

感覺到琳怡的手微停下來，周十九的笑容收斂了些。「元元，生氣了？」

「沒有。」琳怡看著蒸騰的水氣。「我父親就是這個脾氣，上這本奏摺是早晚的事，再說皇上將父親放在科道，還不就是這個意思？」

早一些碰到這個案子，讓五王爺一派有了充分的謀劃，周十九去天津府查證是首當其衝，可是進了京之後就等於卸了差事，往後種種都和五王爺有關。天津知府常光文死也好活也罷，都在於五王爺的處置。要知道常光文雖在朝中沒有官聲，在天津卻是一心為民的好官，殺了常光文就有故意打壓皇后娘娘之嫌，不殺常光文，又有為了彰顯仁義、賢良收買人心，將國法視同兒戲的把柄攥到御史手裡。

只要五王爺接了差事，局面就會改善，他們反而絕處逢生。

琳怡的手再一次停下來。「我只是想問問郡王爺，我們是不是皇后黨？」

無論是廣平侯府還是鄭家又或是老康郡王爺，這些人多多少少都和皇后娘娘的母家有些關係，當年因皇后娘娘母家被牽連，看似好像是城牆失火殃及池魚，其實將這裡面的關係串起來，誰也沒有被冤枉。

周十九好半天才笑道：「在別人眼裡，大約已經是了。」

就算現在不是，從前也是。一旦被人認定了，就不可能再改變。政事上是這樣，沒有安安穩穩獨善其身的，到頭來都要被大勢推著走。譬如鄭閣老，小心翼翼地閣老當了幾十年，最後還是要被二王爺牽連。

琳怡仔細思量。「沒等我們站位，先人已經替我們選好了。」就像父親，不是屈從於董氏一族，就是被迫面對大局。被董氏一族算計的結果，前世她已經經歷過了，這一世選擇了後者，會不會有個好結局？

周十九在桶裡等著琳怡繼續擦背。

她半晌才回過神來，抿嘴一笑。「妾身已經擦完了，郡王爺還在等什麼？」政事總是複雜得讓人一下子不能說清楚。

周十九洗完澡，琳怡吩咐橘紅換了水，自己也泡了一會兒。水暖暖的，泡過之後疲倦、寒氣一下子都被驅趕走了。

白芍已經燙好了被褥，剛準備放個暖暖的手爐。

周十九吩咐撤下去。「用不著了。」

白芍一怔，就想說郡王妃這幾日都用手爐的，跟著郡王妃時間長了，就知道郡王妃有腳冷的毛病。

不過被郡王爺這樣一說，白芍也不敢辯白，只能將手爐原封捧下去。到了外間，橘紅見了就問起來。「姊姊怎麼沒放手爐，晚上凍醒了可怎麼得了？每日早晨還要換一次呢。」

白芍低聲道：「郡王爺讓拿下來。」

橘紅道：「姊姊有沒有說郡王妃要用的？」

這話還用說嗎？明擺著是郡王妃吩咐的。

兩個丫頭正在說話，鞏嬤嬤聽到了走過來，伸手拿起手爐塞到橘紅手裡。「或是妳用，或是倒了，別送進去了。」說到最後忍不住噗哧就笑起來。

白芍和橘紅被笑得一頭霧水。

鞏嬤嬤道：「到底是小丫頭，什麼都不懂。」

第二百三十一章

琳怡喝了些熱茶才掀開被子躺了進去。腳下沒有暖爐，被子卻是才薰熱的，周十九回來了，橘紅就不用擔心她會冷，要換兩次暖爐了。

難不成在她心裡，周十九就是個大暖爐？琳怡想到這裡，笑著縮起了腳。

洗過澡的她臉頰紅紅的，像抹了胭脂，不知道想到了什麼，低著頭抿嘴笑。

周十九伸手將她攬在懷裡。

兩個人安靜地躺著，什麼也不說，只能聽到彼此清淺的呼吸聲。

外面月光清澈，樹影在月下搖曳，讓人覺得很舒逸。

琳怡還有一件事想問。「侯爺知不知道大嫂身邊的沈管事？」

早知道瞞不過她，周十九直言。「知道。」

琳怡仰起頭。「沈管事是郡王爺……殺的？」她讓人打聽過，沈管事死的那天周十九正好在京裡。

他頷首。「就是我回京那天晚上，我讓人動手殺了他，第二日才讓人報了衙門。沈管事穿戴好，官府發現了不會草草了事，定會花費時間去清查。」

這樣一清查，大家都會知曉甄氏的所作所為，這樣就解了她的困境。琳怡看一眼周十九。

「郡王爺怎麼不問我鞏二的事？」

周十九聽了笑道：「元元的事哪有我不知曉的。」

他的意思是相信她。琳怡道：「那借券的事呢？還有大老爺在外喝花酒丟了臉面。」周元景因此和甄氏鬧起來。

周十九暢然一笑。「借券用的是馮子英的。至於和周元景一起喝花酒的紈袴子弟，恰好我認識幾個。」

想想周十九的酒量，喝花酒這類的事是難不住他。

看到琳怡戲謔的目光，周十九細長的眼睛微挑，竟是十分坦然。「元元不說，我這個紈袴子弟好久不曾穿細絹的褲子，做不務正業的事了。」說著拉起琳怡的手放在褲子上。

她臉頰更紅起來。「明日讓爹爹將郡王爺的小字改了吧！『元直』兩個字太委屈郡王爺了。」

琳怡很少會與他說笑，看到她閃亮的眼睛，周十九笑容更甚。「那元元說，我小字叫什麼才好？」說著話，手順著琳怡的衣襟伸了進去。

微微粗糙的手指讓她身體一縮。周十九垂下頭來，眼眸清亮。「我的一位相熟的朋友，文韜武略樣樣精通，卻寧願做山中散人。大家都說原是因他娶了個美嬌娘，我曾去勸他男人要以前程為重……」

周十九一邊說，一邊伸手攏上她的柔軟，指尖慢慢摩挲。

他的表情明明是往日的高雅嫻靜，仔細看去卻漾著愉悅的笑容。「他和我說，莫輕怠了少年時光。」

他在琳怡耳邊輕輕道：「少年恩愛，是什麼也及不上的。」說著話，他的腿有力地侵入她雙腿中間。

琳怡紅了臉，仰起頭來看周十九，只覺得嘴邊一軟，溫熱的吻輕輕落在上面，柔軟的唇瓣一開一合吮著她的，好似剛才的低聲細語，逗引著她輕啟嘴唇。

她嘴唇微張，他的舌尖就描著她的唇形緩緩侵入進去，甜甜的，帶著不屬於她的溫度，彼此輕磨、纏綿，呼吸彷彿也因此慢起來，慢到胸口也傳來飽脹的刺痛。

唇口霍然分開，略帶著清香的空氣一下子從口鼻擠進去，心跳頓時如鼓。

分別了幾日，琳怡格外羞澀，周十九笑容從容，呼吸卻有些急切，低下頭沿著她的脖頸一直親吻下去。

不知道何時，兩個人的衣服都除了乾淨。

她失神間，周十九的手指已經進入她身體。

琳怡皺起眉頭來，伸手去推周十九。

他傾覆過來在她耳邊低聲道：「我太急了會不管不顧。」

琳怡知曉他不管不顧是什麼意思，只得紅著臉任他亂來，直到他的手指將她變得更加濕潤，他這才緩緩地侵入進去。脹滿的疼痛慢慢傳來，每一次就算他再有耐心，也總會有些疼痛。

周十九輕喘一口氣，靜下來低頭看著琳怡，在她閃亮的眼睛裡微笑。「如今才知……少年恩愛……是什麼滋味。」

聽得這句話，她胸口一麻，身上的疼痛倒是減輕了不少。

真的是好久沒有過，周十九顯得比往日急切，力道也凶猛些，緊緊握著她的腰，放肆地搖胯，很快就讓琳怡氣喘吁吁。

她抬起眼睛去看周十九。

沒穿衣服，古銅色的皮膚全然裸露出來，看起來比往日更加身姿挺拔，結實的體魄張弛有度，撞在她身上，留下紅紅的痕跡。

周十九好久不在家，晚上折騰了好久，早晨早起讓琳怡有些不適應。她好不容易睜開酸澀的眼睛。

「妳多睡一會兒。」周十九先起身，掖了掖琳怡身上的被子。

哪有周十九第一天回來，她就賴床的？

她伸手拿起衣服穿好，也跟著下了地，服侍周十九吃過早飯，將他送出院子，才回去歇了一會兒。

上午京裡的氣氛還十分舒緩，到了下午就如同山中驟雨，一下子急了起來。

天津知府常光文直言國家收取丁稅一事，每年不過三、四百萬兩的稅銀，不足朝廷稅收的十分之一，許多百姓沒吃沒穿還要交丁稅，相反地皇室、貴戚們大肆購買兼併土地，坐等收益卻交稅甚少。有些省分百年積欠錢糧達上百萬，貧瘠的省分官員聽到下放就哆嗦，年年都說要極早上繳欠朝廷的錢糧，卻誰也沒有本事還清，只能看著每年欠款累積上去。交不起丁稅只能隱藏丁額，每年餓死的人不知多少，偏又有許多良田尋不著勞力播種而荒蕪。

琳怡回去廣平侯府，琳嬌也正好去看望長房老太太，提起聽到的傳言，琳嬌道：「那個天津知府也真敢說，將戶部一下子拉下水，問戶部一年逃掉的丁稅有多少，收上來的又有多少，朝廷官員與其每年在這件事上遮遮掩掩，倒不如尋出一個改良措施，免得堂堂大周朝，每年都要出現餓殍滿地、易子而食的慘狀。」

常光文這話，針對的是握著土地的皇室、貴戚們。

不知道常光文是想要幫皇后娘娘，還是真的替百姓說話，琳怡可以肯定的是，這番話在皇上耳朵裡會起作用。

當今皇上是明君，並不是聽不得諫言的，常光文不過說了地方官不敢說的實話。若說常光文仗著是皇后娘娘的母族，就這樣膽大妄為……誰都知道貪圖富貴就要向皇室、貴戚們靠攏，而不是和這些握有權柄的人作對。

這樣一來，許多不利於皇后娘娘的傳言都不攻自破。

長房老太太喝了口茶。「想要改革丁稅哪有這樣容易，常光文說了這話，就別想再有好前程，大周朝的達官顯貴都被他得罪光了。」說著看眼琳怡。「以後就沒有人能拿皇后娘娘的母家說事。」

常光文趕在這時候「出事」是早就計算好的，切切實實地在幫皇后娘娘。有些事不能光看表面，一不小心就會看朱成碧。

常光文對皇后娘娘，如同周琅嬛對太后娘娘，都是義無反顧地為了家族的利益。

「這下祖母可以安心歇著了。」琳怡扶著長房老太太靠在迎枕上。

更麻煩的事在後面，一旦被劃了黨，就身不由己了。長房老太太嘆口氣。「郡王爺那邊怎麼樣？會不會被牽連？」

周十九不會將這把火燒到自己身上。「應該不會有事。」比起周十九，父親才是首當其衝，好在都察院搜查廣平侯府也沒查出什麼來。

最終還是要看皇后娘娘能不能從太后娘娘布下的網中脫身。

琳嬌坐一會兒就走了。

左右沒有了旁人，長房老太太才問起琳怡。「齊二奶奶那邊是怎麼回事？」

瞞不過祖母，琳怡將整件事簡單說了。

長房老太太道：「齊二奶奶聰明伶俐一個人，怎麼就做了傻事？」說著頓了頓。「妳們準備怎麼處置？」

琳怡道：「是有人故意要害康郡王府和齊家，沈管事一死，揭出許多事來。」如今甄氏都不敢出門了。「至於鞏二收草藥那些人家，是因逃了丁稅所以不肯承認。郡王爺上了奏摺，就是因家中下人買賣草藥，郡王爺才會想起天津的事說不得和逃丁稅有關，常光文因此承認，十萬石糧食全都用於賑災，原本是想拿積欠的糧食充填，卻沒想到朝廷因開海運要修倉廒，才露出馬腳。」

長房老太太眼睛一亮。「虧你們兩口子能將兩件事連起來。」

琳怡頷首。「這樣一來，我還要謝謝那些要陷害我的人。」

想想琳怡能逃過這次，長房老太太吁口氣。「妳那個長嫂呢？看她還有臉面進康郡王府。」

甄氏的作為向來出人意料，琳怡猜不透也就不去猜了，不過可以肯定的是，外面的大小宴席，甄氏都托病不肯露面。

宗室營要提前佈置花園，琳怡從廣平侯府出來，徑直去信親王府看花燈。

蔣氏幾個已經提前到了，先指揮丫鬟佈置個大概，只等著天稍黑的時候點起來。下人忙成一團，琳怡、蔣氏幾個聚在一起笑著指點。

蔣氏道：「怎麼看都像是進了糧倉。」

大家說著話，信親王妃讓人扶著過來，看到奇形怪狀的燈籠，信親王妃提起帕子掩嘴笑。「每年的慣例要往宮中送花燈，今年我是不去了，妳們選個人出來，挑出幾個新式樣送給皇后娘娘看吧！」

蔣氏幾個就一起看向琳怡。

琳怡忙推託。「這可不是我的主意。」

第二百三十二章

信親王妃握著翠色花草紋的手爐，親切地笑著看琳怡。「誰來說說，倒是誰的主意。」

蔣氏幾個就笑，還是蔣氏站出來道：「花生、麥穗、桃子、蘋果，看康郡王妃要拿哪些進宮呢，還要不要玉兔搗藥、嫦娥奔月？」

大家心有靈犀地避過要誰去宮中的話題，直接幫琳怡挑起燈籠來。

琳怡看向信親王妃。

信親王妃掩嘴笑。「難得大家都高興，這些燈就讓康郡王妃送進宮吧，說不得皇后娘娘覺得今年立意新，會有賞賜下來。」

琳怡也只好答應下來。除了這些新燈，大家又選了一只壽字燈，一只嫦娥孤舟奔月。選完燈，大家各自散了，蔣氏拉著琳怡的手到一旁。「這次看她們還敢不敢怠慢，平日裡都信甄氏的話，沒得抹黑了妳，現在倒讓大家看看誰是人、誰是鬼。」

蔣氏直率，在琳怡面前說話不遮不掩，有好幾次大家在一起，蔣氏都主動維護琳怡。有些人倒未必是見面就能生出好感的，只有等到相處之後，才會感覺漸漸拉進。琳怡和周琅嬛、齊家小姐、鄭七小姐是開始就秉性相投，和蔣氏是後來生出的交情。

蔣氏很感激周十九幫忙周元祈去了護軍營，好像時時刻刻總記得這份好處。現在琳怡發現小蕭氏有時候許多話都是對的。小蕭氏和身邊相熟的夫人總是分分合合，父親常埋怨小蕭氏不懂得處理各種關係，常常會輕信一個人。

小蕭氏就說，人是會變的。

琳怡想到這裡，看向蔣氏笑。「元祈最近怎麼樣？」

蔣氏微皺眉頭。「郡王爺卸了職，護軍營現在咱任參領可是個不管事的，只知道耍威風。」

說到這裡，和琳怡相視失笑。

「我倒是聽元祈說起一件事。」蔣氏和琳怡邊走邊說。「上次秋狩，聽說周元景被皇上讚許了。」

周元景打了一大堆山雞和野兔，那天晚上就送去給周老夫人。

蔣氏道：「元祈說，根本不是讚許，不過是周元景聽不出來罷了。妳等著，過兩日就會有消息了。」

琳怡還是不怎麼明白。

蔣氏笑道：「皇上問了周元景打到多少獵物，又問周元景和郡王爺是不是出自一個武功師傅。」

周元景是閒散宗室身居護衛，能得到皇上這樣問話心裡是該高興。周十九當年也是因狩獵才被皇上賞識，這些都是次要的，關鍵是周元景究竟打到了多少獵物，值不值得皇上讚賞。

琳怡和蔣氏一起出了垂花門，各自上了馬車，信親王府的下人將花燈送到琳怡的馬車上，琳怡拿出蔣氏送她的香膏來，打開之後，裡面是甜甜的茉莉花香，裝香膏的盒子是掐絲琺瑯的花鳥圖案，看起來十分精緻。

琳怡靠在馬車裡閉上眼睛歇一會兒，橘紅忙拿來毯子給琳怡蓋了。「郡王妃睡一會兒吧，今兒早早就出府了，身上定是乏了。」

琳怡點點頭，片刻工夫就睡著了。

不知道多長時間才醒過來，睜開眼睛。只是睡了一會兒，眼睛卻十分酸澀，眨了眨流出眼淚來，眼前的人影卻因此清晰了。

站在她面前的是林正青。林正青空有才德兼備的好名聲，哪知是金玉在外敗絮其中，早知如此，她寧可常伴青燈也不會嫁到林家來。

「醒過來了？」林正青譏誚地笑起來。「新房著火了，還好妳安然無恙。」

新房著火。

琳怡心裡一顫。火明明是林正青放的，他卻在這裡故弄玄虛。

「妳可知曉，妳父親費盡心思是要扳倒成國公，如今被成國公發覺陷入大牢必死無疑，這種情形下，我是不是該照妳兩位伯父所說，想法子自保另娶賢良淑德的陳氏女？」說著低下頭。

「妳也不要怨我，人不為己天誅地滅，妳的那位姊姊讓人等在窗外，就是要聽我剛才說的那些甜言蜜語。我不說，她怎麼肯一心一意地嫁給我？」

她的洞房花燭夜竟然有這樣大的秘密，她是何其有幸從頭到尾一一見識。

既然如此，一切都進展順利，林正青又怎麼會突然改變想法？

「有時候依靠旁人，不如依靠自己。」林正青彷彿很得意，用出奇溫柔的聲音說：「成國公謀反了。」

琳怡張開乾裂的嘴唇，眼睛輕瞥林正青。原來如此，成國公謀反恰好證明了父親的清白。「還真是……世事難料。」這樣一來，他和賢良淑德的陳氏女，恐怕要經過幾番波折才能相聚。

自從大周朝開國以來，京城還沒有這樣亂過，皇上去了陪都，由二王爺監國，成國公這時候謀反，以京城的兵力，宮門很快就要失守。

琳怡又躺了半日才能支持著起身。

整個林家大門緊閉，下人都聚在一起，提起外面混亂的情形，眾人談之色變。不知什麼時候，外面就會響起一陣嘈雜的聲音，將人嚇得出了一身的冷汗。

陳家的消息一點都聽不到，琳怡穿上褙子，讓橘紅扶著去林大太太房裡。

林大太太在抱廈裡吩咐管事將所有的家人集中起來、看好府門，看到琳怡過來，立即不悅地皺起眉頭。「妳怎麼來了？」

琳怡上前行了禮，等下人都退下去，將自己的想法說了。「能不能讓我的陪房去陳家聽聽消息，我想知道母親的病如何了，我父親也不知道有沒有從牢裡出來。」

林大太太皮笑肉不笑，埋怨地看了琳怡一眼。「外面兵荒馬亂，下人就是買菜也不敢呢，妳還要出門？親家太太也不是多重的病，有今日沒了明日，等到京裡穩當了，再問不遲。妳就讓我省省心，別又鬧出大事來，家裡可沒有那麼多任妳折騰的人手。」

其實林家每天都要讓人出去看情勢，陳家的事哪會半點不知曉，不過是不想讓她知道罷了。

正如林正青說的，現在林家是在看整個政局，她一家只有對林家有利，她才能以林家大奶奶的身分活下來。

兩個人才將話說到這裡，就有嬤嬤進來道：「不好了，大老爺讓人打聽出消息說，不是成國公要叛亂，而是二王爺和皇后娘娘打著幌子改朝換代，城門已經關了，是要將皇上隔絕在外，二王爺又調了京外的人手直奔陪都去了。」

林大太太嚇了一跳，癱坐在椅子裡。「這……怎麼回事……難不成真的就這樣亂了——」

馬車猛地停下來，琳怡霍然睜開眼睛，額頭上是一層冷汗，目光所及處是精美的雕花車廂，粉紅色的雲紋錦緞帳幔，車廂外點著燈籠，朦朧的燈光照進來，將車廂襯得更加寧靜。

她不是在林家，又是從前那個夢。

橘紅忙扶住琳怡，轉頭問外面的婆子。「怎麼回事？」

婆子道：「不知道從哪裡冒出一隻野狗，差點就軋在車輪底下。」說著壓低聲音。「有沒有嚇到郡王妃？」

橘紅看向琳怡，琳怡搖搖頭。

橘紅道：「小心點。」

那婆子如蒙大赦般鬆了口氣。「姑娘放心，前面就到郡王府了。」

馬蹄和車輪的聲音又響起來，橘紅用帕子給琳怡擦汗。「這可怎麼好，出了這麼多汗，一會兒見了風可是要病的。」

琳怡搖搖頭。「車裡有氅衣，穿上就是了。」

橘紅道：「讓小廚房先做些薑湯，祛祛寒總是好的。」

剛才那個夢的確讓她遍體生寒，生怕這一夢下去就再也醒不過來。雖然已經是前世的事，卻覺得仍舊離她那麼地近。

進了康郡王府，琳怡換好衣服坐在臨窗大炕上，橘紅讓小丫鬟去煮薑湯，白芍忙跟過去問：「怎麼了？是不是衣服穿得少了？」

橘紅搖搖頭。「剛才郡王妃睡著了，車夫趕車沒有走穩，郡王妃突然驚醒嚇了一跳，出了一身的汗。」

白芍皺起眉頭。「這麼不小心。」陪著橘紅煮好薑湯端上去。

琳怡喝著薑湯慢慢地思量。

自從開始作前世的夢，她就在反覆想這個問題，現在她可以肯定的是，前世她並沒有被燒死，而是被林家的下人救了出來。那剛才夢見的就是醒了之後的事——京城大亂，二王爺和皇后娘娘打著成國公叛亂的幌子改朝換代。

如果這個夢完全是真的話……

第二百三十三章

「在想什麼？」

頭頂傳來周十九的聲音。

琳怡放下手裡的薑湯抬起頭來。

周十九正看著她笑。

琳怡起身去給他換衣服。「也沒什麼，就是胡思亂想。」

周十九瞧向桌子上的薑湯，拉起琳怡的手。「天越來越冷了，以後出去要早些回來。」

琳怡說起在信親王府的事。「本來也不會這樣晚，下午去了趟信親王府，眼見就是中秋節，宗室營的花燈準備好了，信親王妃讓我明日進宮將今年的新花燈給皇后娘娘看。」

「送花燈可是大事，有漂亮的要留在宮中，在中秋宮宴的時候擺出來。我聽說每年為了進宮送花燈，女眷都爭著要去。」周十九笑。「難得今年讓妳進宮。」

琳怡想到那些花燈就笑。「今年可沒有人願意去露面。」

周十九瞧著琳怡。「元元尋了個什麼主意？」

琳怡將麥穗燈、花生燈的事說了。「這樣的燈若是沒有一套說辭誰願意送，哪裡還用我出什麼主意，再說還有元祈媳婦在旁幫忙。」她和蔣氏一唱一和，很順利就將事辦成了，最重要的是，她並沒有和蔣氏謀劃，蔣氏就知道順著她的意思……

說完家裡的事，她問起周十九。「皇上有沒有恢復郡王爺參領之職？」

周十九搖頭。「還沒有。」

按理說進京交了事，就和周十九無關了，皇上沒有給他復職，是不是心中還有懷疑？這一關沒有那麼容易就過去。

周十九鬆下頭上的玉冠，和琳怡坐在炕上說話。剛才見到她的時候，她不知道在想什麼，目光迷茫中透著些緊張。

琳怡小口小口喝著薑湯。

周十九道：「說說妳剛才在胡亂想什麼？」

總不能說夢見了皇后娘娘和二王爺謀反篡位，琳怡澀澀地道：「從信親王府回來的路上作了個夢，不是什麼好的，想起來還駭人。」

周十九聽到這裡，轉身出去，不一會兒工夫，橘紅帶著小丫鬟跟進來，手裡多拿了幾盞燈放在桌上，幾個小丫鬟退下去，再回來的時候手裡又拿了燈。

不一會兒工夫，桌子上已經擺滿了沒有點著的燈。

直到周十九點頭，橘紅才帶著人退了下去。

望著桌子上的燈，琳怡覺得奇怪。「郡王爺這是要做什麼？」大約將主屋所有的燈都搜羅過來了。

周十九笑著看琳怡。「元元要不要點燈？」

小時候喜歡玩火，這麼大的人了，怎麼好在屋子裡點這麼多燈。

周十九目光閃爍，一雙眼睛如同窗外的月亮般皎然。「元元來試試我的法子。」

他從腰上解下赤金蛟紋鑲紅珊瑚、綠鬆石墜琥珀珠的火鐮放在琳怡手裡。「會不會打火鐮？」

男人腰間掛著的火鐮，平日裡和荷包、香包沒什麼兩樣，就像裝飾，琳怡還從來沒見周十九用過，也覺得好奇，比頭面還漂亮的火鐮到底好不好用。

周十九笑著環上琳怡的腰，看著她纖細秀氣的手指捏著火石用火鐮，清脆的敲擊聲響起，眼前的燈亮起來。

一簇小小的火苗，似在兩個人清澈的眼睛裡燃起一樣。

「每點一盞燈，心裡也會覺得亮一些。」心底那些陰影如同黑暗一樣，會一點點地被光亮吞沒。

琳怡認真地點眼前的燈，一盞一盞的燈陸續亮起來，幾十盞燈將屋子照得十分明亮。自己親手帶來的光亮，將心裡的害怕驅趕得乾乾淨淨。

周十九將琳怡抱在懷裡。「還怕不怕？」

她搖頭，嘴邊也露出笑意。「不怕。」幾十盞燈在她眼前，再膽小的人也會放下心來。

兩個人就這樣抱著，好久，周十九才彎下腰將琳怡抱起來，去了內室。

「燈怎麼辦？」她低聲問。

他望著臉頰紅紅的琳怡。「橘紅會進來收拾。」

不知道要讓人怎麼想，兩個大人在屋子裡玩起火來。

還好橘紅是身邊的丫鬟，從來不會多問。

躺在床上，琳怡自然而然就被周十九抱在了懷裡，鼻端是熟悉的香氣，和清淺的呼吸聲，很快就睡著了。

一夜無夢，睡得十分香甜。

第二天早晨起來，周十九還沒有去衙門。

天津的案子還沒查完，也沒有復護軍參領之職，這樣一來，周十九暫時就成了閒人，不用上朝也不用去衙門。

兩個人又睡了一會兒才起身。

梳洗完之後，兩個人一起吃了些粥，一會兒工夫，宮人送來進宮的牌子。

周十九也正好要出門，琳怡先幫他換好袍子。「有件事忘了問郡王爺。」

周十九微笑著聽。

琳怡仰頭道：「去年，郡王爺秋狩的時候打了多少獵物？」

「不算生擒放走的母獸幼獸，有十幾頭狍鹿、十幾頭黃羊，每年只圈十餘圍，去年沒能遇到虎豹。」

「那兔子和山雞呢？」

周十九眼睛裡也帶著笑容。「那是不計數的，只有文臣和沒有打到大物的才會將這些算進去，免得丟了臉面。要是算在其中，騎射好的每天能打到上百隻。」

周元景報的數目都是打的小物，怪不得周元祈說，皇上根本就不是讚許周元景。

周元景想要高官厚祿，卻從來不在這上面動腦筋，只想著不勞而獲。皇上問周元景和周十九是不是一個武功師傅教的，意思是兩個人相差太遠。

送走了周十九，琳怡回到房裡，才要穿禮服，鞏嬤嬤走到跟前低聲道：「宗室營那邊聽到消息，說大老爺鬧著要和離呢，連大太太的娘家都驚動了，老夫人那邊也才知道。」

鬧和離是周元景兩口子打架生出的氣話，還是長輩已經參與其中？畢竟若是真的究起來，甄氏重利盤剝的事要影響到周元景的仕途，更別提有意污她名聲的事了。

第二百三十四章

翬嬤嬤道：「聽說是要動真格的，大老爺還讓大太太將嫁妝單子拿出來盤點，大太太不肯依，大老爺就說看在夫妻一場的情分上，否則大太太犯的錯足以讓他寫休書的了。」

不寫休書，退一步和離，不像是一時的氣話，而是經過周密思量的，也就是說，至少周元景是認真的。

現在就看周老夫人那邊怎麼想。甄氏是生了兒子的，就這樣和離了，全哥怎麼辦？接下來就看看周老夫人要弄什麼玄虛。

琳怡穿戴好禮服，讓白芍扶著上了馬車。

馬車到宮外停好，琳怡上前交了宮牌，又說明送花燈的事，片刻工夫就有宮人來取花燈，隨著琳怡一起去了景仁宮。

皇后娘娘穿著粉色牡丹花挑金線褙子，鏤金飾寶的領約，頭上戴著金盞花，烏黑的長髮裡插了根玉蘭花簪子，長眉入鬢，目光流轉間端莊中透著威儀，如同擦亮的瓔珞，發出淡淡的光彩。

琳怡上前行了禮。

皇后娘娘笑著讓琳怡起身。「我瞧瞧今年都準備了什麼樣式的花燈。」

琳怡垂頭恭謹地道：「與往年的不大一樣，也不知娘娘喜不喜歡。」

皇后娘娘笑道：「若是有漂亮的就選做宮宴用，這些年的花燈都差不多，到了中秋節倒選不出更別致的。」每年賞燈的節氣多，宮燈做得又要漂亮又要新鮮實在不容易，琳怡就想起惠妃娘娘站在大宮燈裡調琴的事來。

惠妃娘娘為了討皇上歡心能想這種法子，皇后娘娘卻要自持儀態，只能期望皇上能顧念少年夫妻的情分。

琳怡正想著，宮人已將花燈拿上來。

看到花生、麥穗、桃子、蘋果形狀的花燈，皇后娘娘笑著站起身走過去瞧。「怎麼會想出做這樣的燈？」

琳怡道：「就是大家閒聊起來，正好是秋收的季節，就不如拿些糧食、瓜果做樣子，也是從前沒有過的，雖然不好看，不過大家都盼著每年都能有好收成……」說著微頓。「就是我們這些新婦做著玩的，還有金盞花的走馬燈，兩邊墜的是各色寶石和琉璃，點起來溫和十分漂亮，嫦娥和玉兔的都有。」

那些精巧的宮燈看起來漂亮，宮裡卻不缺這些華貴的，倒是那些樸質的花生、麥穗越看越覺得不一樣。

皇后娘娘選了花生、麥穗、桃子、蘋果形狀的花燈。「留下這些吧，宮裡的玉兔燈各式各樣的，倒是不缺。」

選完花燈，皇后娘娘問起琳怡種草藥的事。「如何想起來要種草藥？」

琳怡就將家中下人買賣草藥的事說了。「我就想起來培植草藥，比農物收益好，有些草藥相輔相生，種起來既省事又好伺候。」

皇后娘娘笑著道：「我倒是聽姻語秋說了忍冬的好處，也準備在景仁宮外也種上忍冬。」說著又仔細打量著琳怡。「大家都喜歡擺弄些花花草草，我聽說有不少命婦在外面開花粉、香露鋪子，妳倒是喜歡那些味道刺鼻的草藥。」

琳怡提起帕子就笑。「妾身就是對藥理也是不精的，不過學了皮毛。就是看脈也只是略探病因，並不能開方子，姻先生說我學的都是旁門左道，多虧是女子嫁了人，否則真的懸壺濟世，恐是有行騙之嫌。」

屋子裡氣氛融洽，皇后娘娘拿起茶來喝一口。「若說妳半點不會，卻看得出本宮的病症。」

琳怡微微抬頭，有些話似是想說又不敢說。

皇后娘娘笑容溫和。「但說無妨。」

琳怡這才躬身道：「娘娘得的是肝氣鬱結之症，肝主藏血，多年血脈不暢，不能疏洩加上寒氣侵體，才有胸脅脹痛、舌象薄白、手腳冰冷、不眠多夢、神情倦怠之症，病因好斷，調養卻不易，要看皇后娘娘想不想治好身上的病。若是用藥斷斷續續、心灰意懶，就算治起來也是無用，就像忍冬花雖然耐陰、耐寒性強、也耐乾旱和水濕，對土壤要求不多，生命力極強，卻終究喜陽光和溫和濕潤的環境，只有肥沃深厚土壤最佳，才能每年春夏兩次發梢。忍冬可以生長不良，也可以生長茂盛，都是活著的忍冬卻極不相同。」說到這裡，琳怡彷彿鼓足了勇氣。「等到明年景仁宮忍冬繁盛，娘娘的病必然也會痊癒。」

康郡王妃是將她比作忍冬，是在十分聰明地告訴她，能治好她身上的病和醫者固然有關係，還要看她能不能放開鬱結的心。皇后娘娘想得有些出神。

「妾身第一次得見皇后娘娘，和在皇后娘娘千秋宴時見到娘娘已經不一樣了，娘娘氣色好多了，妾身才覺得也許這次皇后娘娘的病能治好。」不管周琅嬛說了什麼，都是和皇后娘娘的病有關，她只要順著皇后娘娘的意思，將實話說出來，既能幫皇后娘娘一把，也能澄清自己。「妾身不會別的，在觀色上倒還和姻先生學了些。」

皇后娘娘看著琳怡，半晌才道：「康郡王妃會的不少，我聽說獻郡王那裡存的醫書也被妳借走了。」

琳怡聽得這話掩嘴笑。「不怕娘娘笑話，妾身只是胡亂看胡亂學，閒來無事謄些藥方，做做藥膳，細想起來有些對不住獻郡王爺的藏書。」

皇后娘娘聽了琳怡的話，眉眼中透著幾分深沈，卻並沒有怒氣，好半天才道：「聽說姻老太爺身子不適？」

琳怡頷首。「只怕是不能回鄉了。」

可憐天下父母心。皇后娘娘露出些不忍的表情。

琳怡坐了一會兒，依照皇后娘娘的意思躬身告退，皇后娘娘賞了兩疋蜀錦給琳怡。

琳怡隨著宮人出了景仁宮的大殿，頓時覺得一陣輕鬆。

在景仁宮裡雖然面對的是皇后娘娘，身邊卻不知有多少隻眼睛盯著，她剛才說的話會一字不差地傳去慈寧宮和養心殿。

養心殿裡，皇帝正靠在炕上看奏摺，很快景仁宮裡的宮人來報信，內侍忙將她領進了內殿。

宮人將皇后娘娘和康郡王妃說的話學了一遍。

聽到康郡王妃陳氏說的忍冬花，皇帝的視線離開了奏摺。陳氏沒有遮遮掩掩，直接勸說皇后，膽子不小。「皇后娘娘怎麼說？」

那宮人忙道：「皇后娘娘只是問了姻老太爺的病情，康郡王妃說姻老太爺恐是不能回鄉了，之後皇后娘娘賞了康郡王妃兩疋蜀錦。」

就這樣，沒有提起政事，只是婦人之間的閒聊，說得最多的仍舊是皇后的病和簡單的醫理。從宮外傳進來的消息也是一樣，康郡王妃忙於看醫書，管理中饋，沒有向外打聽什麼政事。

在慈寧宮聽到齊二奶奶說，康郡王妃陳氏說過，治好皇后的病正是好時機。而今看這句話，康郡王妃陳氏所謂的時機，是皇后願意放下心結來醫病，而不是幫助皇后在宮內宮外擴張權柄。

皇帝想著放下手裡的奏摺，旁邊的內侍忙上前服侍皇帝穿靴，皇帝站起身吩咐內侍。「去景仁宮。」

內侍傳話出去，服侍皇帝上了御輦。

到了景仁宮，皇后娘娘迎了出來。

帝后攜手進了內殿，景仁宮的宮人立即忙著擺各種果盤，奉上熱騰騰的茶水。

皇帝靠在迎枕上，微蹙眉頭，不知在想什麼。

皇后娘娘只是坐在一旁相陪。

好半天，皇帝才抬起頭。眼前的皇后比起少年時多了沈穩，雖然不見蒼老，鬢間卻彷彿有風霜般的顏色。皇帝的眼睛微垂。「最近宮中有不少傳言，皇后卻從未在朕面前提起過。」

皇后娘娘微微一笑。「就算臣妾不說，皇上早晚也會知曉哪些話是真，哪些話是假。」

皇后深居景仁宮是因有心結，他又何嘗不是？皇后母家到底有沒有弄權，他比誰都清楚，真正想要握住大權的人是他，皇后的母家不過是在背後支持他，當年的事，讓他重選一次，他也不覺得有什麼過錯，沒有那次慘痛的教訓他也不會韜光養晦，之後順利親政。

「皇上一直念念不忘當年福建水師的事，否則就不會再在福建興水師。這些年，是臣妾辜負了皇上的苦心。」皇后抬起頭來看皇帝。「皇上，臣妾沒想過要搬去坤寧宮，更沒想過過繼皇子在膝下，中宮無子不一定是壞事，這樣一來，皇上就可以沒有顧忌地選儲君。再說臣妾是大周朝的皇后，皇上的哪位皇子不是臣妾之子？」

皇帝輕攥手裡的玉牌。「朕從來沒有懷疑過皇后，中宮無子不是皇后的過錯，是朕虧欠了皇后。」

皇后娘娘淚光閃爍，宛然一笑。「皇上別這樣說，是臣妾年少不懂事，只是從沒想過，一轉眼竟遺憾了這麼多年。」

中宮無子不一定是壞事，這樣一來，皇上就可以沒有顧忌地選儲君。這話是皇后小產時，御醫說皇后傷及了根本，日後恐怕不好有孕，他當日大怒就要處置御醫，當時皇后就勸他，從前楚國武皇帝的陳皇后小產失子，武皇帝也是要處死御醫，陳皇后就說了這樣一番話，後來武皇帝果然選了最有才德的兒子登基，從而有了楚國百年盛世。

那時他還安慰皇后，武皇帝的陳皇后身體不好且懷孕時年紀已經不小了，才會說這樣的話，皇后現在還年輕，等養好了身子日後有的是機會。

皇帝想到這裡，溫和地看向皇后。「讓欽天監算個好日子，妳就搬去坤寧宮吧！」

皇后笑著道：「景仁宮臣妾住了多年已經習慣了，皇上讓臣妾搬了，臣妾還覺得不適應，臣妾覺得住在這裡挺好，連病都養好了。」

皇帝聽著這話微微出神，好半天才道：「就依妳。」

皇后親手端茶給皇帝。

皇帝道：「聽說宗室營那邊今年做了不少別致的花燈。」

說起花燈，皇后提起帕子抿嘴笑了。「我已經將花燈都留下了，皇上也是該瞧瞧，和往年那些個不一樣，別有一番意思，我想以後每年都掛些這般的倒是吉利。」

說著話，宮人將花燈捧出來。

一看就知道是出自婦人的手筆，略有一些小家子氣，不過不管是達官顯貴還是平民百姓，哪個不是盼著五穀豐登？可即便是這樣的期盼又有多少人能有幸享受到，只有家中有田地的才能期盼罷了，正如常光文上的奏摺說的一樣，很多百姓食不果腹，哪來的銀錢交丁賦……

皇帝心中煩亂，站起身來。「朕還有事要處理。」

皇后有些意外，卻轉念就明白。「臣妾送皇上出去。」

皇帝望著皇后賢慧的神情。「朕晚一些過來用膳。」

皇后聽了這話，臉上浮起笑容，如同剛要綻開的牡丹花。

第二百三十五章

琳怡從宮中回來，剛換了衣服就接到了琳霜的帖子。琳霜到了京城，落腳到了廣平侯府，不過宗長一家想要出去租個二進院子。

宗長一家的心思再明白不過。住在廣平侯府，怕得罪了陳二老太太董氏，住在陳二老太太董氏家裡，又怕得罪了廣平侯府和康郡王府。

琳丹還要尋門好親事，宗長家的政哥更要奔個好前程。宗長一家來之前就目的明確，勢必會在這兩日租到院子。

琳怡寫了封簡單回信給琳霜，讓琳霜早些歇著，明日她回去廣平侯府看琳霜。結果信剛發出去，葛家就慌忙派了人來傳消息，葛慶生今晚要來向周十九問安。

葛家才進京，大家都是姻親本不用這樣著急，可是葛家下人一再強調，葛慶生已經準備好了。

葛慶生心裡仍舊念著周十九的救命之恩，琳怡只得答應下來。到了下午，琳霜先坐了馬車過來，琳怡笑著將琳霜迎進院子。

琳怡陪著琳霜將康郡王府簡單地看了看，琳霜瞧到哪裡就說哪裡好，尤其是喜歡琳怡書房裡的春夏秋冬四幅畫。「早知道妳丹青好，卻不知能好成這般。」

這畫是琳怡和周十九一起畫的，她自己沒有這樣的本事。琳怡恐怕琳霜會深問，自己倒不好意思，還好琳霜沈浸在和她相見的喜氣中，尚顧不得這些，當下就拉著她的手去說話。

琳霜喝了幾口茶，將這段日子的事都和琳怡說了。「在葛家都很好，就是肚子始終沒有動靜，家裡的長輩很是著急，將附近有名的金科聖手都請了來，鬧得三河縣人盡皆知，還以為我真的有什麼病。上個月我天癸沒來，又不想吃飯，還以為是有喜了，誰知道郎中診斷又說沒有，正好夫君要來京裡，婆婆讓我一起跟過來散散心，或許就會好了。」

琳怡見過葛家太太，知曉葛家太太是個明事理的婆婆，今天聽琳霜這樣說就笑起來。「正好趕上中秋節，在京裡看花燈，讓葛慶生帶著妳四處走走，之前來京裡，妳一個人怎麼也不方便。」

這就是成親的好處了，只要有夫君跟著就可以出門。

琳霜說著問琳怡。「在家裡聽說京裡的事，我都提心弔膽的，心裡可是佩服妳，要是換了別人還不嚇個半死。」

琳怡聽了就想笑。「這可跟我沒關係，是男人的政事，我們只要在家裡等消息。」

琳霜讓丫鬟拿出一件白貂紅緞裡子紫薇花披風來。「我做的，不知道妳喜不喜歡，我還給周姊姊做了件玄狐的，明日送去齊家。」

上次周琅嬛送了琳霜一件草綠色妝花褙子和一套瓔珞頭面，琳霜一直記著這份情誼。

琳怡笑著道：「自然喜歡，白貂用紅緞裡子很是漂亮。」沒有將周琅嬛的事告訴琳霜。琳霜不常來京裡，和周琅嬛是不會有什麼衝突的，兩個人這樣平心論交情，相處會比她和周琅嬛融洽許多。

兩個人話說到這裡，門上婆子來稟告。「郡王爺回來了。」

周十九回來了，跟在後面的就是葛慶生。

琳怡看了琳霜一眼。「不該讓姊夫這樣客氣。」

琳霜也沒法子。「他這個人死心眼，將郡王爺當作了恩人可不是妹夫。」恩人是要尊敬的，妹夫則是攀親戚。

琳怡吩咐廚房。「將準備好的小菜擺上。」葛慶生好不容易來京裡，自然要和周十九喝上幾杯。

琳怡則笑著看琳霜。「我們不和他們湊熱鬧，一會兒去我房裡吃飯。」

琳霜也覺得好，男人的話題總是和女人的不一樣。

男人喝酒總是又豪邁又增進感情，葛慶生開始對周十九畢恭畢敬，幾杯酒過後更是對周十九充滿了敬意，在酒桌上喝不倒的才是真男人，葛慶生大大小小飯局經歷了不少，卻沒有見過像周十九這樣將酒當水喝的。

兩個時辰過後，葛慶生腳下已經踉蹌，為了怕丟臉面，葛慶生連忙告辭，琳怡將琳霜也送出了門，哪知在月亮門見到葛慶生，葛慶生就一揖向琳怡拜下去，琳怡嚇了一跳。

琳霜急忙道：「應該的，整個葛家都是這個意思。」

琳怡道：「都是自家親戚，以後千萬莫要這樣了。」

送走了葛慶生和琳霜，周十九去套間沐浴出來，琳怡端了淡茶過去，周十九笑著要薄荷茶。他的口味如今竟和她一樣了。

周十九笑著道：「皇上有意要復我的職了。」

琳怡眼前一亮。

「元元今天送的花燈有了作用，否則皇上也不會突然召見我，將天津的事又從頭到尾問了一遍，當著我的面又問岳父，是不是一早就知道常光文動用糧食的事？岳父只說不知，之前上摺子為常光文說話，只是因為常光文在天津百姓心裡的確聲望很高，而且，幾年前岳父和常光文一起進京考績，岳父知曉常光文阮囊羞澀，官服裡面的袍子比誰的都破舊。進京的那幾日，常光文也沒閒著，一直在問天津的政事，從早忙到晚，一天比一天消瘦。那次考績，常光文最終病倒了，多虧了岳父照顧，才算將考績支持下來。」

看樣子，皇上不只是要復了周十九的職，更有給常光文一條活路的意思。皇后娘娘最終消除了皇上心中的芥蒂。

能有今天的局面真是不容易。

琳怡想起鄭家。「那鄭閣老呢？」

周十九搖頭。「鄭閣老已經致仕。」

看起來有危險的人安然無事，鄭閣老和這件事沒有直接的關係，卻因此受了牽連，這說明什麼？琳怡看向周十九。「皇上心裡有意將二王爺記在皇后娘娘名下。」也就是說，皇上現在屬意讓二王爺做儲君。

周十九微笑起來。

讓她猜對了，這樣的話，皇后娘娘和二王爺就密不可分，那她的那個夢……雖然成國公已經死了，可是前世那種情形還有沒有可能會出現？

她想問周十九，可是不知道該從哪裡說起，於是欲言又止。

琳怡的話剛要出口，外面白芍匆匆進屋道：「大太太上了吊，差點就沒了，多虧被丫鬟發現救了下來，老夫人那邊的安神秘藥用完了，問問郡王妃屋裡有沒有，想要拿一瓶給老宅子那邊送去。」

甄氏差點就死了……周元景將和離的事鬧大了。

琳怡看向白芍。「讓人拿了送去。」

白芍忙打發胡桃去拿藥。

白芍仔細將後面的話說了。「聽老夫人那邊的人說，老夫人不同意和離，還讓申嬤嬤特意去了祖宅將大老爺訓斥了一通，大老爺滿口答應下來，可不知道怎麼的，晚上就又變了卦。」

琳怡看向周十九。

周十九依舊是一副老神在在的神情，好像白芍說的這些和他沒有半點關係。

第二百三十六章

白芍退下去，琳怡坐在周十九旁邊。「郡王爺好像早就知曉。」

周十九笑著道：「朝廷禁止重利盤剝，家中發現了借券，官員當即就會被免職，雖然沈管事身上的借券不能說一定是周元景和甄氏的，也足以讓御史找到藉口彈劾。」

周元景怕被御史彈劾，先下手為強與甄氏和離，這樣就能為自己不知情找到藉口。那麼這場鬧劇不是隨便扮扮就算了的。

周十九顯然不想再提周元景的事，忽然問起琳霜來。「我聽葛慶生說，這次來京裡除了送年禮，還是為了散心。」

葛家和陳家期盼琳霜生下個孩子。

周十九支起腿，修長的手指扶在膝蓋上，高雅的神情中帶著濃濃的笑意。「元元喜歡去哪裡？我們也該去散散心。」

是說她肚子也沒有動靜？琳怡眼睛微抬。他也像葛慶生一樣著急？

周十九笑道：「元元不覺得夫妻兩個人一起出去作客很好嗎？」

原來他不知道裡面的蹊蹺，琳怡想著，故意提帕子掩嘴一笑。從前都是他從容優雅一切了然於胸，這次她也賣個關子，斂起笑容走出了屋子。

靜謐的屋子中，只剩下周十九一個悠然的人影。就像玉棋盤上的棋子，任憑擺得再漂亮，無人觀看也終究會索然無味。

魏晉時男人寬袍高髻、一派風流，那是因當時的女子善放肆傾慕，現在屋子裡沒有旁人，又要向誰訴瀟灑？

不過風流男兒，自有他的法子。

周十九慢慢收起笑容來，只有一雙眼睛仍舊像遠天的雲朵，起身叫了橘紅進屋。

琳怡這邊還不知道怎麼了。

過了一會兒，橘紅才跑來。「郡王爺要古琴呢，叫得急，奴婢也不敢怠慢。」

琳怡頷首，還沒等細想，屋子裡已經傳來調琴的聲音，接著是周十九清亮婉轉的聲音。

「有美一人兮，見之不忘。一日不見兮，思之如狂。

鳳飛翱翔兮，四海求凰。無奈佳人兮，不在東牆。

將琴代語兮，聊寫衷腸。何日見許兮，慰我徬徨。

願言配德兮，攜手相將。不得於飛兮，使我淪亡。」

琴音還在繼續。

鳳凰于飛，和鳴鏗鏘意味著佳偶之難得。

周十九不追出來，而是在屋裡調琴，這樣一來，院子裡的下人也能聽個清楚。

他總是要故意撩撥她的底線似的。

在周十九唱「何緣交頸為鴛鴦」前，琳怡紅著臉進了屋。

他笑著抬起頭。「要不要讓人將瑟拿過來？」他不等琳怡說話，眼睛微彎。「元元不要怕，這是在我們家中呢。」

琳怡面色不豫。「家裡有長輩，讓人說出去還怎麼見人。」

周十九表情仍如春光般璀璨，繼續調琴。「我之求也，此何罪？請殺我乎！」一直看著琳怡，目光在燭火的跳動下慢慢舒捲，不曾挪動半分，半晌才又加深了笑意。

讓人再也板不起臉來。

第二天，鞏嬤嬤又將宗室營的消息帶來。

「甄家人昨晚就去了祖宅，大太太的兩個嫂子都在那邊陪著呢。甄家說大老爺鬧和離純粹是無理取鬧，大太太這些年管家宅不容易，又生下了子嗣，哪裡有半點錯處？大老爺硬說犯了七出之條，到底是哪一條？不如說出來大家評評理，若是果然有理有據，別說和離，就是出妻甄家也會認下。」

七出之條，是說甄氏凶悍妒忌不讓周元景納妾，還是說甄氏說她的閒話離間家族和睦，又或是竊盜拿公中財物出去放借券？

雖然甄氏似是有錯，卻沒有著實的證據拿出來，甄氏凶悍妒忌卻也為周元景納了妾室，竊盜公中財物卻不見從甄氏房裡真的搜出借券，再就是甄氏讓沈管事出去說她的閒話，這件事傳得最為厲害……周元景很有可能要拿她來作文章。

鞏嬤嬤道：「不知道大老爺那邊要怎麼說。」

還能怎麼說，周元景也是百般不願才出此下策，現在甄氏在外面的傳言不好，周元景選擇和離已經是看在甄氏生了子嗣，又是夫妻一場的情面上。

琳怡道：「那要看老夫人的了。」不一定是周老夫人想要和離這個結果，這裡面八成是周元景自作主張，可如今鬧到這個地步，勢必要有人出來收場。

甄家想要個道理，周元景禍水東引，很有可能全都賴在她頭上，鞏嬤嬤真正怕的是這個。琳怡微微一笑並不在意。大風大浪都過來了，她不怕這點污水。周元景和甄氏兩夫妻再這樣下去，一定會吃到教訓，周老夫人有這樣惹禍的兒子，也不該總是置身事外。

琳怡吩咐鞏嬤嬤。「挑選幾件禮物，我們回廣平侯府去。」族裡來人了，她要回去看看，正好姻語秋先生也要去給祖母看脈。

鞏嬤嬤去準備禮物，門房上的馬車才備好，琳怡正準備換衣服出門，玲瓏進來道：「大太太的大嫂來了，說要給郡王妃請安呢。」

甄家人這樣迫不及待地找上門。

琳怡吩咐玲瓏去沏茶，不多一會兒，一個穿著藕色小鳳尾妝花褙子，頭戴赤金水仙花鑲寶步搖的婦人進了門。

陳家因葛家的事已經和甄家交惡，琳怡嫁到康郡王府後，大小節氣都很少見到甄家人。甄太太進門向琳怡行禮。「早就說來郡王府走動，只是家裡哥兒娶妻，我們忙得腳不沾地，現在新媳婦進了門，總算能喘口氣。」說著微微一頓。「也不知道郡王妃歡不歡迎。」

琳怡將甄太太讓到炕上坐下。「甄太太是哪裡的話，大家都是親戚，要時常來往才好。」

甄太太眼睛一瞇。康郡王妃臉上掛著笑容，讓人看不出情緒。小小年紀就這樣精明，怪不得姑奶奶要吃虧。

琳怡和甄太太說了幾句家常，甄太太就滿臉悲傷，直奔主題。「您說這事可怎麼得了，大老爺怎麼就要和我們家姑奶奶和離？這事鬧的哪一齣，誰不知我們姑奶奶相夫教子，賢良淑德，真當捨了臉皮鬧起來，誰面上又能好看？」

也就是說，甄氏在這上面沒有任何錯處，就算錯也是錯在外面人說甄氏的那些閒話，周元景和甄氏為了一些閒話和離，將來琳怡也不好做人。

甄太太的意思是要琳怡出面調停。

周元景和甄氏處處害人還要讓她幫忙遮掩，她真的幫忙了，甄氏以後就能收斂作為？就算她裝作一無所知，甄家也能找到話柄，她都不知曉甄氏害她，甄氏又哪來的過錯？周老夫人算的是一筆好帳，既讓她解圍，甄家將來也不用顧念她的好處，甄氏緩過氣來，反而將所有委屈都算在她頭上。

琳怡直言不諱。「我們是妯娌，平日裡不住在一起，知道的雖然不多，我盼著大太太好，大太太也該盼著我好才是。」她沒有興師問罪已經是看在妯娌的情面上，甄家一家不會連這個都看不透。

「盼著好，那是一定的。」甄太太忙接過去。

琳怡深深地看了甄氏一眼，不再說話，明確地指責甄氏的作為。

甄太太坐了一會兒告辭，徑直去了周老夫人房裡。

鞏嬤嬤奉茶給琳怡。「甄家真是奇怪，不向郡王妃低頭，還要郡王妃幫忙，哪來的這種道理？」

那是因為甄家還被蒙在鼓裡，不知道甄氏是不是真的做了惡事。她就是要讓甄家知道清楚，整件事的始末、真正害甄氏的人，是慫恿甄氏這樣作為的周老夫人，和事發自保的周元景。

琳怡吩咐橘紅拿了斗篷，主僕幾個人去了廣平侯府。

迎琳怡的是小蕭氏。「早說要過來，怎麼倒耽擱了？」

琳怡便將甄家的事說了。「來找我，大約想讓我幫著說話。」

小蕭氏聽說甄氏被逼和離的事，想想甄氏身下的孩子，嘆口氣。「那妳就幫幫忙，不看大人還有孩子呢，今天妳給她恩德，日後她記在心上必定不會再害妳，畢竟是妯娌，抬頭不見低頭見。」

就這樣不聲不響地讓整件事過去？

琳怡和小蕭氏到了長房老太太屋裡。

琳怡向長房老太太行了禮，琳霜也迎上來，拉著琳怡一起坐了。

長房老太太也正好問起甄家的事。「有沒有找長輩向妳賠禮？」

琳怡道：「賠禮倒是沒有，只是讓我幫忙大事化小小事化了。」

長房老太太冷哼一聲。「不能答應。我們有理在先，做什麼遮遮掩掩？不弄出個黑白是非來，我們還不肯罷休，說不定哪日她們緩過來又咬妳一口。」

小蕭終究是不忍。

長房老太太正色道：「對待將妳往死路上逼的人，不能婦人之仁，沒受到教訓休想就這樣一了百了。」

大家話說到這裡，門上來道：「姻先生來了。」

琳怡和琳霜將姻語秋迎進門。

姻語秋給長房老太太行了禮。「老祖宗看起來氣色好多了。」

長房老太太笑得慈祥。「承先生的福，吃過幾劑藥，身上鬆快多了。」

雖說老太太的病有了起色，小蕭氏仍舊不放心，每日還是床前伺候，生怕有什麼閃失，逐漸地長房老太太也覺得這個兒媳比自己之前想的還要好，就將身邊的嬤嬤給了小蕭氏兩個，平日裡幫小蕭氏管理內宅，往來的夫人都羨慕這樣的婆媳關係，要說有缺憾，就是廣平侯的子嗣不多。陳家長房子嗣凋零，光有衡哥一個子嗣顯然不夠，小蕭氏想到要給陳允遠納妾，倒是老太太說：「妳將身子調養好，還有機會。」

小蕭氏為此十分感激，晚上在陳允遠懷裡哭了一通，長房老太太事後知曉了還打趣小蕭氏。「多虧我沒答應納妾，否則如今我倒成了壞人。」

提起衡哥和琳怡，小蕭氏很感激自己過世的姊姊，要不是姊姊豁出命生下兩個孩子，她現在哪能過得這樣輕鬆，於是選了個吉日去祠堂給蕭氏敬了茶，還讓寺裡做了法事，希望蕭氏在那邊能過得好些，再者也能保佑全家平安。

小蕭氏這樣思量著，姻語秋已經寫好了藥方，囑咐小蕭氏如何煎。「按時吃藥，過了冬天病就會好多了。」

琳怡低頭看藥方和之前開的出入不大，就知道長房老太太的病並沒有多大起色。

姻語秋看向琳怡，低聲道：「別急，慢慢來，老人家身子不好，不能用急藥。」

琳怡頷首和姻語秋先生一起回到內室。

小蕭氏吩咐下人去抓藥，還沒有轉身就看到門房的婆子又進了院子。

「都趕在一起來了。」小蕭氏聽完婆子的話，進了屋。「齊二奶奶來看老太太。」

琳霜給齊家送了消息，周琅嬛來看長房老太太和琳霜。

第二百三十七章

周琅嬛沒想到一下子見到這麼多人，先惴惴不安地看了琳怡一眼，隨後發現琳霜待她一如從前，長房老太太也沒有責怪的意思，姻語秋先生也不見有特別的表情，這才稍稍安下心來。

周琅嬛問了問長房老太太的身體，然後拿出一對護膝來。「我給祖母和老太太各做了一對，也不知道老太太嫌棄不嫌棄我手藝粗糙。」

長房老太太將護膝拿過去仔細端詳。「這麼好的針線還說粗糙，我以後可要穿什麼呢！」

周琅嬛低頭笑，笑容裡帶了感激。換作旁人家裡定不會多理睬她，就算說話也不過是應付罷了，哪裡會像琳怡和陳家長房老太太這般。周琅嬛心裡想著又看了琳怡一眼，她笑容嫻靜地迎上周琅嬛的目光。

「還有一件事要麻煩姻先生。」長房老太太先提出來，目光看向琳霜。

琳霜在一旁紅了臉。

長房老太太笑著道：「都是自己家人倒害起臊來，在三河縣不是沒少看郎中，現在好不容易遇到姻先生，機不可失、失不再來。」

琳霜被長房老太太這樣一打趣，臉頰更是一片緋紅。

琳怡拿過小藥枕放在矮桌上，琳霜將手腕伸了過去。

姻語秋開始還笑著，慢慢地靜下心來仔細診脈，旁邊的琳霜心跳如鼓，生怕一不小心就急著問姻先生自己到底有沒有病。

琳怡和周琅嬛也湊過去看。

等到姻語秋的手離開琳霜手腕，長房老太太開口問：「怎麼樣？」

姻語秋有些詫異地看琳霜。「怎麼這時候了還跟著長途跋涉？」

琳霜不明白這話的意思，就解釋起來。「正好來京裡，我好久沒見郡王妃了，想著過來散散心……」說著就看到琳怡驚喜的表情，琳霜住了嘴，將屋子裡所有人都看了一遍。

姻語秋是驚訝中帶著責怪，琳怡閃亮著眼睛十分欣喜，周琅嬛臉上也有了笑容，長房老太太開始不動聲色，對上琳霜茫然不知的目光，才微蹙眉毛。「你們真是胡來，家中的長輩也是太不小心，這要是出了事，真是後悔也來不及了。」

琳霜好像捉住了長房老太太的話音，全身的血液一下子上湧，欣喜又有些不敢相信。

琳怡挽起琳霜的手。「妳有孕了。」

琳霜只覺得眼睛一下子熱熱的，再往後，情緒就像控制不住似的。

長房老太太嘆氣。「這樣高興的事，怎麼反倒哭了呢。」

琳霜半晌才道：「我還以為……我生不出來……每次想起來都很害怕……可是之前月信不至也讓郎中把過脈，並沒有說有孕，而是讓我放鬆心思，月信也好能規律。」之後她是放下心來，可是月信還是沒到，這次來京前，她本想讓郎中把把脈再來，可是想到自己折騰了幾次都是竹籃打水一場空，就不好意思開這個口，接著一邊準備禮物一邊想到能見到琳怡，心裡一高興，徹底將這件事放下了。多虧宗長一家跟著一起進京，他們路上走走停停，她才不至於勞累。

長房老太太坐了一會兒終究氣力不支，去暖閣裡休息。屋子裡沒有了長輩，琳霜有些話就容易說了。

琳霜拉起琳怡的手，眼巴巴地看著琳怡。「這次慶生過來，生怕禮物選得不好，我笑話他說，我們家現在和康郡王爺是姻親關係，只要有康郡王妃在，我們就不用小心翼翼的，只要是個心思就行了。慶生說那可不一樣，現在兩個恩人到了一處更要仔細，恩情是永遠也還不清的。

「慶生說，當年他覺得自己肯定要死了，怎麼也沒想到能有人救了他，他永遠都記得離開又潮又濕的牢房時那種感覺，康郡王和郡王妃救了他的性命，他刻在心裡。現在他娶了妻，承繼了家業，有了富足的生活，就更不能忘從前，現在的每一天都要比從前更珍惜。家裡的妾室被他送人的送人，打發去莊子上養老的養老，他是一門心思和我過日子，我心裡知道，就越想要給他生個孩子，到時候一家子在一起過日子，沒有比這更好的了。可是吃了不少的補藥，肚子始終沒有動靜，我又怕慶生因我打發走了妾室，反倒耽擱了子嗣讓長輩埋怨。我這樣一發愁，不但沒能懷孕，天癸還來得不準了，每次到了小日子要來的時候，全家都圍著我轉。慶生就安慰我說別著急，有的是時間，我不是怕沒時間，我是太想要個孩子了……」

琳霜哭著。「我現在終於知道慶生的意思了，當年慶生若是沒有死裡逃生，我們哪裡能成親，怎麼能有我肚子裡的孩子，我們一家也不會這樣歡喜……一會兒慶生回來，不知道有多高興……」

琳怡給琳霜擦了眼睛，發現自己眼角也濕濕的，周琅嬛也被觸動了，看著琳霜不出聲。

姻語秋鼻子發酸，笑著道：「現在好了，有了孩子，妳心裡的石頭也該放下了。我在福寧的時候，不少夫人想要我給開什麼補身的方子，我都拒在門外，一來我不願意摻和家宅的事，二來許多人身體都是好好的，不過一年半載沒有身孕就想各種法子，這樣一來，倒不容易懷孕了。」

姻語秋提到一年半載，琳怡和周琅嬛嫁人時間也不短了，她們兩個肚子也不爭氣，幾個人大約都想到了這點，看著互相笑起來。

小蕭氏這時候進了屋，笑著道：「我讓人去做碗血燕，也好給琳霜養養身子，等葛家哥兒回來，我們再一起慶祝慶祝。」

琳霜紅了臉。「夫人別忙了，我哪裡這樣嬌貴。」

小蕭氏笑。「嬌貴，頭一胎大意不得。」說著看向周琅嬛。「齊二奶奶也留下來，妳們幾個也好一陣子沒聚了。」

周琅嬛靦覥一笑。「我家中還有事，一會兒就走了。」

「留下吧。」琳霜扯扯周琅嬛的衣角。「大家在一起也高興，過陣子說不得我就要走了。」

周琅嬛沒說話。

琳霜看向琳怡。「妳瞧瞧周姊姊，我的面子還不夠呢。」

琳怡也笑著。「琅嬛就留下吧。」

周琅嬛心裡一熱。「那……那我就留下。」

本來是熱鬧的家宴，這下子更添了許多的喜氣，琳怡去廚房幫襯小蕭氏準備宴席，只等著晚上陳允遠、周十九幾個下衙，葛慶生辦完了事再開宴席。

葛慶生在京中走親戚，琳霜打發人去知會，讓葛慶生今天早些回來。

琳怡笑著打趣。「妳若是說懷了身孕，包准姊夫丟下手裡的事立即進門。」

周琅嬛道：「哪裡能讓小廝說，怎麼也等到兩人見面時，再私下裡……」

琳霜紅著臉伸手打琳怡和周琅嬛。「妳們兩個合起來欺負人。」

不一會兒工夫，去傳話的小廝來稟告。「爺說還有一家送完就回來。」

等小廝退下去，周琅嬛又笑琳霜。「想好了要怎麼說，若是一會兒妳再哭了，我們可不管，全交給葛慶生了。」

姻語秋先生被周琅嬛逗笑了。「放心、放心，等葛慶生進門，我們遠遠地走開，是哭是笑就看他們兩個的了。」

屋子裡歡聲笑語，小蕭氏讓人多點了幾個紅燈籠，襯得府裡十分喜氣。

琳霜讓琳怡和周琅嬛圍著打扮了一番，穿著杏花紅的蜀錦褙子，遠遠看過去光彩照人。

陳允遠下衙進府也看出了喜氣。

小蕭氏笑著說：「琳霜有孕了，幾個孩子熱鬧著呢，我準備了竹葉青，老爺一會兒多喝兩杯。」

只要提起酒，陳允遠就搖頭。論喝酒他可不是女婿的對手，今天又有葛慶生在，醉了豈不是要讓人笑話？

陳允遠換了衣服去看長房老太太，大家說了兩句話，周十九也來了。

陳允遠拉著女婿去閒話，小蕭氏覺得奇怪。「怎麼還不見葛家哥兒？」

琳霜和周琅嬛說著話，不停地去看沙漏。

周琅嬛道：「要不然再讓人出去找找，說不得是去送年禮被絆住了。」

也不是不可能，正好趕上下衙的時辰，就是拉著說些話也尋常。琳霜有些後悔沒有告訴葛慶生讓他回來是有急事。「要不然先開宴席吧，別等他了，郡王爺都已經來了。」

琳怡笑道：「那可不行，今天是你們倆的喜事。」

琳怡和琳霜絮叨著說了會兒話，還是不見葛慶生的影子，琳霜這下坐不住了，讓丫鬟去喊小廝出去找找。

那丫鬟才出門不久，就像撞了鬼一樣慌慌張張地回來，門口的丫鬟、婆子一大群人都變了臉色，琳怡幾個停了交談，都向門口看去。白嬤嬤進了屋，緊接著就看到葛慶生的小廝彎著身子跟了進來。

看到那小廝滿身狼狽，褐色的衣衫上不知怎麼濕了一大片，整個人像篩糠一樣抖動。琳霜琳怡頓時心一沈，渾然不覺地站起身來，眼睛越過白嬤嬤徑直看那小廝。「大爺呢？大爺回來沒有？」

琳霜不說話還好，這樣一說話，那小廝一下子跪在地上，不停地磕頭，話也說不全。

琳怡看向白嬤嬤，白嬤嬤滿臉焦急和害怕，琳怡心裡一顫，二話不說先攙扶了琳霜，另一邊的周琅嬛也看出情勢，扶起琳霜另一隻手。

「先坐下。」琳怡道。「坐下再問。」

說話間，外面已經沸騰起來。

——未完，待續，敬請期待文創風062《復貴盈門》6

小宅門

富貴再三逼人，第一次當家就上手！

笑傲宅門才女／陶蘇

文創風 049 上

文創風 050 中

文創風 051 下

年終最熱逗趣上映
大宅小媳婦的愛與愁
極品好戲越讀越有味！

金豆兒有著天命帶旺的八字命格，偏無心思攀高枝，
首富之家誠心求娶，她大姑娘仍遲遲不點頭！
然而首富之家可不同凡夫俗子，不管人願不願意，
十歲的小叔、小姑已認定她是嫂子，還帶來一幅怪畫下聘為媒。
但這可還不構成點頭的理由，女兒家自有自的矜持，
終於，求親的正主兒耐不住性子親自登門拜訪——

古代豪門飯碗難捧，大戶人家眉角多，
樂觀的她第一次當家就上手，種種難題迎刃而解，
可成親後發現的夫家秘事卻令她耿耿於懷——
以前是忙柴米油鹽醬醋茶，現在是奴僕成群學治家，
情投意合成了親，她卻自覺像是中了引君入甕的局，
這大宅小媳婦的日子不知會漸入佳境還是鬧得更翻騰……

狗屋文創風推薦上市!!

復貴盈門

善良無用，心慈手不軟才是王道！
重生之後，鬥權勢地位更要鬥心！

文創風 057 4

她深知自己總是看不透周十九，
便不費心猜他，睜隻眼閉隻眼地過了，
而他，卻時不時透露些自己的小事、喜好，彷彿在引她親近，
彷彿對她說，既然成了親，
便有很長、很長的時間，與她慢慢磨……

文創風 058 5

成親前，從未想過這個狡猾如狐狸、
狠如虎豹的男人能如此呵護自己，
但關於他的事，真真假假、假假真真，
或許有時也要由她「出擊」，
讓他明白，他想讓她心裡有他，
她也想他心中擱著她這個妻子……

文創風 062 6

曾幾何時，她對周十九的猜疑及不確定淡了，取而代之的是相信他的許諾，
從前，總覺得相識開始，他便要將自己掌握在手，連她的心也要算計，
但如今，她明白結了婚不是誰拿捏了誰，誰要主內主外，
卻是累了有個溫暖懷抱可倚靠，傷心了能放心地落淚……

春秋戰國第一大家／玉嬴

無鹽妖嬈

青山相待，白雲相愛，夢不到紫羅袍共黃金帶。
一茅齋，野花開，管甚誰家興廢誰成敗？

文創風 059 1

孫樂想不通透，自己怎的一不留神就被雷劈了個正著？
且她一覺醒來成為一名身分低下的十八姬妾也就罷了，
偏偏她還換了個身體，變成長相醜陋兼瘦弱不堪的無鹽女！
教人汗顏的是，她名義上的夫婿姬涼卻是美貌傳天下的翩翩美公子，
唉唉，這兩相一比較，簡直都要叫她抬不起頭來了，
再者，來到這麼個朝代後，生存突然間變成一件無比艱難的事，
前面十七個姊姊，隨便一個站出來都比她美很多，
她既無法憑藉美貌得人寵愛，想當然耳只得靠腦袋掙口飯吃了，
幸好她極聰穎，臨機應變的能力絕佳，又能說善道，
想來要在這兒安身立命下來，應該也不是太難……吧？

《無鹽妖嬈》1封面書名特殊燙銅字處理，盡顯濃濃古意！

文創風 060 2

說到她夫婿姬五這人，家底是不差的，加之心善耳根又軟，
因此人家塞給他及他救回家的女人不少，這些全成了他的姬妾，
孫樂自己就是被他撿回家的，要不憑她人見驚、鬼見愁的容貌，誰肯娶？
甚至連她請求收留一個無依無靠的男孩跟她同住，他也答應了呢！
但說也奇怪，她就罷了，其他漂亮的姬妾不少，怎也不見他多瞧一眼？
別說看了，連到後院跟姊姊們說說話的場面她都很少看見過，
倒是她，醜歸醜，但因獻計解了他的煩憂，反得他的另眼相看，
結果可好，引得其他姬妾們眼紅，其中一個還對她栽贓嫁禍，
唉，使出如此拙劣的伎倆，三兩下就能解決掉，她都不知該說什麼好了，
果然男人長得太好看就是一切禍亂的起源，古今皆然啊～～

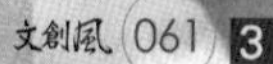

文創風 061 3

在展現聰明才智，成為姬五的士隨他出齊地後，孫樂發現了一個秘密——
他俊美無儔，氣質出眾，外人看來宛若一謫仙，卻原來極怕女人啊！
由於他生得一張好皮相，姑娘家見了他就像見到塊令人垂涎的肥肉似的，
不論美醜，一律對他熱情主動、趨之若鶩得很，令他招架不住，
基本上，他會先全身僵硬、正襟危坐，接著就滿頭大汗、困窘無措，
通常要不了多久，他就會明示暗示地要她速速出手相救，
即便是名揚天下、大出風頭後，他也一如既往的不喜歡與人交際，
而跟在他身邊的她，就算低調再低調，才智與醜顏仍是漸漸傳開來，
便連天下第一美人雉才女都當眾索要她，幸好他極看重她，嚴辭拒絕了，
她既心喜於他的相護，又不解雉才女的舉動，此事頗耐人尋味哪……

文創風 063 4

猶記當初秦王的十三子曾對孫樂說，她雖是姑娘，卻有丈夫之才、丈夫之志，
因看出她才智非凡，所以問她有無興趣追隨他，他必以國士之禮待她，
這番話著實說得情真意摯啊，偏偏她沒那麼輕易便以命相隨，
要知道，這是個人命如草芥的世道，她不過一名小女子，沒啥偉大志向，
倘若能得一處居所安然自在地過了餘生，她便也別無所求了，
然則那問鼎天下、惹得各侯王欲除之的楚弱王卻逼得她不得不大展長才，
原因無他，楚弱王便是當年與她同住姬府、感情極佳的男孩弱兒！
當時那個說要她變好看點才好娶她做正妻的男孩，如今已是一國之王，
不論多少年過去，他待她仍一如往年的好、不嫌她醜，欲娶她之心更堅定，
雖不確定自己的心意，但她卻為他扮起男子，當起周遊列國的縱橫客……

文創風 064 5 完

這回為了姬五想救齊國一事，她孫樂重操舊業出使各國當說客，
結果齊國是順利得救了，她卻徹徹底底得罪了趙國，
趙國上下認為她以女子之身玩弄天下之士，更兩番戲趙，罪無可逭，
那趙侯更是發話了，凡她所到之處，他必傾國攻之！
這不，她前腳才剛踏入越國城池，越人即刻便求她離開，想想她也真有本事，
然則此時出城便是個死，於是她率眾住下，沒幾日，趙果發兵十萬欲滅她，
正當兵臨城下、千鈞一髮之際，弱兒帶大軍前來相救，更令趙全軍覆沒！
驚險撿回一命後，她不得不正視一個困擾已久的問題——
一個是溫文如玉的第一美男姬五，一個是問鼎天下的楚國霸王弱兒，
兩位人中之龍都極喜愛她，她也該仔細想想，誰才是她心之所好了呀……

《無鹽妖嬈》5，首刷隨書附贈1~5集超美封面圖5合1書卡，
可珍藏，亦可自行裁切成5張獨立的書卡使用喔！

國家圖書館出版品預行編目資料

復貴盈門 / 雲霓著. --
初版. -- 臺北市 : 狗屋, 民101.12-
冊 ; 公分. --（文創風）
ISBN 978-986-240-993-0（第5冊 : 平裝）. --

857.7　　101023145

著作者　雲霓
編輯　戴傳欣
校對　黃薇霓　林若馨
發行所　狗屋出版社有限公司
地址　台北市104中山區龍江路71巷15號1樓
電話　02-2776-5889～0
發行字號　局版台業字845號
法律顧問　蕭雄淋律師
總經銷　知遠文化事業有限公司
電話　02-2664-8800
初版　102年1月
國際書碼　ISBN-13　978-986-240-993-0

原著書名：《 复贵盈门 》，由起点女生网（http://www.qdmm.com/）授權出版。

定價250元
狗屋劃撥帳號：19001626
網址：love.doghouse.com.tw　E-mail：love@doghouse.com.tw